子宮

盛可以

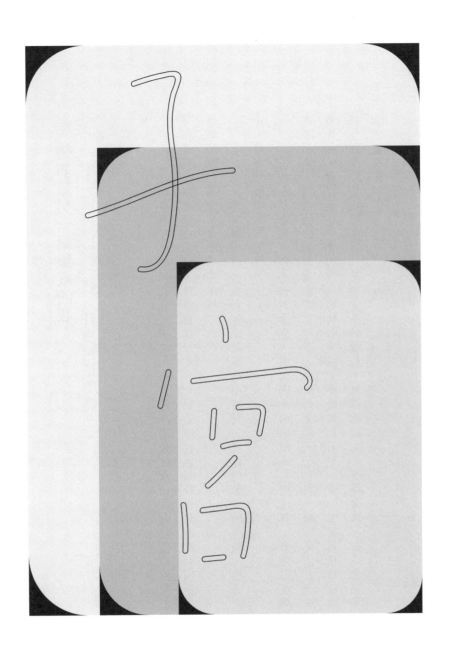

她們是另一個維度的我
——盛可以談「我為什麼寫這本書？」

二〇〇四年盛可以的《北妹》出版，西方世界開始注意這位七〇後的中國女作家。筆鋒犀利，語言精確明快，故事結構緊實，可說是鄉村城鎮現代化進程的側面寫照。而這個城鎮的原型正是她的出生地。

一九七三年，盛可以出生於湖南益陽的小鄉村，就像她筆下的人物，她也從家鄉出走一路向外面的世界前行。

二〇一八年春節，她再回到老家，不像過去回家總是匆促遠行，唯恐困在那裡再也走不出來。這次她鼓起勇氣在老家停留，開始動筆寫《子宮》，短短幾個月十五萬字大功告成。看似迅速，實則作品的核心早在童年時期已萌芽。女性生育面臨種種心理生理無告無人可替代的痛苦，是她童年的陰影。所以她說：「這群女性，也許是在另外一個維度裡的我。」

童年記憶的發酵，就是一種文學過程

我的作品大部分始於故鄉，大部分人物都是故鄉的，或從鄉村走出去的，呈現大的社會風景。故鄉是一棵大樹，這些人物如枝蔓般生長伸展到外面的世界，觸碰與感受到社會的劇烈動盪與生存的複雜艱難。《子宮》故事地點就發生在我的故鄉湖南益陽這個小城。原先是帶著徹底離開一潭死水的故鄉絕不回眷戀的心態，父母健康時極少回鄉，一年難得一次。但當我離開家鄉二十多年後，父母老去，我頻繁回家探親，重新將土話說得流利，忽然被這種原始生動的語言與村人感染。這些年鄉里發生的變化也可謂是翻天覆地，那些暗底裡傳開的隱祕故事或眾所周知的公共事件激起我的創作熱情。我發現當我寫故鄉，比寫任何題材更得心應手，更酣暢淋漓，也更具寫作愉悅。我想，童年記憶的發酵，本身就是一種文學過程，深入故鄉，就像發現了一個地下酒窖，是值得長時間坐下來慢慢挖掘品味的。

我和我媽以及我媽養的黑狗巴頓

二〇一八年春節，我帶著這部作品的構思回家陪母親過年。一月二十八日開始動工。在父母的房間裡，在父親微笑的遺照前寫這部作品。寒冷冰凍，總是停水停電，夜裡點著蠟燭寫。這部作品應該是我和我媽以及我媽養的黑狗巴頓一起完成的。我媽每天給我準備飯菜，黑狗巴頓每天凌晨五點半準時催我起床陪我跑步。我們跑步經過親人的墳地，穿過一大片田野，一路上有別的狗躥出來迎接，吠叫，後來熟了就成了朋友。離開鄉村以後，我肯定牠們仍在老地方等待我跑步經過。

從每天早上五點半起來跑步開始，到晚上九點鐘合上電腦，這樣持續五十天超負荷、高強度的工作，連過年、初一都沒停止。這是一種生命的高度濃縮。但這種寫作狀態不可複製，五臟六腑都有痛感，回過頭想想都心生畏懼，不知道自己當時是怎麼做到的。

子宮像重軛卡在女性的脖子上

八十歲老鄰居老寡婦的死亡，是我第九部長篇《子宮》的火種。她有七個孩子，三十出頭守寡。隱約記得她丈夫的葬禮，他得的怪病與傳言。人們掘開他的墳，闊別半個世紀的夫妻最終合塚長眠。這個溫馴寧靜的寡婦死了，她的一生在我腦海裡迅速化成一個金屬圈——她子宮裡的節育環。

我從小對自己的性別有深深的恐懼。小時候看閹雞，雞一聲不吭，完事往地上一扔，牠便醉漢般歪歪扭扭地跑了。以為給女人結紮也這樣簡單。後來發現不是。見過結紮完的婦女，被兩輪板車拖回來，花棉被從頭捂到腳；見過不想結紮的婦女如何掙扎，哭叫。結紮、上環、墮胎，這樣的詞彙像黑鳥般在天空低旋，讓人心驚肉跳。看著村裡行走或勞動的婦女，就會想像她們肚皮上的傷疤，身體裡的鋼圈。那時候我認定自己不會結婚，不生孩子，以為這樣可以躲避與生育相關的額外痛苦。

二十四歲時，我在計生醫院有過短暫的工作經驗，關於醫院結紮高峰期景況，《北妹》二〇一五年前的版本中有非常細緻的描寫，此後的版本有刪節。

我始終關注女性境遇。我的視野中，農村女性是最脆弱的群體。她們缺乏獲得知識的途徑和機會，對個人應有的權利甚為模糊，自我意識也是模糊的，她們承擔勞作、生育的義務，日復一日的枯燥的生活，有時還要承受家暴和各種不公平待遇，習俗語言對於她們是貶抑的、刻薄的，似乎她們是鄉村耐用消費品的一種。幾十年的社會變革，女性參與生產勞動的機會增加，但獲得經濟增長的福利和其他權利相對較少。

《子宮》便是以老寡婦的大家族為藍本的虛構作品。子宮孕育生命，對於農村女性來說，生育幾乎是她們唯一的價值，子宮也是她們一生沉重的負擔，然而她們一輩子也沒能認識自己的身體，沒能意識到自我與禁錮。城市女性雖可免於挨刀，但截然不同的境遇同樣嚴峻，像《子宮》中初家四女兒初雪的故事，恐怕並不罕見。

女性的生育負擔，一直沒有得到應有的尊重與重視。女人的命運受子宮拖累，生育之榮辱，性事之愁苦，而且子宮又是一個疾病高發之地，像一顆定時炸彈隨時會奪去女人的生命。子宮像重軛卡在女性的脖子上，她們缺乏必要的關注，缺乏更多的溫暖。尤其是過往幾十年中，對於她們的身體和精神所經歷的創傷，甚至都沒獲得得言語的撫慰。

我與我作品中的人物沒有隔閡

常有人問我，是否在作品中投射自己。我的回答是：我與我作品中的人物沒有任何隔閡，因為也從沒有居高臨下的視角或口吻。我跟她們沒什麼不同，每一個人都是我自己，是那一個可能的、未知的、另一個維度的我。我根本不需要去「體驗」她們的生活，揣摩她們的言語習慣，因為我在那一片土壤裡從來就沒有遠離。她們每一個人的聲音都是我的聲音，都是我想說的。只不過我有幸成為了作家，別人聽到了「我」，看到了「我」——我真心希望「我們」的尊嚴和權益會有真正的更新。

1

小女孩和閹雞師傅中間隔著一白瓷盆清水。水裡泡著刀剪鉗。陽光落在水盆中。清水更清。金屬更冷。陽光更亮。清水和金屬器具的凜冽寒光濯淨了閹雞師傅的臉，像一塊岩石。

他揚起白布朝空中一抖，白布舒展蓋落，罩住了他的勞動褲。黑布鞋鞋底像羊脂白玉，顯得檔次很高，彷彿注腳——那幅孤傲的表情原是為了般配鞋底的。他嘴巴緊抿揪住公雞，擠掉一泡屎，繩子纏住雞腳，扯掉肚皮處的雞毛，刀片劃出一道血口，篾製細弓兩端的鉤子從兩側勾住刀口，撐開一個洞，再用底端繫著細鋼絲的長柄小鋼勺伸進洞裡，舀出肉色芸豆放入清水碗中，動作流暢彷彿寫書法。

為什麼要閹雞　女孩問。她是初家小女兒初玉，五官輪廓分明，彷彿雕刻。

閹了以後牠們就不會想母雞了　一心一意長肉　閹雞師傅埋頭收拾金屬器具，擦乾淨，捲進一塊手絹　長出細嫩嫩的雞肉來給你們吃

要是雞自己不情願呢

你屋裡殺雞吃 會先問雞同不同意麼

不會 女孩老老實實地回答

幾十隻剛被閹過的雞驚魂未定，伸長脖子，瞪圓眼睛，嘰哩咕嚕地低聲抗議，像警告女孩離壞人遠一點。

去問你娘 雞公蛋要不要留 閹雞師傅對女孩的水中倒影說著，雙手探入水中搓洗手上的血跡。他的手白得不像鄉下人的，指尖嬌嫩粉紅。他動作緩慢輕柔，好像洗的是戀人的手，深情地摩挲每一根指頭，洗得它們愈發粉紅。

老大初雲奉命來端雞公蛋，正看到十根粉嫩的手指在水中游動，多看了兩眼碰翻了碗，雞公蛋潑了一地。碰巧鄰居大嬸路過，眼裡框住這一對；也碰巧她是閹雞師傅的表親，當天就做起了媒，還吃了雞公蛋。

來寶 你們初家屋裡要有大郎古子[1] 了 閹真清做了你的大姐夫 你長大就跟他學獸醫閹畜生 大嬸軀體剛剛盤出大門，碰到扁臉男孩初來寶 再冇得這樣好的行當了 你默下神[2] 穿得索索利利[3] 悶聲不急地坐噠就把錢掙了 哪個有本事的願意下地種田 六月間太陽曬死人 打穀插秧累死人 扁臉男孩呼呼喘氣。他只是個聽得見話的啞巴。

初雲這就麼定了親。就這麼一來二往出了事。

在人生幽暗的通道中訓練出一雙火眼金睛的奶奶戚念慈最早注意到初雲身子粗了，

安排吳愛香去問個仔細，吳愛香沒什麼方法，腦子裡也沒什麼詞彙，逮著初雲關在房間裡，直接了當語氣低沉聲音顫抖，彷彿是她自己惹了什麼禍。

你這死跑豬婆[4] 這麼快就讓他上了你的身 是不是

初雲沒明白母親的意思，聽她罵得難聽，感到事態嚴重，便用迷茫和驚訝的眼神看著母親。

你是不是有噹噠尛尛幾[5] 母親逼近了問，聲音壓得更小更低 有好久冇來紅的了

此後漫長的人生道路中，初雲腦海裡經常響起母親的這個疑問句，那種像地下黨洩露了情報機密的驚恐語氣常常令她心頭一凜，即便是在她自己當了母親，做了奶奶，回想起少女時期對兩性關係的盲目無知和母親態度裡的骯髒鄙視，仍然覺得渾身不適。母親從沒告訴過她女孩子有月經，直到她放學回來褲子紅了一片，才遞給她一卷黃色的草

1 郎古子：女婿。
2 默下神：想一想。
3 索索利利：乾乾淨淨。
4 跑豬婆：輕浮淫蕩的女人。
5 幾：嬰兒。

紙；這時候她也沒有教她停經和懷孕、月經和排卵的關係，更沒有說過女人是怎麼懷孕的——母親根本不提及這些成長中的麻煩，這給她提供了行使責怪蠢貨晚輩的權威與機會。

她記得母親撩起她的衣襬摸了她的肚子，然後坐在椅子上低聲哭罵。她聽不清母親那些低聲的咒罵，她知道肯定是家門不幸老天瞎了眼之類的大鳴大放。她也是這時才知道自己肚子裡有了東西，這東西是幹了不要臉的壞事留下來的，她同時明白母親所謂的上了身 指的是閻真清爬上了她的身體——她將男女之間夜裡恩愛的事情稱為男性單方面的 上了身 好像因為女人怠忽職守讓男人偷偷爬上了某座山頭偷去了果實。閻真清的確這麼幹過幾回。他的母親幾乎是故意讓他和她睡在一起，聽說她肚子裡有了，她樂呵呵的。兩個母親對這件事的態度完全不同。

此後不久一個情深雨濛的上午，閹雞師傅敲鑼打鼓地接走了初雲。母親用紗布在她肚子上纏了幾層，囑咐她走路時收起小腹，外面加了一件寬鬆的衣服。送親路上母親一路低著頭，兩位男儐相都是借的，熱鬧中到底透出寒磣，了解初家過去的人，心裡都會生出幾分惋惜甚至悽楚來。

初雲性格偏胖，年輕不懂世故，這些都沒往心裡去。她噙著所有出嫁姑娘應有的淚水，帶著所有出嫁姑娘都有的複雜心情，聞著嶄新的疊得方正正的棉被的氣味，看著身高像階梯一樣個個花色鮮豔在送親隊伍裡喜氣洋洋的四個妹妹，眼淚便流了下來。

人們都說二姑娘初月是五個姑娘中長得最好的，可惜小時候被開水燙過，腦袋有半邊悚目驚心的粉紅溜光，誰看了都覺得遺憾。現在初月發育得腰是腰，胸是胸，圓處渾圓，癟處緊致，在送親隊伍裡很是醒目。她戴著一頂西瓜皮假髮，硬著脖子以防假髮垮落，像女王般無比莊重——人們想如果初月頭髮完整媒人踏破門檻她肯定能挑一戶最好的人家嫁個最好的人，對另外幾個身體還是薄片的初家姑娘，人們已經想像她們熟透了的樣子。

女孩們一路蹦蹦跳跳。她們唯一的弟弟來寶知道姐姐嫁人就是永遠住在別人家裡時，就一直悶悶不樂。

這是一九八二年的事情。

初安運活著的時候，初家殷實有聲望。他是個瘦高清俊的男人，公認的作風正派，有一股不怒自威的神氣。他非常孝順，時常給寡母戚念慈洗她的三寸小腳。對妻子也不壞。吳愛香十八歲嫁過來，他就沒讓她的子宮清閒過——誰也不能否認這一對恩愛的夫妻——吳愛香點豆子般連生六女，夭折一個，其餘五個健康茁壯，長得花團錦簇。初來寶出生時做爹娘的被他胯間 尿壺 帶來的巨大驚喜沖昏了頭腦，奶奶戚念慈更是歡喜得兩腿打顫。此時的初家已如天上滿月，不再有一絲盈虧。滿月酒辦了三天，鞭炮屑鋪紅了路，煙花燒亮半邊天，方圓百里都知道初安運得了崽。

吳愛香坐完月子就去上環。

鎮醫院的低矮建築像雞塒藏在梧桐樹下。內部也像雞塒，牆壁斑駁，窗口黑魆魆的，帶屎味的空氣飄來飄去。

她平生只有三次到過這裡，一次是為了上環，另兩次是為了取環。她是個非常健康的女人，像所有等候過道中生命旺盛的婦女，散發滾熱的生育能量。一粒粒彈性有勁道的潮洲牛肉丸滾聚醫院，等著金屬器具將身體撐開，放進鋼圈，宣告旅社拒絕房客，餐館提前打烊。

醫生對吳愛香那不易受孕的子宮連生過七胎相當吃驚，實則驚歎這對夫妻的頻繁交配和持久興趣。在桌面上談論性生活，吳愛香不好意思，臉上羞澀散發幸福的光暈——那些鄉村的寂靜夜晚，丈夫做那事兒時骨關節扭出畢畢剝剝的聲響，在腦海裡匯成了一片雨聲，她像一頁芭蕉被這雨沖刷得明亮光潔。

這時候初安運已是農場場長，攀上時運頂峰，她也跟著富貴。一切都如她意。但老天作怪，鳥屎掉她腦門上，厄運來了。子宮裡放進金屬圈不久，初安運便得了一種怪病，兩個月後就帶著一身血痂和草藥味進了黃土堆。

這是一九七六年，汁液飽滿三十出頭的吳愛香成了寡婦。

配合娘　她會把這個家管理好的　初安運臨終前將權力交給了母親。

吳愛香始終覺得體內的鋼圈與丈夫的死亡有某種神祕關聯，那東西是個不祥之物。此後緩慢細長的日子裡，她從心理不適發展到身體患病，這個沉重的鋼圈超過地球引力拽她往下。好在生活分散了注意力，艱辛挽救了她。她聽從丈夫的遺言，輔助婆婆，從不違逆。別人看到這對婆媳關係平和融洽，也看到戚念慈的厲害冷酷——她也是三十歲上下死了丈夫，懂得怎麼殺死自己身體裡的女人，怎麼當寡婦　清朝人真的會玩　有人說她尤其懂得如何幹掉漫漫長夜，她在黑暗中用過的胡蘿蔔黃瓜白天在餐桌上被瓜分；她衣襟上的玉環，過去曾套在她男人的命根子上。人們不免根據玉環的口徑來猜測她男人的私器大小，她在人們的臆想中復活成或淫蕩或妖媚的女人。

如果將已是一團臃腫白麵的戚念慈仔細搓捏，抹平皺紋，去掉贅肉，拍緊肌膚，立刻能還原出那個細皮嫩肉，情欲結實的少婦——她年輕時的照片完全證實了這一點——歲月不過是幅面具，它慣於隱藏真實。

戚念慈愛在太陽底下洗她那對稀罕小腳，像洗刷出土文物——這是她表達權威的方式，她展示它們，像將士展現動章。沒有人知道有多少祕密生活隱藏在這雙小腳中。初來寶喜歡看小腳泡在水中　像兩塊糍粑浸在盆裡　小腳晾曬盆沿　像小白鼠趴著　等待時機

逃跑 小腳的主人凝視遠方的田野，彷彿被什麼東西吸引，腦袋輕輕地晃動。她已經這樣搖了好些年了，一直執著地否定一切。

吳愛香總是在她洗腳時端來一杯芝麻豆子茶，戚念慈一邊喝茶咀嚼，一邊處理家事

等來寶滿五歲再斷奶吧 現在他要再嘬幾口 你就讓他嘬幾口

嗯 可惜早就冇得奶水了 吳愛香平淡地點頭

戚念慈搖頭擺手 他缺的不是奶水 沒爹疼 缺愛

吳愛香又平平地嗯了一聲。

樹林裡傳來斑鳩的鳴叫。

戚念慈又聊到初月，十年前的那壺開水既然已經澆到她的頭上，不能改變事實，那就努力給她說門好親，多配嫁妝，初月心地善，會有好命。接下來她又將其他幾個丫頭評說一番，比如說初雲慢性子，初冰有心計，初雪膽子大，初玉天賦高 會讀書的 砸鍋賣鐵送她讀 都不強迫 但要照我說啊 嫁個好人家比什麼都重要 她搖了搖頭 至於來寶他這樣子要是能給初家續上香火，就算是祖宗菩薩坐得高了

好編故事的人，在初安運死亡這件事情上費了不少唾沫。他們主觀認定，初安運躺進墳墓也不會忘記那個要命的晚上，上帝在他無路可逃時給了他一個糞池——棍棒下也

許還有條活路，臉皮厚一點，可以在唾沫中游泳，道德輿論不至於殺死他作風正派的形象毀了更沒什麼要緊——他做鬼也會懊悔跳進糞池裡，沾上一身毒。

那個夏夜應該是滿天星星，沒有月亮，成片的漁塘在星夜裡閃著詭祕的光。失眠的鳥撲扇翅膀。青蛙跳進池塘，咚的一聲砸破水面。空氣裡有熟悉的腥味。魚塘像棋盤分布，路徑上長著肉馬根草——這種頑強的、匍匐爬生的賤草，冬枯春榮，踩上去鬆鬆軟軟。路邊的水杉筆直，黑黑地排成一行。那個將要死亡的人知道哪條路上有溝壑，哪片魚塘布了暗礁，塘上有多少棵水杉，塘裡下了多少魚苗，哪片塘叫什麼名字，每片漁塘多大面積，養了多少母豬，多少雞閹了，多少雞生蛋。為了熟悉這片農場，他沒少讓妻子獨守空房。

貝殼腥、豬屎味、飼料香。狗吠，貓叫。蘆葦沙沙地響，柳條輕輕地搖。那個將要死亡的人不慌不忙地走著，身影挺拔，春情暗湧，激情賦予了他特異功能，他能從千百種氣味中，準確地捕捉到了那個女人的肉香。他愛這現實的農場，也愛她那片神祕的農場，那兒滿是鮮花雜草，有山丘湖泊，有沼澤平原，還有茅屋炊煙。將要死亡的人經過一片紅磚瓦屋，聽到豬群咬架，嗷嗷歡叫，感到盛世太平：豬不發瘟，魚不生病，珠蚌肥潤，他對得起國家，對得起群眾，見她的願望頓時變得急迫了一些。

好事者的猜想很難說準不準確。自稱參與過追趕與搜索的人言之鑿鑿，說女人的丈夫早已察覺，因此布局捉姦。也有人說那件事從頭至尾是個陰謀，做丈夫的對場長的職位覬覦已久，將老婆捏成誘餌，打算在初安運咬鉤之後，要脅他辭職，抹掉事業中的勁敵。不料他女人動了真情，導致遊戲發生了質的轉變——他可從沒想過給他們製造真正的男歡女愛——妒火焚燒著他的內心，這也就是為什麼那個晚上他拿到了通姦的證據，仍然窮追猛打。他事先設計了幾條逃跑路線，甕中捉鱉，每條路線都有致殘或奪命的陷阱，毒糞坑便是其中之一。

醜聞是臭雞蛋，每一隻逐臭的蒼蠅都有嗡嗡發言的自信與權利，這些言論像遍布腐屍的蛆蟲，將真相噬咬得面目模糊。

有人回憶說那晚九點左右，他遠遠地看見農場裡手電筒晃動，光線忽長忽短，忽而化作圓點，似乎有豬從牢裡逃出來了。騷亂的光束在寂靜中持續了十幾分鐘。同一夜稍晚時分，一個在後門口撒尿的人被荷塘裡的動靜嚇得尿了一腳，他看見水裡爬上來一團東西，全身溜光發白直立行走。同一天下半夜，初安運渾身水淋淋地回來說走夜路掉進了臭水溝。吳愛香起來燒了一鍋開水，給他搓洗撓癢，直搓得整塊肥皂薄如紙片，洗得公雞打鳴窗口發白。習慣叼著乳頭睡覺的來寶通宵嘶哭，驚醒了很多睡眠輕淺的人。

秋野一片雜色。黃的、綠的、紅的，雨後初晴時，還會有藍葉和彩色的河流。稻田一望無際，禾葉青裡透黃，穀穗像懷春的少女，垂頭不說話。偶爾一片葧薺地，葉苗碧綠尖細，像蔥一樣。水溝邊雜草茂密，長腳昆蟲貼水飛奔，彷彿追趕牠水裡的倒影。田埂上站立長腳白鳥，悠閒踱步，時而倏地飛起來，身影嵌進天幕。海闊天高。鳥，樹，人，一切藍天下的東西，彷佛海底生物。

這是初安運躺在墳墓望裡看出去的景象。墓址是抹屍人王陽冥選的，自稱研究《易經》會看風水，但那時不作興，沒人重視，他也就只能抹屍安排喪葬。給初安運抹屍入殮之後，他用東家的賞錢給初月買了一頂瓜皮假髮，過一陣又送她一頂新的，連續送出三頂假髮之後，他娶了初月。這是一九八三年，初月剛滿十七。

人們總說沒有十全十美的事物，若干年後，初月與王陽冥有兒有女，有說有笑，一家人面色紅潤眼睛明亮，實在是挑不出什麼毛病來。九十年代初期，初家小女兒初玉考上北京的大學，初安運住了多年的寂寞荒山忽然熱鬧起來，死人都往這兒擠，有的甚至挖了祖墳移到這片風水寶地，希望時來運轉。王陽冥的才能此時才風生水起，成了有名的風水先生，打開了財路，第一個在村裡蓋起了樓房，修起了百花園。

照我說呀　婚姻靠的不是愛情　而是運氣　九十多歲的戚念慈搖著頭，照樣耳聰目明。

初安運死亡初家山崩地裂，在那種嚴峻的時刻，戚念慈一雙小腳穩穩地站住，不再坐在太師椅上搖頭磨牙。她賣掉了首飾，此後又不斷變賣清朝的珠寶瓷器，精打細算，一家八口人吃飽穿暖不輸往日。在別人缺衣少食青黃不接的關口，初家還總能借出點什麼。戚念慈手段霹靂。初來寶過完五歲生日，強行斷奶，由初雲帶著他睡覺。有一晚初雲半夜醒來，發現來寶噙著她的乳頭睡得正香。她沒有管他，後來幾回也沒有。來寶斷奶的焦慮在大姐這兒得到了緩衝，到初雲出嫁時他已徹底擺脫乳房，但智商沒再生長。

2

柳絮飛舞的週末凌晨，北京的天空炸響湖南方言，那種村婦才有的大嗓門撕破了社區寧靜，喊的還是初玉的小名。初玉驚起奔到窗前，看見大姐初雲站在花園中心，兩隻手做成喇叭對著高樓喊話。她頭髮盤成一坨，身穿棗紅色的毛線開衫配黑襬裙，喊一聲轉個方向，身體懶懶散散，動作不急不緩，似乎並不需要誰來應答，她只是練嗓子消遣的——還是那種胖胖的性格。

她是坐那種綠皮火車到的北京　便宜　路上好看風景　好像她通宵沒睡，看了一路黑暗，好像北方的黑暗與南方的黑暗不同。她氣色不錯，肉也沒有鬆垮，二十歲以前生完兩胎，按照政策老老實實做了結紮手術，肚皮上留下一條蚯蚓　不曉得省了多少麻煩　現在腰是腰，屁股是屁股，一點也不像四十歲的女人。要在城裡像她這模樣，有點文化，曉得穿衣打扮，正是興風作浪的好時候。初玉離開故鄉的時間太長，到北京上學工作，拋棄方言，完全融入北方城市，疏遠了農村生活，也不了解農村女人的變化，她沒料到初雲來北京要興起的不是她們鄉下湖區的細風鱗浪，而是一場身體的海嘯。

上一年五月，初雲似乎有心事，回娘家住了幾天，什麼也沒說自己又回去了。大家猜想她對閻真清有些不滿，她過去迷上的那雙指尖粉紅的雙手除了閹牲畜什麼都不會，掙的錢交給他娘管，地裡的活由初雲幹，經常兩腿夾著孩子騰出手來幹活，有時夾在腋下，單手炒菜做飯。一開始小腳奶奶便提醒過 鄉下人就是靠種田生活的 做得挑得會種地就是頂好的 那時初雲完全沒想過生活是怎麼回事。她想的是那特別粉嫩的手指頭，想的是被那樣的手牽著走幾里地去看露天電影，想的是他那與白玉鞋底般配的孤傲神情，想的是他和她父親的相像之處，甚至在綠皮火車上，她也沒有否定自己當初被十根粉嫩手指吸引的感情。她記得結婚的頭幾年是一段好光景，年輕時蓬勃的性欲像激流遇阻，時刻咆哮著尋找宣洩口，那些粉紅手指在夜裡頭奉獻過不倦的熱情，輔助她慢慢蛻變成女人。現在她已經想不起那種蜜汁四濺的滋味，彷彿遭到味蕾遮罩，但是獲得了另一種更溫馨更充盈的感覺，綿久細長——這是懂得愛情、摻入愛情之後的性，是一次新的盤古開天劈地，那是另一個男人帶來的。

她在綠皮火車上一路欣賞黑暗，一路回憶，夜窗如鏡照著她的臉，時而毅然，時而茫然，時而興奮，時而興盡。有一陣她索性仔細端詳自己——這窗玻璃鏡子比她家那巴掌大的梳妝鏡更清晰，更真實。

到底應不應該到北京來 答案一會兒肯定，一會兒懷疑。她不知道初玉會怎麼看待這件事——她本能地認為，初玉這種大城市裡的文化人，態度與母親肯定不會相同，她從沒想過讓一個守寡多年的母親來理解並支持她做那樣一件事，她甚至都沒有跟母親聊過那些問題。自打父親去世，她就成為排憂解難、分擔責任的長女，初中畢業就幫母親餵豬打狗，割禾插秧，照看老小——奶奶雖然精神強悍，畢竟一雙小腳生怕踩爆地球似的依賴拐杖，一感冒就咳嗽臥床，一吃辣椒就暗發痔瘡，這些都得初雲照料。咳嗽和痔瘡好說，最難的她每天必洗的小腳——十個腳趾頭全部折彎陷進腳板，像貝殼嵌進泥沙，卵石軋進水泥——需熱水燙，使勁搓揉，用力按摩，風濕病是這世界上唯一折磨她，且讓她束手無策的壞東西。其他人都洗過這雙小腳，但奶奶只要初雲，與其說初雲手法好手上有勁，不如說她心裡誠懇，做事踏實，性格裡沒有偷懶耍滑頭的東西，她就是這麼忠實生活的。

別人說初雲惦著小腳奶奶的玉環所以賣力，她倒是喜歡奶奶手上戴的翡翠鐲子，奶奶變賣的時候，她心裡疼但沒吭聲。奶奶最終沒把心愛的玉環傳給初雲，而是給了初玉，她一向偏心於她。初雲心裡不生產嫉妒，安靜平和，某些方面就是吳愛香的翻版。別人說她倉促地嫁給閹雞師傅是逃避家庭，以為嫁出去就能撐直累彎的腰，事實上卻彎得更加厲害。這都是人們慣常的思維，事實上，這個問題連初雲本人也講不清。

火車報站暫停時，一個手裡抱著孩子掛挎大包小包的女人使初雲想起自己生娃帶娃的日子，不知道自己是怎麼熬過來的。如今學廚的兒子已經到了見到漂亮姑娘心臟擂得嘭嘭響的年紀，女兒閣燕是十八姑娘一朵花。二十一世紀的人們照樣養雞吃雞，可不需要閹雞師傅了，閣真清的手術器具在抽屜裡寂寞閃閃，手藝已是生鏽的廢鐵，十根粉嫩的手指早已黯淡無光，也完全看不出它們曾經有過激起女人食欲的輝煌。沒人知道他從哪裡學會了閹雞技術，且一心一意用它作為生存手段。

根據他的年齡可以推算出來，他幼年時期到處一片紅，紅旗、紅太陽，紅像章、紅袖標……他是他媽當下放知青時的產物——這似乎能解釋他的指尖為什麼粉紅鮮嫩——他爸是像牆磚一樣老實的本地農民，飢餓時期將最後一口紅薯讓給老婆孩子，自己餓死了。四年後他媽又嫁給了一坨像泥巴一樣老實的本地農民，分田到戶後高興地喝了半瓶白灑掉溝裡淹死了——所以閣真清有城裡人的孤傲，又有鄉下人的木訥。問題就出在這裡，他時常分成兩半，自我搏鬥，發起狂來像癲子，跟平時那個閹雞繡花似的斯文男人完全不同。

火車跑得氣喘吁吁。初雲心裡想事，手裡剝橘子，機械地往嘴裡塞，肥厚的嘴皮默默蠕動。沒想清楚一件事情之前，她就一直嚼著，像頭牛面無表情。窗外曖昧不清，偶爾幾點野光，將黑暗鑿出小洞。她不打招呼就來北京，一是不想受任何人的意見干擾，二是反悔了可以悄悄撤退，誰也不知道她有這麼瘋狂的想法。村裡人的習慣是吃了飯嚼舌頭消食，對於失敗的事物嘴上尤其刻薄——她絕不願那件事落進那些牙縫裡塞著隔夜菜的嘴。過去半年，人們對她的議論已經像大雪壓上樹枝，她要到北京做一件化雪的大事。她沒出過遠門，連長沙都沒去過，沒想到外面那麼混亂，兜兜轉轉跑出一身大汗，終於拿了票上了火車，屁股剛坐穩心裡慌意志也搖晃起來。然而火車並不猶豫，一開動就憋著勁一路向北，像怕她反悔似的。

初雲洗完澡，換上家居服，喝水，吃早餐。她一進門就講路上的見聞，在浴室裡也扯著調門，活蹦亂跳的方言像不小心飛進屋子裡的麻雀東碰西撞。過去初雲不是這麼聒噪，不得已說起話來，像翻出壓箱底的好衣服穿上一樣認真。現在她所有的箱子衣櫃都敞開了，鴿子離開了籠子咕咕直叫。這是不正常的。她眼神有點飄忽，要麼盯著碗裡的食物，要麼盯著牆上的字畫，作出被吸引的樣子。她情緒裡透露複雜的氣息，一方面刻意壓制快樂，同時又心事沉沉，似乎隨時將拋出一個難題讓初玉定奪。

她說她第一次出遠門，路上沒花什麼錢，也沒上什麼當，所以不知道騙子長什麼樣子，出門前她就想好了，摁緊錢包，不信任何人，不買任何東西，不管任何閒事，眼睛也只看窗外。

你應該提前告訴我　我可以去車站接你　這樣你也不用一大早把全社區的人都叫醒了

再說 萬一我出差了 你怎麼辦 初玉不得不切換到方言頻道，硬著嗓子說出渾濁的、甕聲甕氣的益陽土話。每次回到以說蹩腳普通話逗樂的鄉村，她都不得不隱藏多年外部環境對她的改變。她已是故鄉的異鄉人。她討厭方言，聽到自己嘴裡發出被熱湯燙了舌頭的聲音，她便討厭自己，但若在不會說普通話的親戚面前說普通話，她會覺得更加討厭。如果她實話實說，人們會奚落她忘本，不認得秤，連初雲也會認為她嫌棄窮親戚。她唯一能做的是將方言降調，比如D調降成C調，A調降成G調，可那樣一來，她的聲音與腔調便透出幾分悲傷，顯得遙遠而淡漠。

我曉得我運氣好 洗過熱水澡後的初雲的臉頰是紅的，額上髮際線偏低，像戴了假髮套 你滿久冇回家了 恩媽天天望你回去 當了主治醫師了麼

不聊工作 來了就抓緊時間玩 下週我當班 病人多不能陪你 你想去哪些地方 天安門 長城 798 說798時初玉用的是普通話，避開了8字在方言中奇怪的尾音，這一小動作彷佛在黑屋子裡鑿了個洞，讓她透了口氣。

今天是只罩子天[6] 哩 初雲邊嚼邊說，還用筷尖指了指外面。她注定是要為方言的流傳作貢獻的，用淺白的詞彙造出生動的形象，沒捲舌音、沒舌根音，沒後鼻音，舌尖上玩弄卵石似的，嘩啦嘩啦響。但從她嘴裡迸出的有些詞彙，初玉已經聽不懂了。

什麼罩子天

大霧啊　大霧罩子　不曉得等陣會收掉不

冬眠的方言經過這番刺激練習，這會兒已經在初玉腦子裡甦醒，那些關於天氣的土腔在耳邊響起來。那是奶奶的聲音。奶奶是初家的天氣預報員，每天早上起床先打開門看天，確定天氣之後才開始這一天的日常。她記得什麼罩子天、白坨子霜[7]、落凜毛子[8]、飄麻細細[9]、雪只摁[10]。奶奶還緊跟在天氣預報後面感嘆　啊呀　昨夜裡我睡了十個小時　好像她平時少於十二個小時，不慎睡過頭似的。奶奶洗臉刷牙，梳頭盤髮，一切收拾停當，她只需拄著拐杖站門口邊打個嗝，放出她胃裡的脹氣，賴床的人都會立刻爬起來，跟緊一天的節奏。初家都沒有一個敢睡懶覺的。

初玉看著初雲，後者談起天氣來像奶奶一樣自信。當然，沒有誰比農民更關心天氣，了解莊稼，他們是靠天吃飯的。初玉很早就決定遠走高飛，父親病逝促使她選擇了

6 罩子天：大霧。
7 白坨子霜：大霜。
8 落凜毛子：下凍雨。
9 飄麻細細：下毛毛細雨。
10 雪只摁：鵝毛大雪。

學醫——這也是最稱小腳奶奶心意的——醫生永遠不會失業。醫學院錄取通知書送達那天，戚念慈將玉環交給了初玉，獎勵初家第一位大學生，而且是名牌大學。

初玉和初雲幾乎是兩代人，彼此有些生疏。又過了一陣，初玉童年的記憶才被啟動，她意識到在那件無形的所謂城市文化外衣的包裹裡，體內那個鄉下小姑娘依舊鮮活。初雲付出很多，自己是得益她的奉獻的家庭成員，沒理由今天看不慣她鄉下人的作派，挑起刺來。

只要天上不下刀子 咱們可以去任何地方 初玉心裡不安，彷彿彌補似的 先到天安門故宮 晚上吃著名的北京全聚德烤鴨。

港[11] 真的 我不是來耍的 現在不是耍的時季 初雲表情變得嚴肅，好像現在才言歸正傳，她勇敢地直視初玉，抿著嘴巴，眼裡千言萬語。

後者用眼神鼓勵她繼續說下去。

我是來做一個手術的

什麼病 初玉臉色大變

不是病 我是想 初雲說話再次艱難起來，像被硬飯噎住了 我是想 複通輸卵管。

初玉倒沒有發出初雲幻想的那種尖叫。她好像什麼也沒聽見，扭頭看了一眼日曆簿：

二〇〇五年四月九日　星期六

她走過去，撕下這已逝的昨天。這一天有幾個病人情況異常，家屬企求的目光像故障燈一直在她面前閃動。一個家屬送她一本書，裡面卻夾了一個紅包——她全部退還。她不知道從什麼時候開始，患者家屬養成了不送紅包不踏實的心理依賴。他們把這當成生病住院的一部分，還懂得根據醫生的重要性分配紅包額，連護士都經常收到他們的水果零食。他們不願承認，這麼做將腐蝕人心，紅包除了幫助醫生品德墮落之外，並不能啟動醫生潛力，對於醫學技術毫無幫助。她因此屢次對科室的護士講，要耐心，有笑容，要讓患者家屬信任，讓他們相信救死扶傷是醫生的職責。

初玉將日曆扯成碎片扔進垃圾桶，皺起眉頭，彷彿她什麼地方開始疼。

接著，她去了陽臺，拿起撒壺給花澆水。

她清楚地記得那是一九八五年夏天，她放學回家接到跑腿任務。母親準備了一隻老母雞和半籃子雞蛋，要她帶過去給初雲　她動了手術特別需要這個　為防止雞蛋碰碎，她慢慢地騎著自行車，到初雲家時天色已暗。初雲直挺挺地躺在床上，小腹袒露在外，上面一條發紅發亮的傷疤，臉部因發燒泛著紅光，嬰兒還躺在懷中吃奶。這場景使初玉深為震撼，好像有東西正在活活殘食初雲的軀體，而且她很快想到了那些東西就是病痛和嬰兒。

應該有人來把嬰兒拿走　把病人送到醫院

初雲彷彿聽到她的心裡話，平淡地說　沒什麼大問題　不吃辣椒就好　最後還笑起來　一了百了

初玉以為她的意思是死了乾脆，隔了好幾年才明白，所謂的　一了百了　指的是男女之事——避孕。這類夫妻間日常的戰爭，最終以女人的絕育平息。

她腦海裡深刻著初雲躺在床上，嬰兒仍在腋下吃奶的情景，腹部的那道傷口像閃電一樣灼目。她想起了閻真清閹雞時劃開的血口。第一次對自己的女性身體產生了恐懼，她沒想過女人的身體要承受這些　我永遠不要生孩子　不要在我生病的時候　還有別的什麼東西在吃我的身體　她後來是這麼想的　我也不要結婚　不結婚就可以不生育　不生育就不用結紮　死也不要在身上任何地方留下刀疤

幾年後，初玉又目睹了初月結紮回來的情景，這加重了她對身體的恐懼。

姐夫王陽冥拖著一輛兩輪板車，他面色黧黑身形矮壯，汗珠從禿頂的腦袋上冒出來，好像淋過雨。他臉上本來就有晦氣，人們說他抹過太多屍體，陰氣便附上了相貌，上了點年紀之後，整個人就像在死亡液體中浸泡過。他身上佩戴的黃金飾物，倒像是陪葬品——看風水搞活了家庭經濟，有錢不知道怎麼花，就都堆在身上，重量要蓋過別人的，黃金項鍊往粗裡打。他拉著板車項鍊與手鍊沉甸甸的，像一個失去自由的苦隸在長堤上緩緩跋涉。初月躺在板車上，大花被從頭捂到腳一動不動像個死人。

王陽冥直接將初月拉回娘家調養，閻真清因此認為小腳奶奶一碗水沒端平，在妻子面前挑撥離間，被初雲淡淡一句 我們家欠初月的 擋了回去。

某一天初玉記起小時候問閻真清閹雞的問題，成年後明白了他的答案，同時又產生了新的疑惑 不知道女人絕育後是不是也去掉了七情六欲 她沒有問過任何人，也沒有跟人談論過這些。關於女性成長中的很多的問題，像小腳奶奶從不拿到太陽底下晾曬的內褲，都有說不清的禁忌。很多事情她覺得不應該那樣，但因年齡小，說不出道理。比如母親，她一直忍受著鋼圈在精神和肉體上的雙重折磨，老是腰部腿軟，下腹脹痛，幹重活時疼痛更加明顯，她不得不付出更多的精力對付體內的冰冷異物。她疲憊地坐在椅子裡，仔細品味鋼圈帶來的各種不適，樣子可憐。

父親死後，母親按照奶奶的意思 給來寶騰出一點地方 把床鋪搬到了婆婆的房間，夜裡兩人經常熄了燈躺在各自的床上，就著黑暗東家長西家短，直聊得一方響起鼾聲。所以白天她倆倒沒什麼話說，甚至像彼此賭氣，有人說婆婆把媳婦看得太緊 媳婦心裡不膩和[12]

母親時常想去摘下節育環 既然男人都不在了 那東西就沒有存在的必要了 她當時是這麼考慮的。那天晚上奶奶的心情不錯，母親隔著幾重蚊帳，鬥爭了好長時間才說出口來。

一個寡婦去醫院摘環 這會逗別個說閒話的 小腳奶奶這麼回答兒媳婦，她的聲音平淡清晰，像做任何一次決策一樣 那東西就讓它放著 不礙麼子事

母親照樣嗯了一聲，沒多說話。她去世之後，初玉整理遺物時看到了一本一九八〇年的病歷（一切與她生活有關係的物品她都保存著，上面顯示母親去醫院看過病查過環，診斷環已經移位，取環需要住院手術，也許是因為時間和費用等種種問題，母親選擇了與鋼圈共存。母親是趁去鎮裡買東西的機會偷偷去醫院取環的，這大約是她平生第一次違逆小腳奶奶，並且以失敗告終。

戚婆婆冇年紀[13] 的時季就是個狠角色了 舊社會的女人 像她那樣厲害的只怕不多 鄉下人一湊堆就會翻出老事情來 她長得好 男人屋裡富貴 可惜是根花花腸子 也不曉得

她是怎麼做到的　硬是沒讓她男人討成小老婆　後來是被別人打死的　據說是睡了別人的堂客　冇想到他的崽又繼了他的腳[14]　守寡沒兩年　有了相好　她婆婆給了她兩條路選擇　一是同意她嫁人　留下兒子　家財一分錢也別想拿　二是安安分分守寡　到兒子成家　就由她掌管全部家產　她可以枕著金銀珠寶睡　戚婆婆到底為什麼沒有改嫁　到現在都是個謎　有的說那時正值辛亥革命動亂　那男的戰死了　有的說戚婆婆貪戀家財　選了第二條路

人們的意思是說，戚念慈聞過梅開二度的致命芳香，她這是擔心一個三十多歲的寡婦，萬一管不住第二春的襲擊跟別的男人跑了，丟給她六個孩子，她可扛不起這爛攤子。初家早沒有當年的富貴家財做籌碼，她也沒有給兒媳婦攤牌的底氣，只能從身體上暗自管控，杜絕吳愛香與男人單獨接觸的一切可能。

有時候個人痛苦的經驗不但不會讓人對別人相似的遭遇產生憐憫　反而會鑄就出一顆更加冷漠與無情的心　母親去世之後，初玉反思自己的家庭，琢磨人性，她曾從小腳奶奶

---

12 不膩和：不快樂。

13 冇年紀：年輕。

14 繼了他的腳：指繼承了他睡別人的女人這一愛好，同樣因此丟了命。

對待母親的態度上得出上面的結論。當她握著母親那一雙因勞作變形的滿是樹瘤般粗糙的手，眼淚落下來 世上再也不會有這樣苦命的女人了 她想 她冷清的子宮裡那個該死的鋼圈將被大地腐蝕 再也無法折磨她了

罩子天沒有被太陽收走的跡象，四下裡白霧茫茫，鳥跡絕蹤。除了馬路上偶爾過的汽車，這個大清早算得上寂靜，整個社區好像只有這一對姐妹醒著。

我不是港得耍[15]，我是默清了神[16]的 初雲也來到陽臺，終於用做姐姐的那種年紀與閱歷穩住舵，義無反顧地駛向風雨深水區。她摘掉花枝上的黃葉，像評價盆中植物似的努力壓低嗓門，音調平平地說 我想跟另一個男人生孩子 我想這麼做 她說起她跟那個男人有多好，複通輸卵管後她就去跟閻真清離婚。過去三十八年，她一直為別人活，現在她要為自己活一把

如果你是一個大家庭裡的長女 下面還有五個老弟老妹 老架[17]死了 娘身體不好 恩媽[18] 一雙小腳 你就冇得麼子選擇的餘地 你兩歲大我就要背著你去讀書 回來還要割豬草 餵牛食 挑滿水缸 田裡鋤草 河裡洗衣 夜裡還要趕作業 娘經常腰疼 臉色蠟黃 要我港 世上冇得幾個乾娘[19] 疼媳婦的 你都不曉得你有好不省心 睒下眼就看不見了 你就是愛耍水 屋周圍都是荷塘 都怕你掉水裡問死[20] 恩媽為了你 不曉得罵過我好多回

初雲持續那種平淡的語調，像飛機經過短暫的顛簸終於上升至萬米高空，沒有任何氣流影響，平穩得像坐在家裡，機上的乘客這時開始放鬆身體，看一看窗外的風景，犒勞撫慰顛簸期間的驚嚇，嘲笑自己膽子小，以為那點晃動是發生空難的前兆。初雲露出笑容，她完全沒有訴苦的情緒，聲調像一盆植物一樣客觀，尤其是說到初玉小的時候，竟像母親談論孩子般滿面慈愛。漸漸地什麼東西像雪一樣融化了，機窗外的白雲像蓬鬆的棉花一堆一堆，心態已完全進入飛行模式。正是這時候，初雲望向初玉，發現後者不知什麼時候已經淚流滿面，飛機又一顛，失重感使乘客再次意識到自己遠離地球的危險，不覺抓緊座椅扶手，合上了厚嘴皮。

初雲呆呆地看著妹妹。初家所有人都沒有擁抱撫慰的習慣，所以她只是站在一米外

15 港得耍：開玩笑。
16 默清了神：想清楚了。
17 老架：父親。
18 恩媽：奶奶。
19 乾娘：婆婆。
20 問死：淹死。

的地方一動不動，彷彿面對一團病菌。

你吃過那麼多的苦　現在可以輕輕鬆鬆地為自己活　對自己好　你應該出去旅行　去看看外面的風景　可你居然還要複通輸卵管生孩子　你結紮十幾年了　又想著找生育的苦　我從小看了你們作為女人遭受的罪　尤其是媽媽　像牲口一樣的生育　因為恩媽要孫子　因為父親要兒子　最後還要忍受一個鋼圈的折磨　還有初月　差點難產死掉　沒有誰會記住這些危險　男人們也真的當生育是瓜熟蒂落的自然結果　也不想想醫院產科每天為什麼那麼多不肯瓜熟蒂落的　你現在居然還要冒幾重危險去幹這件事　我真的不明白　初玉擺了擺腦袋，彷彿告訴患者家屬病人已沒有治好的希望。

跟他生養孩子　對我來說　就是快樂　就是生活　你可能是不明白　因為你還沒有碰到一個這樣的人　此時初雲的面色明亮起來，彷彿太陽收了罩子天，但立刻有片陰雲一閃——她覺得剛才的後半截話沒說好，也許會無意間刺傷初玉，諷刺她已經三十歲了還沒結婚生子。這個年齡的姑娘，在農村就是有問題生理缺陷性格古怪嫁不出去的老姑娘，讓全家人臉上無光包袱很重。雖然初玉身高一米六五，小臉秀麗，胸部不大不小，腿不長不短，腰不粗不細，上的名牌大學，是初家　光宗耀祖的角色

你條件這麼好　找一個配得上你的不容易　只要你適當降低一點標準　說不定娃都有了

她這蹩腳的好話像一座雕塑臨時黏上去的斷臂，誰都能一眼看出破綻

我根本就沒想過生孩子　強行黏上的斷臂使初玉心裡煩躁　你不要用村裡的眼光來看待所有女人　你們就是結婚　生娃　帶娃　年紀大了再替兒女帶娃　活得長的繼續給孫輩帶娃　總之是在灶臺和帶娃之間老掉　她的聲音像深冬寒冷的湖水，既然開了頭，就乾脆說個透澈　城裡女性競爭大　要讀書　考研　讀博　除了家庭　還有事業　現在是二十一世紀　像你這種愛一個人就給他生娃　就給他做飯的舊思想要不得了　照你這麼說　難道天下女人都應該學廚藝　如果愛就等於生娃　那不想生娃　不能生娃的女人就不懂愛　沒資格愛麼　這是什麼邏輯　事實上你說的那兩樣東西根本就不能為女人提供安全保障　你應該好好想一想你作為一個人　一個女人　四十歲之後怎麼過更有意義

跟他生一個孩子　我就是這麼想的　初玉的長篇大論對於初雲，就像光亮對於瞎子，聲音對於聾子，藝術對於牲口，她保持她的客觀語調　你還沒對離婚的事發表看法

這是另一碼事　我不想摻合你的婚姻決策　初玉回到客廳，在沙發上坐下來，好像剛才一番話讓她筋疲力盡　我甚至也不想阻止你做輸卵管疏通手術了　不評價了　我盡我所能給你在醫院做檢查提供一點方便　但我對你遇到的這個男人沒有好感　生孩子是他的條件對吧　如果我沒猜錯的話　他這是給你出難題　首先　這是違法的　不提供相關證明　沒有醫院會做　其次　讓一個絕育多年的超齡婦女做複通手術　恢復生育能力　醫學上可能性是極小　我覺得這個男人並不愛你　所以找出這麼一個理由　到時候可以理直氣壯地拋棄你　像

扔掉一塊香焦皮 因為他已經吃到他要的那部分了

聽到 違法 二字，初雲吃了一驚，但她迅速拋開這個，她更關心能否手術複通 北京的醫生技術好 小地方醫院我也看過 他們一聽就說不行 也不知道說的是不能恢復生育還是不能給我做這個手術 來北京檢查看看 行不行 都落心落意了

行 下週一吧 初玉以醫生的口吻說道 你會發現北京還有大把比複通輸卵管更有意思的事情

3

初安運的死，人們私底下談論了很長時間，說什麼的都有，甚至有一種不可靠的言論還據了主流，說的是子剋父，前世是仇人，今世是做不成父子的。人們也都看得出來，戚念慈愛子如命，也許這是當年她沒再改嫁的真正原因。白髮人送黑髮人，她沒有像別的村婦那樣在地上打滾號哭，要以自己的命換回兒子的命，她緊攥手中的拐杖，深深地戳進泥土裡，眼睛瞪著某個地方，臉上所有的皺紋都悲傷待命。

那天沒有一絲風，但她的白髮微微抖動，細心的人看見她的手也在顫抖，一雙小腳釘子一樣牢牢地紮釘在大地上。她一定在那天就著忽明忽暗的天氣回憶了兒子的一生。有人過去攙扶她，她像個鐵人一樣身體冰冷堅硬。但這也就是初安運下葬那天的事情。

此後人們發現她的變化，好像周圍還有一個看不見的怪物在覬覦她生命中重要的東西，她時刻警惕，隨時準備出擊。同時將身邊的人訓練成精兵強將。這就是為什麼她每天預報天氣，敦促早起，讓每個人都在自己的軌道上高速運轉。

她很快養了幾隻兔子。大家猜想她心裡一定難過得不行，養養小動物，對一個悲傷過度的人來說的確會大有幫助。她也常去後山散心，順便採些蘑菇回來。她看起來相當平靜，好像不曾失去一個兒子，好像什麼也沒有發生。

某一天夜裡，人們突然聽見一陣救護車似的笑聲，那也是人們第一次聽到她那麼敞亮的大笑，聲音興奮，導致音色產生變化。第二天，人們才知道她的兔子全部死了。有些人擔心她受了刺激神經出了毛病，都找著借柴米油鹽的各種藉口上門來打探虛實，並不失誠懇地安慰她。但她看起來沒什麼大礙，平靜得像清朝的一件器物。她親自看著兒媳婦在山裡挖了坑埋了兔子。後來有人送她一隻貓，有人給她一隻狗，她都拒絕了，此生沒再養過任何小動物，似乎再也經受不起任何生命的死亡。

這以後大家也漸漸忘了這回事，對初安運隱祕的風流韻事興趣漸淡。過了兩年，初安運睡過的女人成了新任場長的妻子。消息很快傳出來，過去關於把自己的女人做成誘餌的說法在某種邏輯上似乎說得過去，一時間人們又開始議論紛紛，有說新場長不會有好下場，也有說那女人壞話的，跟妓女沒有區別。戚念慈照樣顫顫巍巍地去後山散步，她沉浸在自己的世界裡，偶爾停下來面帶笑容和別人說幾句，證明她精神正常。

過了幾個月，正是山後蘑菇氾濫的時候，忽然有一天，新場長夫妻雙雙暴斃家中，據說是吃了帶毒的蘑菇。這一事件導致全村人對蘑菇過敏，並且讓它永遠從餐桌上缺席，無人採摘的蘑菇瘋長腐爛，被踩成泥漿。

這時候初來寶還沒開口說話，到六歲也看不出要說話的跡象。人們說戚念慈手上沾了兩條人命，報應出一個啞巴孫子。他們總能找到一個合適的位置，對周圍發生的事情評頭論足，發出正義的批判或讚美。這些人往往是同一撥人，他們有的是時間整理線索，像做拼圖遊戲一樣，一旦拼成某種事實，便對自己的智慧欣喜無比。比如說新農場當主任，總有人送東送西和他建立關係，有的怕他不收，悄悄放下東西便走了，隔幾天再閒淡地問那乾貨味道怎樣，熨斗好不好使，這麼巧妙地告知對方那些東西是自己送的。據說這對夫婦死的前一天也收到匿名送禮，人們猜測蘑菇是其中的一部分，過去了很久的一個謎團，此時像一道閃電劃過夜空，人們想到戚念慈，這種手段完全符合那個狠角色的性情。

當初她養兔子我就覺得不對勁 她平時又不是愛小動物的人 見到貓狗都要打一棍 罵幾聲的。

說的是哩 有幾回在後山裡碰到她採蘑菇 我好心好意給她打招呼 我說戚家恩媽，你要莫絆噠呢 她腦殼都不抬回答我 說我這陣子絆不死 要就這樣絆死噠 我也不得合眼 不曉得她吃了哪個的氣

你們是說戚婆婆拿兔子做試驗 花了五年時間用毒蘑菇給崽報仇 我不信 冇得這樣的事 她一個小腳女人 搞不出這麼大的事情

各種言論傳到戚念慈耳朵裡，她勻速晃動的腦袋既不停下，也不加速，白麵團臉上微露笑意，似乎很滿意這種撲朔迷離的局面。打那以後，她的飽嗝打得更響、更自信，夜裡頭她房間裡經常傳出那種救護車似的笑聲，好像婆媳倆在玩什麼遊戲。但是這種救護車似的笑聲像電池耗盡越來越弱，最後像拖長了音調的哮喘，在門窗邊才能聽得清楚。她那時已經八十多歲。也不再去後山散步，幾乎閉門不出，偶爾出現在日光底下，收拾得像要上街，頭髮順溜，衣服乾淨，但臉色不好看，眼睛幾乎被鬆弛的皺紋淹沒。人們說她 已經有了死相 認定她撐不了多久，她將舒舒服服地躺在她早就準備好的楠木壽棺裡去和她的兒子做鄰居——這應該也是她盼著的。

人們留心觀察她的動靜，有些人與其說是去看望她的身體情況，不如說是打探她還能見多少個日頭。他們看到的景象並不樂觀 屋裡一股尿騷味 樣子完全看不得了 整個冬天就是這樣，她沒有出門，總是躺在床上，撒尿也不例外，屋子裡那盆火從不熄滅，吳愛香看護著火和她。夜深人靜起床撒尿的人會看見那窗火光，彷彿那屋子裡有什麼人正在製造祕密。

開春不久，柳樹冒綠芽的時候，戚念慈又拄著拐杖出來了，一場冬眠後，她的精神頭勝過吳愛香——後者一臉敗相，並沒有春天的生氣——又搖著腦袋活了十幾年，五姐妹像小鳥一樣飛走了，巢裡只剩下她和吳愛香母子。

人們都記得這個清朝小腳女人去世的日子，那是二〇〇〇年正月初一大清早，持續一週極冷低溫天氣之後，鵝毛大雪紛紛揚揚 六點鐘噠 雪只摁哩 戚念慈站在家門口完成最後一次報告時間與天氣回到床上躺好，再也沒有起身拿起她的拐杖。

第一個趕到的是王陽冥。

他作為風水大師早不再幹抹屍的活計，但一來就挽起袖子，撿起了十幾年前的營生，抹屍、請水、入殮等一系列喪葬風俗禮儀他全包了。人們都說他懷著感恩之心，因為初月除了人人都看得見的那點小缺陷，她身上有數不清的美好。就像一本好書，他是唯一的讀者，一邊讀一邊畫槓，最後整本書都畫滿了槓，藏進箱底都捨不得與人分享。初月就是這樣一本值得畫滿槓槓的書。誰都看得出來，王陽冥是把初月供起來的。他人勤快，辦事踏實，嘴皮活泛能說會道，陰間陽間的事情沒他說不上話的，幾個孫女婿當中，戚念慈最樂意跟他聊天。她老早就相信王陽冥會有出息，儘管當時大家都認為他年紀偏大，個子不高，主要是經常與死人打交道，身上沾著晦氣。

戚念慈認為，一個看了那麼多死亡的人，會更懂得生命，初月跟他不會吃苦。事實比戚念慈預料的好，豈止不會吃苦，簡直是掉進蜜罐。初月嫁過去根本就沒下過田，養得皮膚細白，體態豐腴，每天在家裡打掃擦拭，窗戶家具一塵不染，灶臺碗櫃乾淨整潔，屋門口種著薔薇、月季、梔子花，屋後有石榴、玉蘭、無花果，最難養的牡丹居然也活了幾株。兩個娃穿的雖是自己裁剪的麻布粗料衣服，也總是清清潔潔、體體面面。別人說初月在娃娃上實現自己的愛美夢想，彌補自己的人生缺陷。當然是不是這樣都無關緊要，初月賢慧不用懷疑。她也將王陽冥收拾得像模像樣，走出去像個赤腳老師[21]。

　　人們發現初月天性裡有浪漫的東西，她將少女時期不能實現的浪漫情懷全部投入到家庭中。男人們帶著遺憾的口吻，說以前只注意到初月沒有半邊頭髮，完全沒有發現她身上十分之九的地方都堪稱完美 在床上肯定也花樣不少 他們說 鮮花插在牛糞上 好瓜讓王矮子摘了 那傢伙福分不淺。

　　當年訂完婚，王陽冥就送初月去學裁縫，兩人的結婚衣服都是她做的。人們相信兩個會過日子的人在一起，生活只有美好，更何況王陽冥的確算得上戚念慈的半個孫子，吳愛香的半個兒子，但凡初家這邊有什麼事情，不論大小，他都第一時間趕來處理，人們正是從這一點上看到他和初月的感情。閻真清是斷手板[22]，只會閹雞，對岳家的事情不上心，往往在王陽冥一切辦妥之後他才出現，說話做事不鹹不淡，純粹是做做樣子。人們說由於閹雞這門手藝隨著社會的發展越來越成為傳說，而王陽冥的技能越來越值錢，戚念慈有偏心，閻真清心裡不膩和。有一回，戚念慈說男人光有身架子沒什麼用的話傳到閻真清的耳朵，雖不是具體針對他，卻同樣刺中他的心。

初月緊隨丈夫其後到達死者身邊，摸著死者的臉一陣響哭，臨終前不在死者身邊，這個遺憾平添了許多悔恨，她久久都不能走出這個念頭，彷彿要是送了終，她就不會這麼悲傷。

吳愛香面色憔悴，但過去圍繞她的那種隱忍氣息已悄然消失，她散發出一種她自己渾然不覺的光輝。有些嘴巴刻薄的人說，戚念慈就是套在媳婦頭上的緊箍咒，念了幾十年經，把媳婦神經都緊壞了　現在她終於可以當家作主了　吳愛香要做的第一件事就是解開目光，放出這條常年被拴在眼門口的狗，讓它自由溜達。她不時望向大雪茫茫的穹空，彷彿是佐證人們的猜測。她的目光穿過大雪的厚簾投射到很遠的地方，掠過農場結冰的湖面，臃腫的屋頂，綿延的丘陵像一個橫臥的女人，女人似乎在向她微笑——她從來沒有恨過這個女人。當那些事情傳到她的耳朵裡，人們既沒有看到電閃雷鳴狂風暴

---

21 赤腳老師：鄉村公立學校臨時聘請的有點文化水準的農民。

22 斷手板：人笨，什麼都不會幹。

雨，也沒有聽到小雨淅淅瀝瀝滴滴答答，她像雪融湖面一樣無聲無息。人們猜測她那兒已經結了冰。

不會撒嬌性情呆板的乖女人　總會輸給那種會騷會嗲長相一般的　女人們暗自總結出這個結論，並且反思自己，打算有意識地做出某些改變。事實上人們也只是憑表面判斷，誰也不知道吳愛香與丈夫單獨相處時會是什麼表現，連生七胎能證明什麼？多少妻子一輩子不知道高潮是什麼東西，多少丈夫像牲口一樣只懂得配種。但正是這些不清不楚的事情讓人們活著覺得有可琢磨的。死人、扒灰、偷情、婚嫁、壽慶……各種喜事、災難都是旁觀者的節日，只可惜像初家這種劇情複雜驚險懸念的連續劇本子太少，因此生活的大部分時間被無聊統治。

初月哭了三分鐘響的，二分鐘輕的，一分鐘清理面部殘淚，同時抹掉了臉上的悲傷，正常說話做事。她這時的穿戴已是展現闊氣，繫腰帶的羽絨衣，長筒的靴，一身金器。臉上做過修飾，紋了眉毛，繡了眼線，假髮也像真的一樣，整個人散發出一股城鄉結合部的時髦氣息。一個人不讀書光靠衣裳成色自然上不去，初月這樣算是會打扮的，好多小地方女人手裡一旦有點錢，立刻就把自己弄得花里胡哨像隻野雞。當初背底裡奚落過王陽冥的人，心裡已經服氣，連初月頭部的缺憾也不是事了，他們最後承認，他倆是最幸福般配的一對。

老三初冰和她裝了義肢的城裡丈夫一度讓村裡人羨慕——一個城鎮戶口遠不止抵半條腿——人們的意思是說義肢丈夫戴新月配初冰綽綽有餘。初冰是五姐妹中長相最次的，臉部遺傳了父母的缺點沒做出任何彌補，然而她嗓音柔細，個子嬌小，一身妖媚，挺著胸脯翹著屁股，走路像是扭秧歌，走慢扭慢，走快扭快，尤其是甜美的笑聲，摻雜著放蕩，像冰淇淋面上抹了巧克力，餘味無窮的。

戚念慈說她 有心計 換種說法就是情商很高，她走哪笑哪，小眼睛彎彎的，像一脈清泉淌過。初冰不想過農民生活，老早就清楚自己要嫁到城裡去，她的身體和性格雙雙早熟，初中畢業後就著手她的目標計畫，經常走四五里地去鎮裡東看西看。後來找到一份工作，早出晚歸，沒多久就住到鎮裡去了，一年後就嫁給了她的雇主。

那是一九八六年，武打片流行，錄像帶和武俠小說租售興起。初冰在錄相廳裡傳出的武打聲中逛街，按奶奶的吩咐買對聯年畫。她的身材早已經引起了小鎮青年的注意，有幾個人想以談愛的名義玩一下她，都沒得逞。因為這個滿腦子現實的鄉下姑娘，知道小鎮青年的優越感，以及他們對鄉下人的歧視，她知道什麼樣的天平不會傾斜。當她看見戴新月那條空空蕩蕩的褲腿，就知道一個重要的籌碼已經押在了她這邊。

那個雪後初晴的上午，氣溫回升，不時有融化的雪塊從樹枝上掉下來，屋簷上的冰凌開始滴水，來往的人使雪泥發出叭唧叭唧的響聲。照相館門口，一個男人正將廣告紙糊上櫥窗，他樣子不老不少，剪著平頭，國字臉，兩道劍眉，體格健壯，左腿卻是虛的——正是這根空空蕩蕩的褲腿帶給初冰信心與希望——他動作緩慢莊重，細心地抹平哪怕是一點氣泡，一道皺褶，如果說是他腿腳不便的原因造成某種慎重的錯覺，他臉上的表情同樣專注認真，好像內心在做某種祈禱——後來她也知道，事實上他的確在祈禱，他已經三十多歲了，他鼓起勇氣這麼做，希望能如願以償。

許多年後，初冰仍能一字不落地背誦那紙招聘廣告

本照相館誠聘女性助理一名 要求未婚 健康 善良 身材苗條 五官端正 戶籍不限 學歷不限 年齡18—30歲 無不良嗜好

她當時就站在一邊，目光圈住他帶鬢角的側臉與肩胛，她被什麼東西打動了。她默默地等他張貼完畢，跟他進了照相館。半個小時後，她就成了那個眼睛安靜，嘴巴寡言的攝影師的助理。直到結婚那天他才告訴她，一年前的招聘廣告，其實就是徵婚啟事，他根本不需要什麼助理，他找的是伴侶。

她說她早就知道，那一看就是徵婚的，她在他貼那張東西的時候就愛上了他的側臉。他對此深信不疑。他大多數時間沉默，但不陰鬱，看起來像個啞巴，直到他們有了

兒子，他的話才多起來。以前鎮裡人說，從沒見過這麼孤僻的退伍軍人，不跟任何人往來，也不和姑娘約會，但後來算是從戰爭那方面找到了原因——人們開始去理解他內心的創傷，對他分外友好。過了些年，人們有的忘了這些，有的不知道這些，他再次成為小鎮怪人。他從來不講那場戰爭，從來不講他的腿是怎麼回事。父母當年送他去部隊鍍金，沒想到真的碰上了戰爭，上了前線。她也是當助理很久後他才告訴她，在一場極為殘酷幾乎全軍覆沒的戰爭中，他的左腿扔在了戰場上。

無論如何，你是我心目中的英雄　她當時是這麼說的。這句話將她和他那輛耗了不少燃油的列車扳進了正軌，一口氣轟隆隆地開進了婚姻的終點。

誰也沒料到初冰能嫁到城裡去。一些出於嫉妒的人在那條空蕩蕩的褲腿上找到慰藉，最後發現其實那不過像初月半邊光溜的腦袋，根本不算回事。這個叫戴新月的傢伙有足夠的資本填充空褲腿，他有勳章——雖說那塊東西已經生鏽兌不了一分錢，他有津貼，而且他模樣周正，裝了義肢後四肢完整，簡直算得上儀表堂堂，孔武有力，於是人們又說，這個鄉下姑娘是女癩蛤蟆吃了天鵝肉，這都歸功於初安運的墳址選得好，庇佑後代。

大家都眼見初雲初月初玉的好日子，只有初雪，高考落榜後一個人跑去上海，很少回家，人們不太清楚她的狀況。在戚念慈的葬禮上，人們最想看到的是她，那個小時上樹掏鳥窩，下河摸蚌殼的大膽姑娘，會帶幾個人回來奔喪。

現在還沒有真正的熱鬧可看，初雪回來最快也是晚上。所以人們饒有興致地盯著搭靈堂的人，看他們怎麼將巨大的帳篷支起，掛上寫著「奠」字的白紙燈籠，靈堂裡燒起蜂窩煤爐和柴火堆，供看客和幫忙做事的取暖。寫著 沉痛 悼念 的充氣拱門一路擺了幾里地——過路人一看便知道這是花大錢的豪華喪事。

早飯後銃炮響起，哀樂浸染每一片雪花，彷彿下的不是雪，是哀傷——但這又誇大了事實，除了新到的奔喪者用說唱般的夾敘夾議惹得大家陪著落幾分鐘情不自禁的淚，其他時間甚至都是歡樂的。

一百零五歲的陽壽 真正的喜喪 莫傷心嗟 人們這樣安慰死者親屬，於是大家的言行就可以不加掩飾地歡樂起來，畢竟各自忙著掙錢，聯絡少，好久沒有見面，出外長了見識的要顯擺見識，賺了錢財的要炫耀錢財，添了兒孫的要展示兒孫。於是人們三個一團，五個一夥，在火爐邊圍成一朵花，抽菸喝茶，嗑瓜子嚼檳榔。

戚念慈則舒舒服服地躺在她的楠木棺材裡，身上覆著綾羅綢緞，臉上蓋著她常用來揩迎風淚的白手拍，靜靜地聆聽著周圍的聲響。第一次在初家大事中缺席——事實上也沒缺席，她還是主角——如果她能起來張羅自己的喪葬，她一定會拄著拐杖，小腳釘在

地球上，大刀闊斧地調擺，減少酒席開支

鮑魚海鮮芙蓉王茅臺酒都要不得　河鮮加白沙煙加南州大麴頂好的　我想早點入土　七天酒席改三天　一天幾十桌酒席四天要節約一大筆　還有啊　戲班子唱一天八千七天五萬六改唱一天孝歌子又省下五萬　照我說啊　天又冷　雪只摁　比上不足比下有餘　過得去就行了

人們對戚念慈的了解正確，吳愛香後來的話也證實了這一點，只不過晚輩們還是要大操大辦。王陽冥拿出十五萬交給治喪督管，基本上承擔了全部費用。吳愛香說婆婆是選擇有意悄悄離開的，她不想要別人送終，送死者她受不了，讓別人看著她死，她也受不了。她知道自己什麼時候離開她逗留了一個世紀的人間。

死前不久，在一次極為普通的聊天中，婆媳倆進行了一次長談，戚念慈向吳愛香交代了後事，除了節約喪葬安排——她有那口楠木棺材心滿意足——她第一次用她枯槁的雙手捉住兒媳婦的手，四根枯藤絞緊摩挲，發出砂紙似的聲音。她像一艘打撈上來的古老沉船，平靜黯淡，用充滿歷史況味的語調肯定了吳愛香為這個家所做的付出，說她是了不起的女人　晚年會有好福享的　不過，戚念慈這一次沒說準，這是後話。

吳愛香複述這些時五官緊縮，擰出一些淚水，看起來像是喜極而泣。

親戚們像一群發現食物的鳥，嘰嘰喳喳地撲過來，初來寶本能地做出了躲避挨打的姿勢，垂下頭，雙手抱住腦袋，眼睛上瞟。

女親戚們一身脂粉香，臉上有誇張的熱情。來寶腦海裡閃過動物世界的畫面，他想她們不是那種吃蟲子的小鳥，而是撲向腐屍的禿鷲，一個個翅膀寬大，目光尖利。她們輕輕地啄食他。摸他的肩膀，捏他的頭髮，抓他的手臂，還有人拍了拍他的臉，意識到他不再是四五歲，而是個大小伙時，突然停止了動作。

那些手收回去了，手開始互相友好地搓摸，嘴裡不停地說話，來寶一句也聽不懂。他從來不知道他有這麼多親戚，有的是第一次見面，有的好些年前見過，都是奶奶的娘家人。她們聊著，眼睛卻盯著他，他知道他們仍然在談論他，他聽到了父親的名字，她們驚歎他背影跟他父親一樣，都有板栗後腦勺，頭髮自然捲，但也就這兩句，便迅速轉移了話題，幾聲嘆息像風過松林。

他撇下她們，抓起一把香燭，長明燈前的香燭快燒完了，如果不及時續上，燈一滅，死者就會眼前漆黑看不見路，掉進什麼地方淹死。這是香燭師傅教的，他牢牢地記著這一點。他尤其知道，奶奶的小腳走路本來就不方便，他可不願她有個什麼三長兩短，他要她平平安安地去到她該去的地方。

來寶　這幾天你就好好當孝子　香燭你莫管了　那邊有香燭先生

他只顧往棺材邊走，彷彿用耳朵看路，聽不見別人的話。他想起奶奶在太陽底下洗她那雙奇怪的腳，像兩塊糍粑，兩隻小白鼠。

我這雙腳啊 像你這麼大的時季就纏上了 天天疼得哭哩 奶奶是笑著說的。

奶奶為什麼要堅持做一件那麼疼的事情 來寶這麼想時，一片雪花落在他的手背迅速融化 六月間要是有這樣涼清清里[23] 的雪花就好了 熱得出汗時有涼清清里的雪

他已經看見一個人走近自己——楠木棺材外面那層黑亮的油漆像鏡子，那是王陽冥花了三個星期，用了十桶油漆，在無風的太陽底下刷了八十遍的效果，他沒允許一粒灰塵沾上漆面——儘管它將會埋進黃土——人們說只有帶著虔誠與感恩的心才能幹出這麼漂亮的活，稍有雜念、不耐煩、急於完工，油漆面上就會有顆粒，甚至會起漆皮。王陽冥的油漆深深地融入楠木，像雨水浸入土壤。

來寶一走近棺材，綢緞的紅豔火一樣映得他的臉也紅了起來。他伸手揭開白手帕，看著熟睡者那張刀削似的臉，有點不相信那是他的恩媽。她好像年輕了很多，五官清晰，鼻子高挺，和初玉一模一樣，不知道是不是雪天的緣故，她臉上又白又乾淨，嘴巴

23 涼清清里：冰涼的。

抿成一道彎，樣子不像以前那麼嚴厲 來寶 去把你大姐叫來 過幾天就要出嫁了 不知道東西都準備得麼子樣了 他腦海裡響起多年前恩媽對他說過的話，他記得她的聲音，現在她像會隨時張開嘴說出類似的話來。

那天下午他沒看見初雲，他在她的房間裡待了很久，東摸摸西摸摸，不明白為什麼一下子買這麼多新東西，而且這些東西都要搬到別人家裡去。後來鑽進櫃子，打開櫃門時衣櫃吱呀尖叫，像是被誰弄疼了，他使勁嗅櫃子裡的新衣，柔軟的布料，以及那些男人絕不會有的氣味令他昏昏欲睡。

我家有七個女人 一想到這個他就十分歡喜，他甚至拿這個數字向小夥伴們炫耀。他的嬰幼兒時期幾乎是在五個姐姐的背上度過的，她們背著他去所有她們去的地方。可現在七個女人只剩躺在棺材裡的恩媽和坐在火爐邊不斷擰擠悲傷的母親住在這個房子裡，而每天起床報時報天氣上床打嗝放屁的恩媽因為山坡上有個坑在等著她所以放棄了她所有的工作。過去他的姐姐們要麼變成客人，回來客客氣氣地打個轉，頂多睡一兩晚就回到她們自己的家，而且她們的娃娃又哭又鬧；要麼就乾脆躲在那臺紅色電話機裡，時不時把母親弄哭，人卻很少露面。母親不要她們寄回來的錢，她們說存著給來寶娶媳婦，母親便又是一陣眼淚。

那臺紅色電話機沉默的時候，母親總是忍不住要看它兩眼，像是怕它寂寞。她過了很久才知道怎麼用它，她恰巧認得電話號碼那幾個數字，所以她也會拿起電話喂喂叫，好像在地坪裡大聲喊誰回來吃飯一樣。來寶在的時候，母親就把聽筒對準放他的耳朵，他聽見遙遠的女人的聲音，當她說她是誰的時候他完全聽不出來，慢慢地，他從這些陌生的聲音中重新分辨出他的姐姐們，他覺得忽然多了幾個從不見面的姐姐。只有初雪很少待在電話裡，她喜歡外面，她一定到很遠很遠的地方爬樹掏鳥窩去了，也許她和狼在一起。她以前總是說她要去看野生動物，要去原始森林裡養一群狼——她要帶那些狼回來，恩媽肯定不敢用拐棍把牠們像趕狗一樣趕出去。

在衣櫃裡東嗅西嗅的那一天已經過了十多年，那一天來寶第一次挨了母親的打。他將那些散發異香的衣服一件件穿在身上，身體臃腫無法挪動，於是在新布料和香粉味中睡著了，也許帶著一點連他自己也不懂的傷心。

來寶　你在哪裡　快出來　他在睡夢中聽見母親的聲音。他們在找他。他們有點著急，恩媽已經開始有了責怪的腔調。

櫃子門打開了，初雲滿臉驚恐像見到了鬼。母親過來了，打了他後腦勺一巴掌。不是因為他弄髒了新衣，不是因為他害得大家四處尋找，而是因為他將初雲的胸罩戴在頭上扮飛行員，氣哭了初雲。

那天的事他一直沒明白，後來他娶了一個女人，才知道那東西不是戴頭上，而是給奶子穿的　如果我穿對了，就不會挨打了　他將娶來的女人的胸罩戴在頭上，他以為這是懲罰女人的方式。可是他娶來的女人一點也不生氣，反倒模仿他，把他的紅三角褲戴在頭上就出去了。

娶來的女人比他小五歲，名叫賴美麗，身高一米四五，臉上多雀斑，頭髮黑又長，編著很緊的辮子，很多天都不會解開來梳洗。她媽來看她，她問你是誰，有時候一下子就能想起來　你是我媽　媽呀　猜猜我是誰

結婚第二天，人們看見賴美麗一大早就捲著褲腿在河邊泥坑裡摸蝦，辮子尖在水面蕩來掃去。

美麗　港一港[24]　昨天夜裡怎麼睡的呀
眯噠眼睛睡的哩
來賓在高處還是腳下呢
我乾娘要我不搭起[25]　你們
我們也不跟別人講
別人是誰

就是你乾娘
那我告訴你們

人們從賴美麗的嘴裡知道，她和初來寶每天晚上脫光衣服，互相看著對方的身體睡覺，好像旁邊躺著的是自己的影子。這樣過了幾個月，有天夜裡初來寶開始四處尋找賴美麗身體上的孔，他將她的身體翻來覆去地毯式搜尋，最終還是只發現了耳洞、嘴巴和鼻孔，他非常害怕她嘴裡的牙齒。因為他親眼看見它們撕扯過豬蹄之類的很多東西，她還能嘎嘣一聲咬斷只有剪刀才能做到的活。她那口雪白的鋼牙，簡直像鍘刀，可以利索地切斷一個人的脖子，而且她就是喜歡刷牙，刷牙時哼歌看天，聽樹葉嘩啦嘩啦響，每次刷得忘了時間，彷彿正是因為它剛剛咬斷了什麼血淋淋的東西，才需要這麼長時間的清理，或者說她刷牙就是磨刀，為下一次撕咬作準備。

他不止一次聽人們讚美過賴美麗的牙齒，這加重了他內心的警惕，夜裡一上床，他

24 港一港：講一講。
25 搭起：搭理。

就扯個什麼東西捂住她的嘴，防止她露出光芒閃閃的牙齒，要麼蒙上自己的眼睛，但大多時候他一上床就黑燈。人們只道他這回是找著門道嘗到甜頭不知飽足了，後來才知道他害怕賴美麗的牙齒。

這樣過了一年多，賴美麗還是像剛嫁過來一樣，只不過模樣氣色好了很多。有人建議，一旦有牲口交配，立馬讓這對夫妻去觀摩學習，可能會有意外的啟發，所以村裡但凡有人大喊　來寶快來看　時便是發生了這類事情。沒有人知道是這個辦法起了作用，還是私底下有誰手把手地進行了什麼培訓，一年後賴美麗肚子鼓起來癟下去，生了一個女兒，取名初秀。

按照計畫生育政策，第一胎是女兒，第二胎要間隔四年，於是避孕又成了初來寶的頭等大事，這個比造人更複雜的問題，對智商的要求更高，又沒有可以具體觀摩學習培訓的途徑，幸虧計畫生育宣傳小組及時來到了村裡普及避孕知識。

來寶和賴美麗坐在小板凳上，像看皮影戲那樣認真聽完宣傳幹事的講解，並牢牢地記住了把白氣球套在食指上的重要動作。回家的路上他一直豎著食指，像釋迦牟尼那樣，就連吃飯做事也不讓這根指頭倒下去。夜裡頭他就舉著這根手指讓賴美麗像宣傳幹事那樣套上白氣球。他也不再上床就黑燈。他已經不怕賴美麗的牙齒了，因為她常把初秀的手放進嘴裡，咬得初秀咯咯笑。有天夜裡，他也把食指放進賴美麗的嘴裡，賴美麗當了母親以後變化很大，把所有人都看作嬰兒格外呵護，她嘴皮輕輕抿住他的食指，舌頭舔了舔指尖，他感覺到她那兒的溫暖濕潤，癢酥酥的舒服得要死。每天晚上只等初秀在搖籃裡睡熟，他就把手指放進賴美麗嘴裡，他感覺自己整個身體都被她的溫暖濕潤包裹起來，直到他不得不拿出手指，套上白氣球，像釋迦牟尼那樣指向天空。

賴美麗的肚子很快又腫了，人們認為那至少懷了六個月，距生育二胎法定時間還差很遠。作為一貫遵紀守法的好人，初家選了一個天上浮著白雲的好天氣帶賴美麗去醫院做引產。初雲、初月和王陽冥拎著住院用品，幾個人浩浩蕩蕩地走在長堤上。賴美麗以為去生孩子，笑嘻嘻的，小個腿短，看起來比誰都走得急。回來後賴美麗摸著癟下去的肚皮，像條狗一樣到處尋找她的兒子

醫院裡有壞人 有個穿白衣服的人 用一根筷子那麼長的針紮進我的肚子 痛死人 我再也不去醫院了 他們還把我兒子藏起來了 她在屋裡翻箱倒櫃，在外面掀草垛子，拆籬笆牆，見人就說穿白衣服的人，還說她認得那個女人，下巴上有顆很大的痣。

這樣鬧了幾個月，她的注意力重新回到初秀身上，慢慢忘了這回事。這時初來寶知道怎麼讓賴美麗的肚皮再次鼓起來了。他收起食指，將剩下的白氣球統統吹起來掛屋子裡逗初秀玩，夜裡早早關門上床，把食指放進賴美麗的嘴裡，他有時也吃賴美麗的手指，賴美麗的手有股鹹味——她不怎麼洗手。

他摸著賴美麗的肚子，感覺每天有人在往裡吹氣，吹一口就脹一點，慢慢地變成墳丘的形狀。冬天恰好來打掩護，他往她身上套了很多衣服，就像小時候他躲在櫃子裡幹的。他們要讓這件事情成為他倆的祕密，把肚子藏起來。但是氣球越吹越大，好像馬上就要爆炸，根本藏不住，連小孩子都看出來了。

有天午飯後，剪著青年頭的婦女主任拎了一斤紅棗十個雞蛋滿面春風來看望賴美麗，她慈眉善目言語溫柔，像知心大姐一樣坐在椅子上，握著賴美麗的手，不時拍拍她的手背，說了很多賴美麗聽不懂的話，比如違法、罰款、指標任務，集體榮譽，她似乎堅信賴美麗是一個顧全大局的女人，只不過一時糊塗，經過一番思想交流，她會深刻意識到自己的錯誤。婦女主任同時將溫柔堅定的目光投向初來寶，讓他作為丈夫同樣明白這個道理，最後她用一種既是拍板，又是請求的語氣要他們支持她的工作。

你們準備一下 明天上午 我們安排車來接你去醫院 她還親切地摸了摸初秀的腦袋，誇她乖巧機靈，走時又鄭重地握了握賴美麗的手，邁著志在必得的步伐，離開了這個光線幽暗空氣混濁的地方。

婦女主任一走，賴美麗便瑟瑟發抖。初來寶往她身上搭了一場棉被，她繼續在棉被裡發抖，眼珠唆動。晚飯時她正常了，像個餓鬼似的吃飯，咽得直瞪眼，放下筷子便打著飽嗝嘻笑起來，帶著竊喜和機靈的神色

他們說明天　我躲過明天就好了　我剛剛已經把明天的飯全部吃進肚子裡了　我去山洞裡睡覺　過了明天再回來

下午氣溫已經降到零下，天黑時路上開始結冰。賴美麗像隻企鵝，拿著手電筒，裹著棉被進了後山。初來寶眼看著她踩著恩媽過去踩出來的路，一步一步往黑裡走去，直到手電筒燈光消失在黑暗中。

雪籽像陣雨般落下來。

黑夜喧囂。寂靜。

初來寶聽著瓦屋頂上密集迅疾的劈哩啪啦聲睡著了，半夜被尿脹醒，外面死一樣的寂靜。打開後門只見滿天飛雪，地上全白。小便在雪地上沖出一個黑洞。

這一夜被窩裡沒有賴美麗怎麼也暖和不起來，腳一直是涼的，他望了一眼暗黑的山林，他想賴美麗沒有他肯定也睡不熱。於是裹了被子借著雪光去山裡找她睡覺。他轉了很久沒有發現賴美麗。他聽了一會兒自己的喘氣聲。積雪已經深到膝蓋，棉花大雪好像要把他就地埋葬。

他想起賴美麗說，她會藏在誰也找不到的地方，她做到了，他覺得她真了不起。他從小跟恩媽在這片山裡進進出出，他熟悉這兒，就像熟悉賴美麗身體的版圖，可她藏得連他也找不到。

明天誰也找不著她 過了明天就好了 他帶著讚許的心情離開山林，回家躺下時他聽到公雞打鳴，被窩裡空空蕩蕩冰冷刺骨，他抖個不停。

第二天上午九點鐘，雪已經停了，婦女主任從一輛滿是雪泥的麵包車上下來，依舊春風滿面。發現賴美麗不在屋裡，她笑咪咪地問來寶，來寶只是搖頭。她又笑咪咪地找吳愛香，吳愛香甚至都沒有看婦女主任一眼，慢吞吞地從這間房忙到那間房，對兒媳婦的失蹤不做任何評價，最後要婦女主任去問她奶奶——這時戚念慈已經死了三年了。

賴美麗成功地躲過了 明天 她再也沒有回來。人們去山裡找她，大雪覆蓋下一無所獲。三天後雪化了，人們看見她倒在離家幾百米遠的地方，腦袋衝著家的方向，手伸向前摳進泥裡，地上一片紅。人們分析她可能是當晚生產發作出了事。

大雪使戚念慈需要花更多的時間才能等到前來跪哭送別的晚輩。不過她一向有耐心，躺在暖和舒適的楠木棺材裡面不改色心不跳。

來寶將白手帕重新蓋上奶奶的臉，就像他每次看完別的死者一樣。然後給奶奶換了香燭，加了松油。

恩媽呀 初冰的哭聲與一身風雪同時飄進靈堂，像京戲裡哭靈的，撲過去一把抱住了棺木。前頭眼淚乾了的親屬又陪著哭了一回，看客也跟著抹一回淚——她們就是奔這個來的。

初冰穿著黑色的短羽絨衣服，牛仔褲和雪地靴，趴在棺材上的姿勢依舊看得出身材，妖嬈比往日成熟。她翹著屁股，沒幹過農活的手指尖尖的，像鳥爪抓著樹枝那樣抓著棺沿。她揭開了來寶剛蓋上的白手帕，哭得好像要和死者一起睡到棺材裡。

人們及時拉起她進行勸慰，她頻頻點頭，從口袋裡摸出一包小紙巾，擦淚擤鼻涕，很快止住了悲傷。她正式說話的第一句是 戴為還在箴言中學 等下跟他爸爸一起過來 於是大家都知道了，她的兒子在全市最好的中學讀書。

她抹乾眼淚，迅速融入親戚中間一一問候，把快活的氣氛推上了一個小高潮。其他遠近的親戚基本都在第二天下午趕到。初雪和初玉都是一個人奔喪，少了看點，人們不免略有失望，甚至覺得連這次豪華葬禮都要打點折扣了。但這兩個大城市回來的孫女果然也帶來與眾不同的氣息，她們不像其他人穿得鼓鼓囊囊的。尤其是初雪，黑尼大衣灰圍巾，光腿配長筒靴，露出一截肉。初玉也是薄襪配靴子，光脖子傲迎風雪。她們捏了捏戚念慈僵硬的手，都沒有哭出聲音來。

4

吳愛香裹頭巾是守寡一年之後的事。有人認為，把頭髮包起來表示她對男人斷了念想，暗示別人不要對她有什麼想法，雖然她才三十出頭；有人說她那是懷念自己溫情的丈夫，因為初安運從城裡帶給她的那些圍巾疊在櫃子裡，她從來沒有好好用過，她不可能無端端繫著漂亮的圍巾去餵豬鋤草給蔬菜潑糞，更不可能戴著那些鮮豔的、帶著城裡女人特點的東西在廚房做飯，至於收拾得漂漂亮亮，和初安運手把手去個什麼地方，那更是不可能的。

他們甚至都不曾肩並肩走路，偶訪親戚，要麼像陌生人一前一後，要麼乾脆一個先去，一個後來。和大多數人一樣，他們要做出一幅讓人相信他們是睡在一張床上，從不撫摸親吻發生骯髒情欲的正人君子，他們是無性別的人。他們沒有談過戀愛，相完親兩人點了頭，第二次見面訂婚，此後再見兩三回，在長輩們目光炯炯的洞察中，連手都沒碰過就結了婚，並且驗證了戚念慈 婚姻靠的不是愛情而是運氣 這句話。吳愛香就是有好運氣的人。比起那些結了婚發現丈夫早洩、不舉、陰陽人、性無能、性變態、性虐待、抑鬱症、脾氣暴躁、濫賭愛嫖、好吃懶做的妻子，她的婚姻是前世修來的福分。雖然時間不長，和初安運的那十幾年光景，抵得上一百年，她相信這段幸福婚姻足夠她咀嚼到掉光牙齒。

這是吳愛香新寡時的恬靜自信，她根本不在乎關於初安運的風言風語，雖然她心裡會有短暫的刺痛，但往往就在一呼一吸之間吐出去了。戚念慈將拐杖深深紮進泥土的時候，人們看到吳愛香把頭埋進兩膝一動不動。那時候她也許在想無論初安運去了哪裡，他們曾經的幸福就是一塊巨石永存。

她那時並不知道，幸福其實是一塊方糖，回憶這根溫暖的舌頭，會將糖一點一點舔食乾淨，剩下的是更為緩慢的面對空盤子的時光。

她尤其沒想到孤枕難眠與情欲搏鬥的辛苦漫長。肉欲——那頭非理性的猛獸會將人的靈魂嘶咬得血淋淋的，白天靈魂恢復原狀，晚上再被嘶咬，如此反反覆覆，讓人心力交瘁，苦不堪言。

女人們記得吳愛香第一次圍裹上頭巾的樣子，那是一條薄軟的帶短流蘇的橙色方巾，在她頭上，像灰燼裡燃燒著的不滅的炭火。誰都看得出來，那頭巾不是胡亂裹上去的，是對著鏡子耐心的結果。她仔細處理過頭巾的每道皺褶，像包粽子那樣有稜有角，露出耳朵，在腦後繫一個小結，手法工整十分講究。被橙色包裹的精緻五官沒有遺漏任何蛛絲馬跡，看不出有什麼欲念驅使。頭巾遮蓋了半截額頭，縮短了她偏長的鵝蛋臉。

人們這才發現她是個好看的女人，是那種自己不知道自己好看，也對好不好看沒什麼在乎的人。她從沒穿過對襟衣，一直是舊式側襟掐腰，腋下繫布扣，素色，與鮮豔的頭巾形成巨大的反差，下身永遠配長褲，女兒給她買的裙子，她都像當年疊圍巾一樣收在箱底——她始終是那副與初安運在一起時的打扮，除了頭巾。

有人發現她夜裡從墳地的方向回來，如果不是想碰鬼，沒有人會在夜裡去那種地方。她似乎會見過初安運的鬼魂，但凡夜裡這麼走一遭，白天那雙綿羊般溫和的眼睛便會更顯安寧。

吳愛香裹上頭巾後好像變了一個人。有些婦女開始學她的樣子，也把頭髮裹起來，沒多久村裡的婦女頭上都是花紅柳綠的。各人裹髮的樣式不同，有的簡單圍在頭頂，露出半截頭髮；有的裹好頭特意留下一截頭巾隨風飄擺。人們進一步發現頭巾的好處，炒菜隔油煙，幹活防塵灰，熱氣來還可以擋太陽抹汗，誰家建新房上房梁朝地下扔糖果餅乾，扯開頭巾比誰都接得多。

二十世紀七八十年代，鄉村婦女裹頭巾的現象，是不是吳愛香發明的已無從考究，但她的確是村裡第一個戴頭巾的。計畫經濟體制結束後，新成長的鄉村婦女對頭巾不屑一顧，她們明白頭髮是女人的第二張臉，經常結伴去城裡洗髮燙髮做髮型，買同款式的衣服穿，私下聊些床上的事情和女人的祕密。老婦人們也早已陸續解下了戴頭巾，有老骨頭發硬抬手費勁的緣故，也有時代風氣變化的原因，總之，裹頭巾是一場自覺自願自我束縛與自我解放的自娛自樂——她們自然不會同意賦予這一行為更多文化層面上的意義，或許可以理解為鄉村婦女趨同的跟風打扮，是她們保求安全不被指指點點的心理表現。即便到今天仍然如此，吃什麼，穿什麼，用什麼都要相同，甚至房屋建築，也是長得一模一樣。

吳愛香是村裡最後一個摘下頭巾的女人。當她結束喃喃自語的晚年永遠地閉上嘴巴，人們第一次看見她稀稀拉拉全白的頭髮，腦海裡還停留著她滿頭黑髮的樣子，詫異於她的頭髮彷彿是一夜間白掉的。

這已是二〇一六年的事情。

她等這一天等了很久。如果允許她從棺材裡爬起來做一次發言，讓她談一談自己這輩子的感受，她一定會說如果沒有肉體活著是一件十分輕鬆的差事——她不知道說情欲這種詞，情欲是文化人說的，村裡人通常說發騷，對牲口就說發草這樣的語言過於粗俗，她也說不出口，她只知道說肉體這個詞就像一個人穿得老老實實，沒有可以讓人指手畫腳的地方。但即便這個世界跟她沒關係了，她也難以啟齒無數的夜晚，她體內的渴望與衝動。她認為她自己並沒有情欲，是她的肉體在提醒她，催促她，好像她欠它的，因為它的生活規律被破壞了，而她無視於它的反應，沒有採取任何彌補措施。

如果她讀過一點關於女性的著作，她會深深贊同 欲望是一顆關於全身性的 化學性的炸彈 並且進一步去理解 女人的自信 解放 自我覺醒 都是通過陰道系統來傳達 的觀點，只要啟動私處那八〇〇〇根神經末梢製造的快感，欲望就會時時突襲，像狼襲擊羊群，措手不及。

那些夜晚黑無一物，戚念慈的酣聲像某種警告徹夜不停。吳愛香年輕的肉體張開巨大、飢餓的嘴，吃進黑暗和虛空。起先她渴望的是初安運的撫摸，後來是面目模糊的男性身體，最後腦海裡只剩男根——甚至還想到了牲口的東西——她不會講這些，但她會表達肉體那些絕非來自田野勞作的苦痛，那誰也不在乎誰也不過問誰也不關心的情欲問題。最終讓她刻骨銘心的不是失去丈夫的痛苦，而是與肉體飢渴的長久抗爭。

上環時醫生的判斷是對的，那些年與初安運的性事的確相當頻繁，天昏地暗，甚至讓她覺得墮落羞愧，而她的肉體每每歡欣愉悅。她想收斂，而身體迎合，於是她又為自己的虛偽羞愧——這些她也不好意思講，尤其是在那麼多生前並沒有關心過她的生活的親戚面前，當他們睜大窺視的眼睛，打定主意要裝點東西在回家的路上咀嚼時，她要做的便是如何更好地捂住自己的隱私，絕不讓他們得逞。她會微笑著像給自己寫墓誌銘一樣告訴他們

我的運氣很好　嫁了一個好男人　雖然他死得太早　但我們有六個聽話的崽女　最困難的時候　我還有個好乾娘當家作主　冇得她　我們都活不下來

她更不會打開內心封鎖了幾十年的祕密，破壞人們心目中那個純潔的寡婦形象。

守寡第八年的秋天，她幹了一件連她自己都沒料到的事。那一年乾旱，少雨蟲多，蔬菜被啃得只剩莖葉，稻田裡蟻蟲一團一團。她有幾回進城買殺蟲劑。每次經過街角，她總能碰到坐在光線幽暗的雜貨鋪裡的男人發亮的目光，這目光滲進她空空蕩蕩的心裡，照見一個沒有家具的房間和蒼白的牆壁。整整八年她沒有這樣直接地對碰男人的眼神，連近在咫尺的男人氣味都沒聞到過。看到野狗在菜園裡交配，她打牠們，打斷了掃把杆，躲到廚房裡流眼淚。做妻子的時候很少挨餓，甚至吃撐，丈夫走後的飢餓使她明白，她是一個欲望強烈的女人，四十歲這年尤其明顯。

雜貨鋪裡那雙在幽暗中發亮的眼睛帶著善意和想跟她搭訕的欲望。有一次，他盯著街面，看見她便站了起來，彷彿就要開口打招呼，她趕緊埋頭甩下他，腦海裡卻印著他高大結實的身板，約莫三十七八歲。她嗅到他公牛般的氣息，這氣息像百爪魚一樣追上來，纏住了她。逃離這條街，她感到恐懼仍然緊攥她的心並沒鬆開，同時意識到身體某處濕漉漉的，羞恥感讓她呼吸更加困難。

她有一陣沒進城買東西，或者有意避開那條街，然而只要想到他，她的身體就濕漉漉的，飢餓與疲憊。

她是在乾旱接近尾聲的時候去的雜貨鋪。

那天她裹了一條草綠色的頭巾，或許是因為秋風，她裹頭巾的方法有所改變，遮住了耳朵和兩側臉頰，在下巴處繞到後脖子打了一個結。她的首要任務是給戚念慈買風濕膏藥，後者的小腳預報天氣要變，即將轉冷下雨。她也攢了很多必買品，讓婆婆相信已經到了非買不可的時季，否則蘿蔔白菜就要錯過下種的機會，總之，她出門的理由無懈可擊。

這一天她走得比任何一次都快，好像怕什麼東西涼了似的。

她去得太早，雜貨鋪那排豎木板牢牢地擋住店門。去買別的東西時她緊張得要命，不是算錯數，就是付了錢忘了拿貨。賣菜籽的老闆說 你這個堂客怎麼丟了魂魄似的 她才知道自己的表現有多麼可笑。這使她加快了要做那件事情的速度，彷彿怕自己變卦。

她返回雜貨鋪，木板還是一塊塊並排站著，牢牢地守衛後面的領地。她嘭嘭捶響了木板，敲得又急又響，好像發生了火警。她那時候其實滿腦子空白，只是機械地完成大腦的旨意 把門敲開

裡面男人問 誰

她回答 我

好像兩個熟人事先約好的幽會。一扇小門打開了，她甚至沒看那男人驚喜的面孔閃身進去，隨手關上了小門。

她永遠記得那一瞬間，當那不知名的男人壓上她的身體，她感覺自己被一場大火徹底消融吞噬，有時像一場沖進村莊的洪水四處蔓延，有時如一片羽毛在輕風中徐徐飛翔。

直到她拾掇好自己離開雜貨鋪，兩個人都沒說一句話。他們從來沒有說過一句話。那天的街上非常清靜，她是後來被腦海裡自己捶門的聲音嚇得胸口怦怦直跳。等到快走到村子裡的時候，她仍未平靜，一種嶄新的、異常的感覺籠罩著她。

這下我的 肉體 可以安靜下來了 這應該夠我挺幾年的 她手裡牢牢地攥著該買的東西。

她有一個月沒在街上露面，盡量打發孩子去買東買西。

有一天，那個男人找到村子裡來了。她正在廚房做飯，從後窗看見他在長堤上緩慢地行走觀察，兩隻手揣在褲兜裡，有時看看天，在一棵樹下坐上片刻。她不知道他是怎麼打聽到的，他必定問過很多人，才能知道她住在這一帶。她驚得臉上肌肉都顫了起來，那個早上捶響雜貨鋪的女人只活了片刻早就化成了青煙，她現在是一個純潔的寡

婦。然後她心裡也有一丁點被人惦記的歡欣 他來找我 想必也一直在等我

那天很多人注意到了這個陌生男人，他們說他穿著黑皮鞋，一看就是街上來的，好像在找什麼東西，不像是要幹壞事的人。她那天甚至沒在門口露面，躲在屋子裡，時不時看他走了沒有。他在長堤上來回漫步兩趟，他知道只要村裡的人看見他，議論他，就等於她看見了他，知道他來找她了。

她依舊沒有再去雜貨鋪。

他只來過這麼一次。過了五年，她再次經過雜貨鋪，看見裡面多了一個女人，還有一個不會走路的孩子。她沒有碰到過去那發亮的目光。他正在給他的孩子餵飯，用嘴吹涼食物。妻子很年輕，紮著長長的馬尾巴，一身乾乾淨淨。他妻子看著她走過，像看街上所有的過客一樣。

有段時間她猜測戚念慈懷疑她在城裡有情況，再也沒有要她買過風濕膏藥，當她需要什麼的時候，直接給錢讓孩子們跑腿，給她們錢的時候她出手更寬鬆。有時候，吳愛香會猜測，也許戚念慈故意給她自由，她才有那樣的機會——沒什麼能逃得過戚念慈的眼睛，她那對幾乎不怎麼轉動的褐色眼珠子嵌在一堆皺皮中，像某種爬行動物。她說的話越來越少，搖頭時鬆弛的肌肉也跟著一抽一抽，她的威嚴不但沒有隨著衰老減退，反而在一種遲緩的行動中顯得更加堅定牢固，不可動搖。

吳愛香努力忘記在雜貨鋪幹的那件事——準確地說，是忘記肉體在那件事上的記憶，那時她是被肉體包裹的，它挾裹她，她是肉體的奴隸。然而，忘記不過是另一種欲望，它比沒發生之前更具體，更真實，因而更受折磨。它打開了另一條感覺通道，那通道離她那麼近，不過是五里路的距離。但她被困在一個地方，在與戚念慈氣喘聲相聞的夜晚，她甚至害怕夜裡做嚮與那男人有關的夢。

她不知道是什麼在壓迫自己，不知道她為什麼不敢搬出戚念慈的房間，不知道為什麼不敢再找一個男人——在她的意識裡，她似乎是贊同戚念慈的，照戚念慈這個模版活才是對的——是她自己協助婆婆牢牢地控制著她自己的肉體——因為她從來沒有想過自己。

她將兩手揣在腰圍兜口袋裡，站在階基上望向田野，算作休憩。此後半輩子，她沒有再和任何男人一起使用自己的肉體。她也越來越感覺不到它，它在變得淡薄與微弱，最終氣若游絲，這時候她被頭巾裹住的頭髮已經花白。

有人認為婆媳情深，戚念慈一死，她失去了精神支柱，整個人垮掉了；有人說是過於興奮的刺激導致神經錯亂，每天低著頭認真地剪紙片，其他什麼都不管。賴美麗出事的時候，吳愛香已經不識得人了。她只淡淡地看了一眼賴美麗，接著剪手裡的紙片，嘴裡喃喃自語，偶爾聽得清一些句子 莫到街上去 莫去敲雜貨鋪子的門 她拿著掃把屋前屋後掃了又掃。

她時常拉著初秀，問她是誰家的孩子，初秀總是回答她是爸爸媽媽的孩子，她便作出恍然大悟的樣子。電視機成天開著，睡覺也不停。她有時候接聽電話，有時鈴聲響她就用被子蒙住頭。大家都知道，戚念慈死後不久，吳愛香第一件事就是要去醫院取環 我也搞不得滿久了 到底還是不想做了鬼還帶著那個東西 無論如何要取出來

那天，初雲初月初冰一行四人，收拾得乾淨整潔踏上去醫院的長堤，就當是陪母親做一次春遊。

天空萬里無雲。河邊垂柳像雨簾微微漾動。燕子掠過水面。吳愛香裹著淺藍色頭巾，一身藏青襟短衣，雙手背在後面，露出罕有的笑容，一路喃喃自語，自問自答。

還是那個雞塒似的醫院，老梧桐被砍了，空地方蓋了一棟五層高的醫務樓。醫務室的日光燈照著雪白的牆壁，像太平間。那個曾經跟吳愛香談性生活的男醫生不見了，替代他的是一個脖頸尚無皺紋的女醫生，態度親切，因為她的母親也戴過鋼圈，只是掉了都不知道，意外懷了她

可以說這是一場醫療事故 我媽後來吃草藥也沒能把我打下來 她說這些時自己哈哈大笑，並且在這種輕鬆愉快的氣氛中完成了會診 上環後什麼情況都有可能發生 所以要定期來醫院檢查 女醫生一邊開B超檢測單，一邊悠悠地說 上回有個患者子宮穿孔 從我

們這兒轉到大醫院去了

你查過環嗎　初雲問初冰

沒有　我在市醫院上的環　做得很好　醫生是我乾娘的表妹

有親戚在醫院　怎麼還真戴那東西　我們村支書的兒媳婦　連結紮都是假的

村支書的兒媳婦為什麼可以假結紮哩　初月問了一句

這就是村支書的能耐　初雲回答　誰不想躲過這一刀呢

我倒是無所謂的　初月說　也沒多疼啊

你可別這麼說　初冰打斷她　初玉聽到會罵人的　她肯定要跟你講一通身體啊權利啊什麼的　想一想　我覺得她說得也對　可我們沒辦法　對吧

女人長了個子宮　這沒什麼好說的　我現在只想閻燕、初秀她們不必像我們一樣　初雲挽起母親的手臂，打算帶她去做B超檢查。母親正盯著著牆壁上的彩色圖畫。

那是什麼東西　初雲問道。

圖畫看上去像一個動物腦袋，耳朵橫向張開，彷彿正張嘴大笑。

長在你們身體裡的　女醫生回答　也是女人最麻煩的部分

是肺　初月說

是胃　初冰說

是子宮　女醫生依然很親切，她站到畫前，和風細雨地講解起來　看　這個是子宮口這一段是子宮頸　這是卵巢　這是輸卵管　這一塊空地　就是子宮　胎兒在這裡發育　也是放節育環的地方

母女四人湊到一塊，像一群聽到異響的雞，伸長脖子靜止不動，似乎在思考應對措施。

那東西　原來這個樣子的啊　初冰摸著小腹，呼出一口氣來

像朵喇叭花　初月對花有研究　也像雞冠子花

初雲沒說話，她沒法想像那是她身體裡的東西，孩子是從這一丁點地方長大的。她的視線停在　輸卵管　的位置，思緒萬千。

這個　輸卵管切斷以後　卵子會到哪兒去　初月問出了初雲心裡的問題

卵子遇不到精子的話，過兩三天就會衰亡，溶解，被組織吸收　醫生回答

女人們似懂非懂，慢慢走出醫務室，好像感覺身體裡堆滿了卵子的屍體，腳步滯重。

吳愛香的環因為長進肉裡，醫生建議保留，否則要開膛破肚，風險很大。女兒們騙她那個鋼圈已經不在她的身體裡，也許掉到什麼地方去了，總之一切正常。此後，找環就成了吳愛香生活中一件重要的事情。有時候半夜醒來滿屋子翻，有時在初秀身上扒來

扒去　你看見我的環了嗎　她就這樣找了一些年，直到有一回在床底下找到一個銀光閃閃的鋼圈——那是初冰從五金鋪買的——她高興得呀呀直叫。她死在油菜花還沒有凋謝，蜜蜂嗡嗡鼓震的春天。她的葬禮比戚念慈的更令人印象深刻。出殯那天披麻戴孝的隊伍塗白長堤與田野。銃響、鼓樂、鞭炮、煙霧籠天，雜花野草紛紛伏地，蠕動了整整一個小時才到達墓地。

5

初雲常回娘家走動。久而久之，人們對她婆婆的事情瞭若指掌，就像她親口說的一樣。她最喜歡兜售兒子善良的美德，他看到荒野裡的一根電線杆都會替它感到寂寞。好像這個美德足以抵消無能、懶惰、自私、不思進取的所有缺點，貧窮苦熬的生活也因此比別人的貧窮要甜蜜美好。她正是抱著這樣的想法，時時將這盤美德製造的生活點心端到初雲面前，請她仔細地品嘗，並搭配個人經歷的佐料

想想我們這一輩　上山下鄉　自然災害　十年動亂　你們到哪兒找這麼好過的日子　自己有田有地當家作主　不短吃缺穿少用　又是改革開放　又是市場經濟　社會平安無事　你們這一代　只要手腳勤快一點　什麼都有來的

她身上已經完全看不出一點城裡人的影子。了解她家世的人，知道她有文化的父母雙雙意外死亡，於是她恐懼城市生活，她從沒打算返城，連真正的農民都沒有像她這樣熱愛土地，喜歡赤腳走在田埂上的。沒想到兒子偏偏長成讀書人的樣子，這讓她左右為難。

人們開玩笑說，閹真清的外公外婆都是拿筆桿子的，他那些閹雞工具也是筆桿子，只不過他外公外婆寫字，他畫雞公蛋，並且他閹雞從沒出過什麼事故，不像寫字那樣有生命危險。

可惜的是，時代發展社會進步，閹雞這門手藝居然不中用了，冷清得連個看客都沒有。早先年不管在哪兒閹雞，周圍都會蹲幾個神情嚴肅的小娃娃無比崇敬地注視著他的一舉一動，閹完雞洗淨手，一杯熱氣騰騰的芝麻豆子薑絲茶遞到手中，更別說許配女兒攀結親家的好事。

他結婚前慣常怎麼做的，結婚後也怎麼做。比如閹雞回來，先將鈔票塞給母親，講講這一遭的見聞，閹了多少雞，東家如何客氣，先敘上個把鐘頭才回到自己的房間，只不過此時的房間裡多了初雲，一個不鹹不淡的女人，給他帶來不鹹不淡的生活。後來有了一個女兒，再後來又多了一個兒子，他都沒怎麼抱他們，他們就會走路了，會下田挖泥鰍了，他女人的胯骨那兒也寬得摸不著邊際了。正如他的媒婆表親說的那樣，初雲是個會生養的女人，如果政策允許，她也能像她母親那樣一口氣生六七個。

閹真清怕養那麼多孩子，因此發自內心地感謝貼心好政策，只是在結紮問題上產生了口角。閹真清手臂只能拎雞，初雲是家裡主要勞動力，她覺得如果她去結紮，體質弱下來，農活怎麼辦。閹真清聽她的意思是要他去結紮，眼睛都驚圓了

我這輩子鬮來鬮去　最後鬧到自己倒被鬮了　這不是存心讓人看笑話嗎

閻真清的母親更是一把攔在前面　初雲啊　你無病無痛健健康康　哪能讓男人去結紮男人又不能生孩子　他們都說了　術後休息十天半個月　對生活沒有任何影響　那麼多女人結紮了　還不是挑得扛得　什麼事也沒有

初雲原本只是擔心農活問題表達一下憂慮，況且的確找不出有幾個女人願意讓自己的男人去結紮的，她也認為自己的男人被鬮了，說出去不好聽，做妻子的會抬不起頭來。但她沒有吭聲，閻真清母子的態度讓她心裡不舒服，她仔細地看自己的一雙睡熟的兒女，理解了那個同為母親的女人。

初雲經常在隔壁聽到閻真清和母親聊天的聲音時高時低，她知道他還帶了些什麼東西放在他媽那邊，他不在的時候，她可以過去跟她媽邊吃邊聊天，增加婆媳感情。她從沒去過。她覺得那些錢和食物本該放在她這邊，由她送過去給母親更合情理，那樣她才會有妻子的尊嚴。她不願去乞食。她知道在他母子之間，就算她是塊刀片也不可能穿插進去。她還從沒見過親密無間到這步田地的母子關係，甚至婚姻，對閻真清來說都像是這棵閻氏家族樹上無關緊要的枝椏。她有時瞎想，他們是不是有什麼見不得人的關係，她知道世界上發生過這種事情。即便有什麼，她也不會嫉妒，他本來就是她娘身上掉下來的嘛。當然她明白自己只是胡思亂想，閻真清就像來寶當年受寵愛一樣，這是鄉下女孩不可能從父母那兒得到的東西，鄉下人養狗都重公的輕母的，稱母狗為草狗並嗤之以鼻的。

她不知道什麼時候開始聞到他身上有股打濕了的雞毛味，就像經常剖魚的，不管怎麼洗，身上總有魚腥氣。她有一次說了出來。如果她知道閻真清是那樣的反應，她永遠不會說出他身上有雞毛味的事實，甚至不去談論任何與雞有關的事情。也正是那一次，她發現閻真清孤傲的外表不過是為了掩飾內心的自卑。

王陽冥他不過是一個抹屍發鬼財的黑矬子　走了狗屎運　人們都是碰噠鬼　去相信他胡說八道　被王陽冥的風生水起蓋下去，戚念慈在孫女婿之間一碗水不端平偏得厲害之後，閻真清常常咬著腮幫骨一言不發，也很少去初家露臉，去了也是吃餐飯就走了，也不管大家怎麼想。現在，他頭一遭像鬣狗那樣露出粉紅的牙齦。

你現在是要跟別人一起挖苦我　看不起我　你有本事為什麼當初不去找一個身上沒雞屎味的　你現在也可以去找　撿好你的東西　我一秒鐘都不會攔你　他還說了很多難聽的話，甚至提到她在床上的樣子，像個死人一樣，屁股都懶得扭兩下，有時還嗑瓜子　我都沒說你什麼　你倒是來找碴了

她靜靜地聽著各種汙言穢語，讓他說了個夠，直到聲音漸漸疲軟最後委屈地哭了起來，彷彿因為她不還擊，導致他失去遊戲的樂趣，大人和小孩一樣，這時候都是等著奶

嘴的慰藉。

初雲沒理他，像她母親一樣從不頂撞丈夫，她拿把鋤頭去園裡鬆土栽菜。當她看見婆婆也拿著鋤頭過來，她知道她在牆那邊聽得清清楚楚，他們的生活都在她的耳朵裡，只要她留意，不會漏掉任何精彩的細節。這個老知青的文化水準似乎全部用在耍奸使滑上，她說要勤儉持家，蔬菜摘下黃葉留著吃，好的拿去賣，她自己就是這麼過來的，初雲必須繼承這一傳統。她的錢袋子只進不出。

人們認為這些年老婆子攢了不少錢。也許是預料到某種危機，她來到初雲身邊，隨著鋤頭的節奏淡淡地說起她過去怎麼和他的丈夫相處，是怎麼做女人當妻子的，舌頭和牙齒磕磕碰碰，夫妻不存隔夜仇。

我就這麼一個兒子　我死了　還不是連片瓦都是你們的　她提到了她的積蓄，數字有點驚人　你要替我保密　清伢子都不曉得的

初雲悄悄瞥她那張滿是閃電溝壑的臉，試圖將她還原為一個城裡略懂皮膚保養的老太太，一個絕不賣掉青菜葉自己吃黃葉懂得生活的女人，但那個驚人的數字干擾了她。她做出一副認真傾聽的樣子，心裡卻在盤算那筆錢可以幹些什麼。她這輩子沒有聽過那麼多錢，想也沒想過，像在屋子後面挖出了錢袋，忽然間就發了財。

涼爽的風飄過菜畦，青草和腐葉的味道同時進入她的鼻孔，她在這片土地上的勞作

終究不是那麼無望，如果拿點錢出來，她的孩子們有機會離開鄉間進風漏雨的破教室，去紅旗高高飄揚的鎮學校讀書，上重點高中，考大學。她因此將鋤頭挖進土裡，直起腰來對婆婆表達了這樣的意思，雖然她知道後者一貫對讀書學知識有仇，認為文化知識是惹禍上身的東西，對個人並沒有好處，她腦子裡有時候像被什麼東西抽打過，時不時現出些傷痕來，像閃電那樣使人驚悚。

她說完立刻後悔跟婆婆討論這些問題，她很少這麼衝動迅速說出內心的想法，閻真清總說她凡事慢半拍像瘟豬不吃食，貌似脾性好，實際上強得咬狗卵。對於將牲口和她扯到一起他很在行，或者說牲口和妻子是他最了解的兩類物種，因此他能輕而易舉地找到修辭關聯，在她和牲口之間搭上一條無形的線。

她婆婆有些突如其來的情緒，比如扔了鋤頭離開菜地　我現在還冇死呢　這就要急著將我的口袋翻個底朝天　活活地啃起我的骨頭來了

閻真清聽到動靜就去了母親的房間，門虛掩著，他安慰的言語有一陣沒一陣像醬菜罈子冒水泡。

初雲覺得此刻自己就是荒野的電線杆子，卻沒人替她感到寂寞，如果不是電線杆太多，便是有善良美德的人太少，杵了那麼多年，竟沒有一個人來瞟一眼她的孤單。

她繼續鬆土，沒有避開蚯蚓，直接將它鋤成兩截。這條一九九八年的蚯蚓也許當時

死了，也許再生後又活了些年頭。

第二年，婆婆的生命開始鬆動，先是糖尿病，後來腎不行，接著整個身體系統運轉失常，零部件相繼壞掉，從開始到入土，前後不過一年時間，她始終沒再提起她的積蓄，那個驚人的數字像她腐爛的器官般失去了意義。

大約隔了兩年，初雲才知道婆婆的積蓄祕密移交給了兒子，閻真清有次喝高興了說漏了嘴，但數目減了一半，不知道母子倆誰在撒謊。但這時初雲已經不覺得那筆錢有多麼驚人，因為這兩年她在縣城找了份工作，很容易攢出那個數目，那筆錢只能震驚一個掙不到一分現金、有個鐵公雞婆婆、且丈夫無能沒有任何經濟來源的家庭婦女。

那時閻燕已經讀專科，閻鷹在學廚藝，她從家務瑣事中掙脫出來，進城做家政服務謀生。最終一家小公司請她專門給雇員做飯，雇員們喜歡吃她做的飯菜，公司和她簽了兩年合同，還包五險一金。可她一走田地荒了，閻真清也慌了。

他母親的積蓄他喝酒喝掉了，抽菸抽掉了，偶爾帶著那套閹雞的刑具去更偏僻的地方，運氣好的話能閹出半碗雞公蛋，混上一頓午飯，得幾張幹不了正事的鈔票。四五十歲的人了，眼力不如從前，手腳也不那麼麻利，最後一次閹壞了別人的雞，他知道他再也幹不了這個，將這套東西連同破鍋爛鐵賣給了收廢品的。這時候他才真正感到自己兩手空空，像一個身懷絕技的武林高手武功全廢，連普通人都不如。他甚至沒有把妻子留在家中的能力——他那從酒精中散發出來的低落情緒令他痛苦萬分，也找不到那頂孤傲的面具來掩飾心裡的自卑，他似乎才真正地認清自己什麼也不是。

當初雲從城裡帶回錢財用品，他感到生活不過在以另一種面貌繼續，沒他什麼事。他也不問初雲在城裡幹什麼，煮飯做衛生帶孩子她在行，死人一樣屁股都不扭兩下也是她的強項。他心裡忍不住要挖苦她幾句，也許是嫉妒她那麼輕易地就適應了外面的生活，嫉妒她把從城裡帶回來的戰利品交給他時的那種愉快神情。他如果以替荒野的電線杆子都感到寂寞的良善美德對她稍加溫存，她下次可能會帶回更多物品更愉快。他一面需要她的勞動付出，一面又覺得這些深深地刺激了他的人格與尊嚴，如果不把她對家庭的貢獻理解成一個奴隸對主子的順服效忠，他簡直難以平心靜氣地忍受下去。

有一天他去城裡看她，因為她已經兩個月沒回家，他手上也沒什麼錢了，他會跟她說村裡有幾家人辦喜事，闔家要去上人情簿，每家兩百總共恐怕得小一千塊，他還會罵他娘的這麼多事情偏偏趕到一起，一下子拿出這麼多錢，也不知道什麼時候收得回來。他這時的背已經有點彎弓了，過去勾下頭閹雞時留下的毛病，年紀越大越明顯，這個使他看起來像個老人。

他是在過馬路的時候被一輛寶馬轎車撞翻的。說起來那還是他的責任，在這麼寬的街道上躲避汽車對他來說有點難度，因此避開這輛便撞上了那輛。車主馬上下來，一邊道歉一邊問要不要緊，他趕時間開會，如果可以的話，他車裡有一萬現金，請他拿去，自己到醫院處理下傷口，他還留下了手機號碼，說有問題隨時找他，他會負責到底。

閻真清跌倒沒起來，腿上流血，他腦子因受車禍和一萬塊的驚嚇撞擊，像地震一樣各種板塊挪動錯位拼接，一團混亂，仍是不由自主地點了點頭，呆呆地看著寶馬車開離視線。他想迅速爬起來，彷彿怕車主反悔，但試了幾次才成功站穩，感覺左腿痛得厲害——他知道那是肌肉的痛法，沒傷到骨頭，地上那攤血彷彿在證明他傷勢嚴重。

他把錢揣到貼肉的口袋裡，擰著眉頭表情誇張地瘸著腿從圍觀的人群中一步步跋涉出來，那種艱難緩慢的腳步完全是由於心臟激動的嘭嘭重擊導致的——今天早上出門前他預想的只是小一千，現實卻是大一萬，超出心理負荷，他可以控制面部肌肉，但很難把握心臟節奏。

醫院檢查結果和他的自我診斷一樣沒有大問題，消毒包紮時，他腿上疼心裡樂，幾乎要笑出聲來。回家時買了些檳榔菸酒，瘸著腿把初雲忘得一乾二淨。進村見人就發檳榔，那是店主給他推薦的最好的檳榔，鹵水不傷口，嚼起來不易碎渣——他平時不吃這東西，純粹是高興得不知道怎麼辦，一路嚼了回來。

很難確切分辨他的亢奮是因為一萬塊錢的刺激還是檳榔的藥性，臉上像喝了酒一樣發紅，連眼睛也像酒精浸泡過。孤傲的光輝重新回到他的臉上。他突然覺得今天晚上不想一個人睡覺，他知道哪根荒野裡的母電線杆子和他曾經互相替對方感到寂寞。這沒什麼難的。他給了她幾張百塊子，說他本想在城裡給她買件衣服，但苦於對她的尺寸一無所知 今晚我特別想好好地量一量你

那根母電線杆子說她也不知道他的尺寸，連她丈夫的尺寸也記不得了，那死鬼在深圳的建築工地日搞夜搞，只怕要到過年才能回來搞她。當晚兩根電線杆子電線交纏電火閃閃夜晚就這麼不孤單了。

一來二去，總有些門窗不夠牢固洩漏光線，走漏風聲 他那是拿自己老婆辛辛苦苦掙的錢亂搞 初雲也是碰噠鬼 最刺激閻真清的便是這種昧著良心的人嚼一些傷他尊嚴的舌頭，他正是聽了這樣的 卵彈琴 覺得有必要堵一下他們的嘴。於是他說出那次街上遭遇的車禍，搭幫祖宗菩薩坐得高撿了條命，差點斷腿變殘廢，車主怕擔大責任丟一坨錢私了跑了。所以這錢是真正的血汗錢，他流了幾碗血換來的。自然，他也不承認那些電光閃閃的夜晚，他從她家後門溜進去，或者她從他家後門溜出來，狗汪汪吠叫時的驚心動魄。但是大家很早就替初雲叫苦，嫁給一個寸事不做的男人，錢不賺一分背底裡搞起親

家母[26]來，路見不平拔刀相助的比飛鴿傳信還快，初雲還沒回村，消息就傳到她耳朵裡去了。

她也沒有立即趕回來分個青紅皂白，還是平日裡慢半拍的性子，等到她認為該回來的時候回來了。很多耳朵側著傾聽她家裡傳出來的聲響，沒有摔罐子敲桌子砸碗盆的交響樂，也沒有男女高音二重唱，屋子裡虛空的地方都塞滿了寂靜。

人們後來看到初雲在園子裡撒播菜籽，和閻真清說了幾句話，大意是要他早晚澆些清水，不然到時候不發芽，就得去別人的園子裡扯蔬菜吃。有眼尖的人看到她某天早晨進了那根母電線杆子的家門，在裡面待了四五分鐘後平平常常地離開了。

人們注意到這時的初雲連脖子都乾乾淨淨的，好像原先積了一層垢進城後全部洗掉了 皮鞋子擦得雪亮的 燙了個滿髮 穿得洋氣不過了[27] 於是反過來對初雲又有些猜疑 莫不是兩公婆都在外邊各搞各的 扯個平手 所以不吵不鬧 這一假設獲得大家的高度贊同，人們心中的疑惑因此也得到了解釋。只有臥室裡的燈泡閉眼睡覺之後聽到黑暗中初雲的話

毛堂客的男人在建築工地做事 有的是力氣 打起人來也是冇得輕重 不管死活的 我怕你吃虧 前幾天找毛堂客說了 請她幫忙擔待點 莫搞出麼子亂子來 到時冇得辦法收拾

閻真清進城是經過深思熟慮的。其中某個晚上比較關鍵。那晚他坐在自家階基上，手裡打火機火苗一明一滅，眼睛望著進城的方向，表情若有所思。他頭頂是半邊月亮，滿天星星，夜幕就像一塊被扎穿了很多小洞的布，光從小洞裡透出來就成了星星。他一直想到後半夜，感覺自己的心裡也被扎出很多小洞，有些光亮透出來。他跟那根母電線杆子各自杵在自己的地盤上不再電光閃閃，他固然害怕那個四肢無比發達的建築工人，但多半因為他心思不在這些事情上面，城裡遍地是黃金，有些人車裡的錢像餐巾紙一樣，有些人把百塊子當零鈔，而他還常猶豫著要不要打散一張百塊子，因為一打散很快就花掉了。人們都在高檔餐館換口味嘗新鮮，而他只是今天吃這個醃菜明天吃那個泡菜頂，多將辣椒炒肉換成肉炒辣椒。人們一有空，就成群結隊地出去旅遊，而他卻窩在這到處是爛泥巴的地方，靠醉酒等著自己的女人口袋裡掏幾個錢出來餵養他。他越想越覺得不應該是這樣的，他閹雞閹得那麼好，腦殼手指頭都那麼靈乏，就算是衷於手藝，過

26 親家母：姘頭。
27 洋氣不過了：非常非常洋氣。

於熱愛鬮雞事業，也不應該與這個拋棄他的時代為仇　連她這種呆裡呆氣的榆木腦殼都能在城裡頭搞得活乏野噠　我也冇得麼子難搞的

他第一次想得那麼透徹，忽然間覺得自己還很年輕，可惜母親死了，沒人可以分享這具有特殊意義的夜晚與心情——他要進城搞點名堂出來。那天晚上他沒怎麼睡，不時想起什麼，就爬起來做些準備。天亮前他終於睡熟了，做了一個簡短的夢，夢見母親給他買了一件新衣服，竟然和戚念慈的壽衣一模一樣。他就此醒來，睜著眼睛琢磨了一會兒，覺得與財運有關，最後認為這個夢表達的意思是母親不喜歡他去城裡，因為城裡對她來說就是一介死亡的陷阱。但他不這麼認為，自打他輕易得到手一萬塊之後，他就改變了對城市的態度——雖然現在是二十一世紀了，社會變得他都不認得了——他這番進城就是要去摸摸它的屁股，踩踩它的尾巴，和它打打鬧鬧熟悉起來的。

他沉靜了幾天，頭髮亂草般東倒西歪，找出二十多年前的舊衣服，屁股和膝蓋磨得放光透亮馬上就要破裂的勞動褲，被腳趾頭頂穿了的膠底布鞋，背了個爛布袋，塞進一天的水和乾糧，收拾妥當後，在初雲常用的那塊巴掌大的布滿蒼蠅屎斑的鏡子前照了照，只見一個兩眼放光的老頭舔著嘴皮朝他獰笑　嗯　就這樣子　一把老骨頭的樣子　碰哪裡哪裡碎　他鎖好門，走上了通往外面世界的大路，他第一次仔細打量周圍，發現小河似的溝渠窄得只有尺把寬了，荷塘已變成了水坑，地球在大口大口地吃掉他過去熟悉的記

我憶　等到塘坑被垃圾填平了　我也死了　他也覺得地球不經踩，地面比原來塌陷了很多　我肯定看不到地球被踩穿的那一天　他對此並不遺憾。

九點鐘的時候，他面對城市主幹道快速行駛的汽車，站在人行道上，就像一個從歷史穿越過來的人物。不久他來到了上次出事的地方，這裡人多車亂，車速很慢。他看準一輛放光放亮的豪華車，忽然從車前橫過，膝蓋碰到車頭跌倒在地，人們圍上來，只見他褲腿被刮破，膝蓋一道鮮紅的血痕。他顫顫巍巍的彷彿驚嚇過度，一句話也說不出來，其實在緊張地觀察事態進展以便見機行事　只要司機丟一千塊錢　多的不想

越來越多的腿圍在四周，他做出呼吸困難茫然無助的樣子。人們譴責車主，在主持公道的圍觀者的幫助下，他得到兩千塊錢的賠償。有人要領他去醫院看看，他一聲不吭相當執拗地拒絕了，帶著滿懷沉痛的背影消失在大家的視野中。他轉到另一個片區，在一個算不上公園的僻靜處歇了會，吃了些乾糧，決定再上街碰碰運氣。這一次遇到的車主是個紋著黑眼圈的中年婦女，當他坐在車輪前露出鮮紅的膝蓋做出疼痛的樣子，那女人突然拿出紙巾狠狠地擦掉膝蓋的血痕，他完好的皮膚頓時暴露在外，他趕緊爬起來一陣風似的跑了。

回家的路上刮起了風，天色忽然變得黯淡，毛毛細雨沒聲沒息地飄到身上，不多時頭髮衣服都已濕潤，但不至於像落湯雞一樣狼狽　原來還有別的人也在這麼幹　所以司機

們也學精了 看來不真正地流出血來 他們是不會滿懷同情地將鈔票放你懷裡的 他們也是欺負我一個人隨便打發了 下次我要穿好點，裝作打電話叫兒子過來 他們撞傷了別人的老爹 兒子是要加籌碼的 到時付的賠償會更多 他總結經驗時表情冷靜得像一塊麻石 詐騙畢竟是不道德的 我流點血 他們賠點錢 這樣才合情合理 他再次肯定了這條路選得沒錯，先前幹閹雞的行當他沒怎麼跟雞聊天，現在他也不用跟任何人說話，如果賠償達到心理要求，他只需挪開身體讓車開走，否則就用腿絆住車輪。他在家花了點時間消化這一趟，有好一陣子沒再上街。

6

結婚五六年之後，初冰突然意識到她曾經見過一個拄單拐的人到村裡做照相，就是這個人多年之後成了她的丈夫，因此她跟丈夫的緣分同樣要往前推算很多年的。她那時還小，對照相之類的事情沒有興趣，倒是對那個用一條腿和拐杖走路的男人有些憐憫　看來我是老早就對他動了心呢

當她沉浸於這樁美妙婚姻當中，不免要製造出一些浪漫來，將過去那些扯得上關係的事物一律描上浪漫的金線，時不時要拷問一下他有沒有和女人們發生什麼故事。她記得那些打扮後的女人們一站到攝影師面前，身體和笑容立刻僵硬起來，也許是故意不配合，這樣一來，攝影師便得板著臉非常嚴肅地接近她們，挪一挪胳膊，扳一扳身體，調一調腰側，握住某一個的手讓她托著下巴做出深思的樣子模仿電影明星。

八十年代普通男女肌膚接觸會像電焊一樣灼人，他卻能借著照相之名，堂而皇之地將女性的身體擺來弄去。照片沖洗好各人自己去他店裡拿，這樣便有了單獨接觸的機會。他又一慣大方，還會免費給一些他認為拍得好的照片放大，別人一歡喜就會花錢買

相框裝裱，以便若干年後給子孫講故事。她並不真的吃什麼醋，她說出這些東西，無非是和他打情罵俏的另一種方式，她很會製造情趣，她知道她有這方面的天賦。

鎮裡毛片剛興起時她就看了，少數招式她無師自通已經用過，更多的姿勢令她瞠目結舌，她活學活用，讓獨腿丈夫倍感歡愉。至於性感內衣和小道具自然不在話下——她的丈夫喜歡雙手枕頭，看著她在他身上胡來。

她從來不用擔心丈夫質疑她在他身上的放縱。換了另一個男人，恐怕會對妻子淫蕩的性事風格與作風不正派的壞女人聯繫起來，正如閻真清會對初雲在床上屁股都不會扭兩下感到不滿一樣，所謂夫妻配對，就是配對了，配對了配錯了靠的不是愛情而是運氣，戚念慈早就說過這樣的話。所以這樣配對了的男女，就像吃了迷藥一樣，是怎麼也打不散的，即便有的女人白天挨一頓揍哭了，晚上再挨一頓操就好了，在挨揍和挨操之間循環往復，就是離不了這個男人。事實上初冰在毛片中學會的遠不止姿勢動作和各種花樣專案，她還懂得了怎麼樣輕聲叫喚呻吟推波助瀾，有時過於忘我，會招來鄰居老太太關切地慰問，夜裡頭發生了什麼事情哭得那麼傷心。

九十年代初期，一個詩人的名字紅透中國，年輕人用他的詩談情說愛；東德和西德完成了統一；伊拉克入侵科威特；華人拿下了世界圍棋冠軍；第一家麥當勞在深圳開業；上海證券交易所成立；東歐社會主義國家發生劇變，執政多年的共產黨紛紛下臺……這些電視機裡的事情跟初冰的生活毫無關係，夜裡充分愉悅的勞動使她面色紅潤精神飽滿，白天接送戴為上幼稚園，摘些野花插在花瓶裡，和丈夫一起處理照相館的瑣事。飯菜多半是丈夫做的。他當兵本來在後勤部隊，懂得切土豆絲做紅燒肉，能在三十分鐘內讓飯菜上桌。只是復員後他不敢殺雞剖魚剁肉，葷也不吃了。剛復員那陣，他的耳朵裡面總像有蒼蠅飛，聽力越來越差，好長時間沒想過結婚這回事，父母對他的古怪也無能為力。

他選擇照相，也是因為從鏡頭框裡看過去生活就像電影，這樣他可以與它拉開距離，並且有些事情不像真實的那麼殘酷。她知道他的智商絲毫沒有受損，他有生意頭腦，懂得怎麼掙別人的錢而且還讓人覺得愉快。他說那時候鄉下願意照相的人很少，沒有誰讓這種不切實際的花銷弄得嘴裡好些天吃不上豬肉，所以他後來不再下鄉了，整天在自己的照相館等著，或根本無所謂有沒有顧客。

在鎮裡他有些固定的客戶，畢業的、結婚的、孩子滿月的，還有全家福，集體照等等，初冰嫁進來後，照相館的生意明顯興隆。人們的錢袋子鼓起來了，開始有閒錢花在吃穿以外的事情上。照片尺寸越洗越大，鍍金的高檔相框十分搶手。但這樣的好光景不長，人們有了自己的傻瓜相機，不久又有了數碼相機，甚至攝像機，眼看就到了關門閉館的地步。

有天晚上，他們關了電視在床上活動完畢，她說起電視劇裡的那場感人的婚禮，她想看看自己穿婚紗的樣子。他拉亮檯燈　我想把照相館改做婚紗攝影　他看著她，與其說是徵求她的意見，不如說是等待她的讚賞。他早就想改變照相館半死不活的現狀，她的話激發了他的靈感。

那是二〇〇〇年春天，新世紀的開端，他們的婚紗攝影開業了。店面翻飾一新，她穿上雪白的婚紗站在櫥窗裡，挺胸媚笑，眼睛彎彎的，像個真正的新娘。他給她拍了很多婚紗照片，他們也拍了婚紗合影，這些都放到櫥窗作為吸引顧客的廣告。婚紗影樓為年輕人留下了美好的回憶，多少年後人們都要說起它，說起那個獨腿的攝影師，尤其是他的妻子，那個妖媚的小個子女人，她居然學會了審美、統籌事務、打理服裝、給顧客化妝；學會了電腦修圖設計，甚至還學會了布景、打光、攝影，有人還說她還悄悄給準新娘傳授房中術，教她們怎麼讓自己的男人身心舒暢。大家都知道那個妖媚的小個子女人一向懂得生活，那些女人之間涉及葷素的私下閒聊也不足為怪，準新娘的初夜早就不會留到洞房花燭夜了。這是二十一世紀初，一個時代有一個時代的道德標準，年輕人已經試婚和同居，這時的人們已經遠比過去寬容，誰能想到此後十五年，姑娘們要是不懷上身孕都沒資格談婚論嫁，肚子不鼓起來男方根本不會收進門來呢。而世俗社會賜給寡婦的貞操帶也早被扔進垃圾堆，人生不離個婚都算不得完整。這時的人忽然間都很開明過去社會是過去的樣子　現在社會是現在的樣子　他們緊跟社會形勢走，忘了社會是人創造的。

鎮子古老，幾百年的歷史，臨蘭溪河，名蘭溪鎮。在戚念慈的青春時代，它是青石板街道木頭建築。窗格子古色古香，到吳愛香這兒還是一樣，雜貨鋪大門用豎木板一塊一塊鑲拼，很多年後才換成捲閘門；到了初冰她們這一代，木建築逐漸被鋼筋水泥替代，瓷磚外牆和玻璃窗與現代接軌，多半街道變成柏油路，拉貨的麵包車趕走了牛車和手推板車，船碼頭破敗廢棄長滿雜草，最後一艘烏篷船爛在河邊。到戴為混跡江湖，僅剩的重要古蹟——幾百年的古橋被拆毀新建。這時已是二〇〇八年，鎮上所有的木樓全部消失，愛美的地方官員花了很多錢，將臨河的建築弄成徽派的白牆黑瓦，提煉文化特色，又在橋側挖掉古樹林，騰出空地鋪上石磚，供老百姓跳廣場舞，哄樂了中老年婦女。也正是這時候，戴新月的婚紗攝影成為鎮上最醒目的地標　新月影樓　石膏模特在落地玻璃牆內搔首弄姿，穿著婚紗禮服，西式潔白中式紅豔，人在橋上一目了然。什麼時候女店主給顧客化妝，女店主去採購，男店主給模特換婚紗，男店主在門口揮手送別顧客，手上金錶光芒閃閃——那是他妻子在廣州買的——橋上的閒人看得一清二楚。人們知道他攢了不少錢，沒時間花，守著影樓從沒離開過。

街上傳出戴新月與一名少女性交未遂的事情，有人說這不過是他其中失敗的一例。他趁拍寫真照之便得手的少女，能說得上來龍去脈的也有五六個。不知道戴新月是什麼時候發展處女癖好的。也許是他拓展出拍寫真照的新業務之後，那些年輕女孩的迷人氣味迷惑了他。她們對一個中年男人來說，像罌粟花，又美又危險，喚醒了他體內沉睡的毒癮。這時候的處女日趨低年齡化，鄉下姑娘要從十六七歲以前的找，城裡的更年輕些，連初中生都在公共場所摟抱接吻了。也許他有一種天賦才能，通過他獨有的望聞問切——直覺、氣味、語言、觀察——就能分辨出有經驗的和沒經驗的，並進一步判斷能否得手。他安靜的眼神和沉默寡言的嘴是複雜心理活動的外飾，就像大門上的那對門環。

人們說，有的邪念往往是從那些家庭美滿的腦子裡生出來的，有點像酒足飯飽思淫欲，總會需要些隱祕刺激，攪拌進美好生活。而家庭不幸的人恰恰相反，他們要尋找的是溫暖慰藉和心心相印，忙著稀釋心中的苦。有部電影講美國一個中產家庭的妻子日子過得太好了，好得讓她想做點什麼來打破這種好，於是她隱藏身分去了一個幽暗的地方做起了按摩女郎。戴新月大約就是屬於這一類型的，幹那些出格的事，尋找自我，但並不想改變生活。人們並不能從他的臉上看出喜怒哀樂，他只有一副表情：安靜的眼神和寡言的嘴。

也許他在戰爭中被炮彈震壞了表情包。有時看人的眼神像是通過瞄準器打靶。他那像小白鼠在籠子裡不停跑動的妖媚的小個子女人勤勞聰明能說會道，似乎一刻也停不下來，如果她的眼光能像手電筒掃視枯井那樣照射得更深一點，也許最終能看見洞底有些什麼東西——有時候不是事物藏得太深，而是看的人不夠用心仔細——也許她能看見他灰燼中的火星。

混混砸店那天，戴新月的女人正在廣州採購新款婚紗和配飾。她多逛了一天廣州著名的老鼠街，打算買些名牌A貨放櫥窗裡吸引顧客並銷售。她越來越有商業頭腦。每次從外面回來都能想出新的創意，掙女人的錢，就得知道女人想什麼，要什麼，這些她自然比男人更懂。第一次去廣州進貨，她用夾帶百分之九十方言的普通話跟夾帶百分之八十粵語的普通話討價還價，像兩個外國人雙手比畫嘴巴造型，一場買賣下來汗水濕透衣背。回來後開始學普通話看《新聞聯播》，有事沒事舌頭就在嘴裡絞來絞去糾正發音，沒過幾年，全國推廣普通話，連湘北小城也不例外，當別人磕磕碰碰，她已經說得接近《新聞聯播》了。

總有人問初冰什麼時候去廣州，多半是想託她捎點什麼東西回來，也有個別語氣不同暗示她走後家裡可能有狀況的，但那種微妙的語調她不可能領會，因為她從沒想過會有什麼差錯，相信她的家庭永遠不會有什麼問題。也有人自作聰明，說戴新月的女人是故意給他自由空間，她在把自己做大做強，經濟抓在手裡，一點都不怕他有什麼變化——不然，像她那麼靈泛的女人，唯獨在這件事情上遲鈍，講不通。

鎮裡人和村裡人沒什麼不同，他們活著也沒少為別人操心，消耗給他人生活的腦細胞比自己的還多。他們的話不妨權且聽著，不用太認真，也不要完全忽略。她也給街坊帶些煲湯的海鮮乾貨和當地特產，嘴裡嘰嘰喳喳地解說這些東西的做法，還不時迸出一句廣州話逗大家一樂。她給初雲初月送的生日禮物也是老鼠街淘來的。初秀夜裡抱著她送的KITTY貓粉紅書包睡覺。她已經上小學了，智商高過她爸爸。她爸爸最關心的還是哪裡死了人，作為香燭先生，風裡雨裡都要趕過去。他的名氣遠近皆知，大家也都喜歡他不抽一根菸不要一分錢認真仗義的脾性　我必須保證長明燈不滅　香燭不熄　讓死人平平安安地去他想去的地方　沒有哪一個香燭先生像初來寶一樣讓人放心。別人通常偷懶、好吃、耍滑頭，而且不尊重死人，和婦女調笑讓香燭滅了也是常有的事。所以他們當香燭先生的時候，也許死者掉進什麼坑裡洞裡一直爬不出來，別人又聽不見他們的喊叫。

戴新月的女人也從老鼠街給弟弟買過衣帽，但從沒讓他來過家裡，她不想讓別人看見兒子有個這樣的舅舅，對初秀比對其他外甥明顯要好。初秀是她們單眼皮世家裡最漂亮的一個，正應驗了一句俗話　歪缸醞好酒　初秀隔代遺傳，繼承了曾祖母戚念慈和祖父初安運的優點，單眼皮挺鼻梁薄嘴唇，皮膚細嫩，像一個甜美的日本姑娘。戴新月的女人好幾次動過收養她的念頭，似乎是政策不允許，她只能偶爾帶到鎮裡來玩耍，讓她做攝影模特。影樓擴展後越來越忙，也就顧不上她了，後來她也長大了，不再帶得親了。

戴新月的女人在店面被砸不久，正值中午炊煙升起的時候走過古橋，一排算命瞎子靠著橋欄坐在自帶的馬扎上翻白眼。她隨興抽了一支籤，給了瞎子十塊錢，下了橋那瞎子還在解釋籤文，非常敬業。不久，人們都知道戴新月的女人在橋上抽到一支婚姻上上籤，但他們討論的不是籤子的好壞，而是抽籤這一行為，似乎暗示著她的婚姻出了問題。有的備好了惋惜的神情與言語，打算按下心裡莫名的興奮找時機寬慰當事人，並從中打探出更多的內幕原因。

戴新月的女人剛一進店，影樓外便圍了一圈人，看她怎麼面對一團糟，也有人隨她進了店裡。戴新月正在緩慢地收拾殘局，黏合模特破裂的腦袋，戴上假髮，讓模特站在他和他的女人之間

黑社會收保護費的來了　獅子大開口　我不同意　他們就砸東西　他平淡地說出早就準備好的話　變著法子找碴　這次說你借了他的錢不認　下次說你碰了他的女人　我要是沒丟掉一條腿　我要是拿出我當年打仗不要命的氣勢　哪裡有他們今天混飯吃的時季　他第一次連續說個不停，好像撕掉了無形的口罩。他甚至都沒有看他的女人一眼，似乎他只是一個負責解釋現場、提供線索的偵探。

他的女人也像警官非常認真地聽著，若有所思 這幫豬日的 他們也真會選時間 趁兩條腿健全的人不在的時候 來欺負一個戰爭中受傷的殘疾人 要不是戰士們在前線保家衛國 哪有他們今天來收什麼保護費 這些紅屁股潑猴

他的女警官對這件案子做了一個簡單陳述，對罪犯的卑劣私徑表示鄙視。這些話戴新月聽著覺得有點不對勁，旁邊人也覺得略為刺耳。他的女警官裡裡外外檢查了一遍，看看是否還有別的損失，水也沒喝一口就開始撿拾屋子，一邊打電話請玻璃店的人過來修補櫥窗。爛婚紗直接扔了，能縫補的留下來縫補。

戴新月沒有報警 抓進去待幾天 出來更麻煩 這種人進監獄就是往臉上貼金 威力更大 一部分人認為他說得有道理，小鎮青年就是這麼無法無天，除非出了人命。另有種反對觀點，如果完全不給他們教訓，他們就會幹出殺人放火的事情來。戴新月的女人擺擺手表示算了，要是他們下次來，她要朝他們臉上撒尿。問題是一個小個子女人，怎樣完成這種高難度動作，人們散開了，回到家還在想這個事情，多少感覺到那個小個子女人身體爆發出來的威懾力，不知道那些混混們會不會聞風喪膽。

俗話說家和萬事興，新月影樓這麼被砸以後，時運有點背轉。也有客觀原因，大量的年輕人離開鎮子往大城市裡發展，在外面結婚買房，鎮裡的拍攝條件已經滿足不了他們的要求，有的專門去海邊或櫻花開放的日本，或者艾菲爾鐵塔、紐約時報廣場，新月

影樓再一次面臨市場的淘汰，依靠周圍的少量需求盤活。另一個原因是，人們嗅到影樓不同於往時的氣息，櫥窗裡展示著落寞，連店裡的石膏模特都透著壓抑和鬱鬱寡歡。

7

初家的五間紅磚瓦屋，過去算村裡的豪宅傲然獨立，周圍那些需要貓腰進出屋頂長滿野草下雨時漏雨颳風時掀頂下雪時屋頂塌陷的泥磚茅草屋顯得十分卑微。初安民死後的第二十個年頭，周圍的茅草房不知哪天起全都變成了兩層樓房，黑瓦屋頂白瓷磚外牆，有的還鑲嵌金光閃閃的亮片。它們反過來包圍孤獨的紅磚瓦屋，像狼群圍住獵物，虎視眈眈，帶著憐憫與嘲弄的表情；有的地坪上還停著轎車，來去喇叭按得哇哇響，引得人探頭觀望。這時候初家老屋默默地一言不發，連個人影也難得一見。門口的竹竿上，過去掛滿了姑娘們五顏六色的衣裙迎風飄舞，現在只是一根光溜溜的棍子，偶爾搭著一團爛衣破布，那是初來寶的衣服。當他幹完香燭先生的活徹底結束一個葬禮，便將衣服脫下來放水裡浸一下，搭上竹竿，等下次死了人再穿上。家裡七個女人只剩下兩個以後，他感覺自己引以為豪的東西消失了，繼而陷入一種沉甸甸的愁苦當中。他認為那五個女人離開家，是因為她們不喜歡他了，再也不抱他背他帶他去林子裡摘野果摘野瓜，不在夏夜裡乘涼的時候捉螢火蟲，不管荷花開得多麼鮮豔都沒人來摘一枝給他。他幾乎都見不著她們了。

後來在奶奶的張羅下，他有了一個叫賴美麗的女人暖床，而且她又生了一個小女人，他以為他們家又會有很多女人的時候，賴美麗卻走了，不多久連報時報天氣的奶奶也去了她該去的地方。母親在時他還有口熱飯可吃，某一天母親也不理他了，整天自說自話連瞧都不瞧他一眼，還裝作不認識他。他一想起就哭，哭是號哭，他不明白事情為什麼變成這樣子，他感到是自己犯了什麼錯。哭的時間並不長，一兩分鐘就戛然而止，有時候連眼淚都沒來得下來就停止了；有時候短暫到像嬰兒哭前先憋紅臉的那一瞬間。所以他身上總是帶著某種悲愴的特徵，彷彿愛國詩人身上那股濃郁的憂國憂民氣質。他的膽子越來越小，除了當他熟悉的香燭先生，打點與葬禮有關的一切，別的什麼都不敢碰。人們說他年紀越大越傻，小時候還懂點邏輯頭腦也夠用，到二十多歲就是一團漿糊，竟然把自己的女兒當姐姐，跟著她去學校上課，在教室外面等她放學。

王陽冥認真地教過他當司公子[28]，學習喪葬儀式，包括殮屍、入棺、請水、出殯一

28 司公子：巫師。

系列風俗習慣，他學得很快，忘得也快，沒人引導就出現混亂，順序顛倒，最後確信他只能當香燭先生。他是一個傑出的香燭先生，總是目不轉睛地盯著燃燒的香燭，看著它們一點點變成灰燼。他偶爾對司公子唱道場的腔調入迷，但那是耳朵的事情，做法事有幾百支香燭需要照顧，他手裡緊緊地抓著一把香燭，眼睛不停地在香燭間巡邏。有的人家孝子們哭得地動山搖，有的平淡，有的喜慶，不管孝子們什麼表現，他都一樣　將來都要去那邊　遲早會碰上的　到時候我還是要給他們當香燭先生　他是這麼想的，要給所有鬼當香燭先生。

香燭的氣味已經滲入他的肌膚。人們聞到空氣中的香燭味就知道他來了，或者剛剛經過。刻薄的人說那是一股死亡味，就像他姐夫王陽冥一樣，死亡氣息也融進了他的面部。但王陽冥會畫符念咒，初來寶用什麼來抵抗驅逐那些不清不白的東西呢？他有幾次倒地口吐白沫，過會兒自己爬起來沒事一樣，人們才知道他心臟有點什麼毛病。

他經常幾個月不回家，像個野人到處遊蕩，尋找死訊。有時人們發現他在一百公里外的葬禮上忙碌。他就這麼在益陽這一帶兜兜轉轉，從不停歇。隔了很久，當人們認為他走丟了或者死在外面了，他又突然出現，頭髮鬍子一堆亂草。連初秀也習慣了他時常消失，如果他永遠不回來，也只像出去的時間久一點。

他當香燭先生當得好，別人需要他，看得起他，他尤其喜歡聽司公子喊話　香燭先生

香燭先生 準備好香燭紙錢 現在要到河邊請水 他也聽見別人說話，但那些話很難鑽進他腦子裡去，它們就像一些鞭炮紙屑在眼前飛舞，或者秋天的落葉一樣屬於大自然的一部分。

姐姐們一個個離開家，抽走她們帶給他的快樂，他也只是困惑地坐在馬扎上摳指甲。給他暖床的女人走後，他還是睡在自己這邊那邊空著。他甚至不知道怎麼像別人那樣讓水從眼睛裡流出來。大家通常在春節回來團聚。每個房間裡都是人，娃哭娃鬧，姐姐們的注意力始終在別的事情，偶爾把目光投向他，也是不鹹不淡無關緊要，童年裡相親相愛的日子彷彿不曾有過，娃娃們也是厭棄他的樣子，他一走過去他們就哭。娃娃一哭他們的媽媽就會說 來寶你是舅舅呢 不要和小孩子搶東西 或者 來寶你別抱她 讓她自己玩 他只好呆呆地站著，像一條脖子上繫著鎖鍊的狗看著雞鴨撒歡。

他們不敘舊只聊新，不談過去只說未來，除了房子車子之類的夢想，貂皮大衣也是追求目標，後來還談到買馬賭博，還有將來兒子娶什麼樣的媳婦，女兒找什麼樣的婆家，然後擺好桌子開始相聚的美好時光：打麻將，鬥地主，牌劈哩啪啦響，這個打錯牌捶桌子拍腦袋，那個樂哈哈喜孜孜直把錢往兜裡裝。

屋裡煙霧籠天，檳榔渣一地。這些熱鬧被一屋薄薄的彈性十足的透明膜裹成圓球，他在外面看見他們，卻怎麼也進不去。這時候他們的大家庭其樂融融，連閻真清和王陽冥之間的縫隙也不存在了，菸和檳榔相互傳來遞去；戴新月斯文一點，保持城裡人的修養，出牌從不吭聲，嘴巴仍然安靜。姐妹之間的暗自嫉妒也看不見了，她們一邊喊牌一邊吃東西，連平日裡嗓門低小的初雲喊起牌來也洪亮了很多。初雪不是熟手，但為了湊角勉強上陣，初玉不會打牌，但給他們添茶倒水，每個人都派上了用場。

來寶看著她們，努力回憶她們少女時期的樣子。他記得初雲有一對粗長辮搭在胸前，初月頭上飄著半片烏雲，初冰的齊耳短髮有一條白白的邊分線，初雪沖天短馬尾巴，初玉長髮飄拂……他那時候辨認她們不是看臉，而是看頭髮。在他看來她們長得一模一樣，都是單眼皮，都喊媽媽叫媽媽，喊恩媽叫恩媽，即便有髮型的區別，他有時候也會搞錯，因為他腦海裡本來就是混的，無所謂誰是誰，都在一個桌上吃飯，因此是一家人，都是姐姐，無所謂大姐二姐。所以在他從來就沒有把姐姐們分出二樣來，不像奶奶偏心偏得十分明顯　十個指手尖本來就不一樣長　她是這麼說的，毫不隱瞞自己的想法。很多年後，初雲和初雪甚至會責怪奶奶的做法影響了她們的性格與命運，初雪說她甚至都不想趕回來參加奶奶的葬禮。

他聽她們聊得津津有味。但有些話初雪只對他講，她不信任別人。

我一想就想到恩媽那副不近人情的樣子 冷冰冰的 因為她前面已經失望三次了 好像被關在瓶子裡的魔鬼立下了咒語 如果第四個來到初家的還是個女的 我就要吃了她 我曉得恩媽不喜歡我 恩媽的勢利眼 初玉要不是個小神童 會讀書 她也不會把玉環留給她每次過年發壓歲錢的時候 給初玉的總是多一些 對了 她可從沒叫過初玉下田幹點什麼尤其是六月天 她就讓她留在家裡 在太陽曬不到的地方 煮飯洗碗 燒洗澡水 我們在田裡曬得出油的時候 初玉可以躺在涼蓆上睡午覺 我不是說初玉不辛苦沒功勞 我的意思是為什麼我們就沒有機會留在家裡煮飯燒洗澡水 哪個不想在陰涼處把臉鬼蓄得雪白的 一白遮三醜 最起碼是大家輪流在家才說得過去吧 不知道我那時候為什麼就一點都沒想過跟恩媽討價還價 心裡感到不公平 腿腳還是要按時往田裡去 一點也沒想過反抗她 她那麼大年紀 又是一雙小腳 她怎麼能那麼威風凜凜的 讓所有人服服貼貼呢 想想娘在她的魔爪下 不知道會有多麼壓抑 我最終還是趕回來了 因為我還是顧忌做晚輩的責任 不能記長輩的仇 當然我也不是恨她 只是不愛她而已 那就是為什麼我一旦成年就跑了 我想跑得越遠越好 跑得越遠表示我越不眷戀她的拳頭捏出來的家的形狀 跑得越遠越表示把我自己這顆牙齒從那張虎嘴裡拔出來了 她關心過我嗎 有 她認為我跑外面搞壞事去了 要丟初家的臉 那也怪不得她 村裡有女人在外賣身體賺錢的 但她不該這麼猜測我 我想說我們幾個 她最不了解也最懶得去了解的人就是我 因為我是被魔鬼詛咒了的第四個 你們

誰知道我一路怎麼過來的 你們想像不出 我吃過一週的速食麵 我睡硬板床 洗冷水澡整整兩個月和八個人擠在一間宿舍裡 一天工作十六個小時 是流水線上的一臺機器 誰知道我生病的時候怎麼挺過來的 被人歧視的時候怎麼挨過來的 像個孤兒一樣被世界拋棄 話又說回來 要感謝恩媽塑造了我什麼也不怕的性格 在這個世界上我只怕黑 怕鬼 怕黑就不走夜路屋裡留燈 在城裡以後我不再相信有鬼 鄉下到處是墳地 氣氛陰森 又老是有些沒法解釋的神祕現象 在這樣的環境裡自然會相信有鬼 毫不誇張地說 城市給我了新的生命與靈魂 回過頭來看小腳恩媽 我真的可憐她 她們是在一種束縛中沒有選擇的餘地她肯定也掙扎過 但社會沒有提供出路 以至於她認為生活就是這樣的 也迫使媽媽過她那樣的生活 可是恩媽一死 我們家才是真正地塌了 再也沒有一個人可以將大家凝聚在一起團結一致 大姐夫一下子誰也不放在眼裡 為雞毛蒜皮的事鬧矛盾爭鬥 想來一趟就來一趟不想來時不管是什麼大事他都不會露面 三姐夫心裡本來就有點歧視鄉下人 恩媽死了 他以腿腳不便為理由都沒做孝子下跪 說什麼街上不興這個 街上不興那個 說得好像街上人都不是爹娘養的 我這些年在街上 注意 是比他那個鎮大無數倍的真正的城市 不是那種一條橫街 一條豎街 一座橋 一支菸的工夫就能走完的小鎮 按照他的邏輯 他頭頂上不知得有多少人具有歧視他的資格 現在城鄉差別越來越小 農轉非也容易了 城裡戶口與農村戶口再也不是過去白人和黑人的等級關係了 要看的是個人的本事 能力 鎮裡戶口還有什

麼優勢 我聽專家說 再過十年八年 農村戶口更吃香 有田有地有補助 我想說的是 土不土鱉不是看戶口本 還是得看觀念 街上土鱉和鄉下土鱉都是土鱉 不是街上土鱉就比鄉下土鱉高等 見識越多視野越廣 對人對生活的理解越深 越包容

還是說恩媽吧 有一回我從上海回來過春節 吃完飯洗碗 一轉頭發現恩媽站在門邊看著我 眼神不是慈愛 而是某種八卦意味 我心裡很不舒服 她不該那樣看我 好像我在外面過得好與不好都是她的恥辱 我情願她問我 我會告訴她所有的情況 我會描述我親眼所見的上海灘 告訴她上海是什麼樣子 我也會說出我遇到的男人 她聽完可以再下判斷說我利用男人也好 說我糟蹋感情也好 都無所謂 我遇到的第一個男人把我從最艱苦的工作環境中拯救出來 他有家室沒錯 我也從沒想過結婚 發現我是處女他很意外 聽說我考大學失敗 他主動幫我這樣的好女孩找一份好工作 我無意間發現男人真正的實用之處 其實這個世界就是女人和男人的關係 依靠女人成功發財的例子不少 有野心的男人娶女人就是娶她的家世地位或財富權力 不管她有多醜 男人就是給女人用的 如果你不能意識到男人的這個功能 就會盲目地浪費青春和時間 我知道幾乎每個姑娘都在已婚男人那兒蹉跎過最好的年月 我就從來沒有被所謂的愛情耽誤過 你也可以說我不知道愛情是什麼東西 這還是要感謝恩媽 因為她早就說過婚姻靠的不是愛情而是運氣 那個已婚男人推薦我去了一家上市公司做前臺接待 後來轉向市場行銷 他讓我看美國學者基恩·凱洛斯的書

我首先了解了什麼是市場行銷 這只為消費者服務的理論 也是對社會現象的一種認識 通過銷售管道把生產企業同市場聯繫起來 我後來發現行銷其實是藝術 是要研究人心人性的 我一直感激這個人 雖然後來我連他長什麼樣子都不記得了 我可能也是他人生河流中的一尾小魚 連浪花都拍不起來的 但是我們互相溫暖過對方 有過平和愉快的男女關係不是那種愛得動刀子見血的感情 對社會治安與平靜毫無威脅 正如他說我們是一對非常文明的 現代的飲食男女 還有好多人尚處在茹毛飲血的野蠻之中

如果恩媽多問一句 我還會告訴她我在這家公司做了多久跳了槽 我獲得了另一個更好的職位 這是第二個男人的作用 他的作用不是直接而是間接的 因為我跟他談了兩年戀愛 他是正兒八經的本科生 他對我的影響不是正面的 如果我不繼續充電學習獲得新的學歷 我可能很難給自己開闢新的發展空間 其實這也是我們最後分手的原因 我的履歷欄上的高中學歷始終是他心頭的刺 他並沒有等到我一路自學考到經濟學博士 沒有哪一個男人等到這一天 因為在這十年裡我記不清換了多少次男人 不管是主動還是被動 我從來沒有停下來為任何一個人 任何一段感情傷感或痛苦過半天 我連哭都沒哭過 對方流露出分手的意思 我就自動消失了 根本用不著他說出來 倒是我要分手的時候 被兩個人糾纏索要機會 我走路不回頭的 我可不想像《聖經》裡的那個女人 一回頭就變成了鹽柱子 希望在前面 不是在後面 別說我涼薄 我不勉強自己 現在想起來 我是沒有青春過 一進青

春期就老了　第一次與男人談情說愛像老手一樣　這讓我省下不少麻煩　多少人被情愛困在沙灘上　有首歌叫〈死了都要愛〉　我就不能理解這種把愛放在生命之上的　尤其是女人　女人要緊的是事業　不是嫁人的事業　不是美貌的事業　而是像男人一樣擁有話語權　恩媽把經營家庭當事業　媽媽把配合服從當事業　我們真的必須讚美她們是偉大的嗎　古代人讚美的小腳　現代人看來是畸形　我從小就待在樹上　離開地面看村莊　我知道有一天我會去很遠的遠方　這不是馬後炮　我是一路被輕視過來的　家裡是從恩媽開始　別人帶來的輕視更多　鄉下人　皮膚黑　穿得土　學歷低　魯莽　說不好普通話　正是各種各樣的輕視形成了我的翅膀　方言早就不夠用了　表達障礙　不瞞你說　方言鄉音　在前進的路上礙手礙腳　它也是我努力甩掉的東西　我早就做到了　但我知道那種艱辛的過程　也許某一天方言消失　愚昧和魯莽也會同時不見　國語和世界性的語言浸入鄉村　也許會打開新的文明大門　那是我對鄉村的期望

　我不想回來　那些視線被樹林擋住的舊眼光落在身上簡直是一種羞辱　他們清楚地記得你是哪一年出生的　誰誰誰家的孩子跟你一樣大　心裡掐指一算　啊　三十多歲的姑娘了還沒嫁人生子　這一世還有什麼救囉　我本無所謂做他們眼裡的失敗者　那些無關的人　那些火星上的生物　要命的是當你身陷這個環境的時候　你會不由自主地使用鄉村的尺規　於是你的確量出自己的失敗　你發現你有兩個我　一個在村莊　另一個在城市　鄉村的那個我

一進城就自動雪化　城市的那個我回到鄉村　就會被殲滅　這時候我才會理解恩媽和媽媽世界上最強大的東西不是核武器　而是日積月累的文化

他們一見你　總喜歡說你上樹掏鳥窩像個野小子　說你在田裡插秧屁股朝天根本不像個幹活的　說你在教室裡烤火惹起了火災　說你將死老鼠蓋在班主任的飯碗裡　他們記得那些你自己早就忘了的事　好像是替你珍藏保鮮　等你回來就晾出來　我躲著他們去後山打發時間　但是山被挖空了很多　到處是墳墓　水泥路一直修到墳頭　有的墓地像皇帝陵　圍牆占領空地　雕龍柱豎起榮耀　有的整個墳堆都覆蓋水泥　墳尖留塊碗孔大的空　一撮青草出孔裡長出來　到處是鞭炮紙屑塑膠袋　還有放空了的煙花紙殼　野蘑菇幾乎看不到了　再也沒有了恩媽採蘑菇的好時季　荷塘也填了　有兩年回來到處是豬屎和蒼蠅　豬們像唱詩班合唱團嗷嗷高唱　豬屎臭替代了荷花香　我只好待在我們的紅磚老屋裡　有一瞬間我同時產生了恐懼與慶幸　我不是只怕黑和鬼　我還怕我被終身規定在這樣的屋子裡生活

這是二〇一六年的事情。一個天氣惡劣下著凍雨的夜晚，初雪盤著腿坐在賴美麗陪嫁來的沙發上，賴美麗懷孕後經常坐在上面，坐出一個坑也坐塌了所有的彈簧，就像搭了一塊布的木架子一點也不舒服，所以她過會兒就要挪動一下屁股，但她嘴上一刻不停一口氣對他說了這麼多話。她把他當知己，或者說家具——人只會對這兩樣東西說真話，就像寫日記一樣。他張著耳朵，緊緊地注視著她的臉，看話語的豆子怎麼一粒粒從她的兩片紅嘴唇裡滾出來落在地上。她的腔調怪怪的，一開始是他聽得懂的家鄉話，說著說著就變成了另一種陌生腔，他不知道那是普通話、上海話、英語幾種腔調同時使用，他努力地用表情配合她的情緒，彷彿也在暗暗使勁。她以前的沖天短馬尾變成了長長的馬尾巴拖在後背，這麼多年她沒有換過髮型，沒剪過瀏海，寬寬的額頭露出來，好像寬銀幕，隨時會放出一場電影。她摘下煙灰色圍巾時，他看見她脖子上有幾圈細細的皺紋，臉上是平整的，單眼皮眼尾有點上揚，鼻尖和臉頰上分布數顆淡痣，彷彿正是這數顆淡痣使她散發與眾不同的氣息，它們文質彬彬，寧靜而又深刻。

他看著它們，研究它們，被它們構成的圖案吸引，有時像一頭吃草的羊，眨下眼又變成一把砍刀，當她轉過臉側邊的一半又像一只帶把的梨子。這使他想起賴美麗，她臉上的斑斑點點更多更有趣，他可以在上面找任何的圖像，連男人和女人一起睡覺的樣子都有。她笑起來臉上就像羊群拱動，哭的時候就是一隻山羊咩咩叫，她躺在棺材裡平靜的臉上永遠停著一群麻雀，她閉上的眼睛彎彎的像隱約的地平線。不過他後來也忘了這些，太多的死人面孔混淆了他的記憶，但那股身為香燭先生的驕傲始終是清晰肯定的。

初雪的聲音漸漸成了背景。他忽然想像她閉上眼睛鼻不再呼吸的樣子。他想只有那樣她的嘴巴才能閉上，她也不用再怕黑怕鬼怕人規定她住在這老屋裡了。外面起了大風，野獸般圍著屋子嗥叫，巨大的嘆息聲落在瓦屋頂。雨撲向窗戶，像百爪魚貼在玻璃上蠕動。一陣更猛烈的風聲。屋外什麼東西哐當倒下了。忽然停了電，屋裡一片漆黑。她停止講話，直到他點燃從葬禮上帶回來的蠟燭。她望著桌上的蠟燭。他像先前一樣坐得筆直的，繼續聽她講話。

人們曾經在電視節目上看到初雪。她穿一套天藍色V領中袖連衣裙，脖子上戴了一條細銀鍊，梳著長馬尾，臉上光溜溜的，兩條腿併攏斜放著，小眼睛目不轉睛地望著主持人。那是一檔訪談節目。主持人恭恭敬敬地提問，她微笑著有問必答。她說的不是家鄉話。她在節目上說的和對初來寶說的完全不一樣，尤其是主持人問她相不相信愛情時，她說她不單相信愛情，而且相信愛情永恆，愛情本來是無價的，可惜現在的愛情都是明碼實價。

主持人問　在明碼實價的潮流中是不是改變了看法　你是否依然相信愛情

她說這是一個想也不用想的問題，因為她至今還愛著十年前愛過的人，她經常夢見他。一個人一生只要深深地愛過一次，任何時候想起來都會覺得三生有幸。

你說正是這份愛情激勵你一路考到博士　徹底改變了你的人生　看來愛情的力量真是不可估量

她說到她的愛情到最後就成了單相思，變成了她一個人的事情，即便是這樣她仍然

覺得非常美好，雖然他已經去了另一個世界
啊 主持人說
如果初來寶那晚認真聽過初雪的話，記住了所有的細節，他就會知道她所說的這個人根本不存在，而且她從沒對什麼人傾心。
主持人換了一個話題 據我所知你出生在一個貧窮的鄉村家庭 那麼在你的家庭中 有什麼人對你產生過重要的影響 人們看到初雪略一沉吟，表情冷峻了幾分，似乎首先對她下面要談到的這個人先肅然起敬。她慢慢張開嘴說起了她的奶奶，說她受她奶奶的影響最大。她奶奶是一個傳統的小腳女人，清朝的書香門第，識字、畫畫、寫詩，後來家境衰落，嫁到大戶人家，戰爭、飢餓、土改、大煉鋼鐵，也是浮浮沉沉，幾起幾落，但奶奶撐起了兩代家庭 她教我不做哭哭啼啼的軟弱的女人 天塌下來也要用雙手撐起 我遺傳了奶奶的性格 我愛我奶奶 也非常想念她 主持人為奶奶喝采之餘，又問了些婦女小腳的問題，因為這是三八婦女節的一檔女性節目
一個人可能無法與時代抗爭 更不可能叫板龐大的社會制度 習俗也是一頭凶猛的野獸 生理上的小腳不是最可憐的 女性精神上的小腳才是最悲哀的 初雪的回答贏得了現場觀眾的掌聲。主持人帶著圓滿成功的表情對初雪表示感謝，初雪也說了句客氣話，螢幕上打出字幕，主持人和嘉賓在節目導演策畫的贊助名單中退場。村裡人都在談論這件事

情，一些沒看到現場直播的後來看到了重播，初家有人考上北京的大學，現在又有人上電視，他們再次認為王陽冥了不起，好像這一切全是因為給初安運選了一塊好地。

8

按照初醫生的嚴謹計畫，兩人在早上八點鐘到達天安門廣場。初雲習慣了鄉下敞開的環境，縣城巴士的玻璃窗戶從不封閉，也沒有這種在地底下穿行的怪物。地鐵前行，窗外墨黑，乘客屁股擠屁股胸貼胸，肉身隨著車速搖擺，戴耳機面部發呆的、看手機的、竊竊私語的、閉目打盹的，都彷彿在搖籃裡一般平靜安詳。他們幾乎都是年輕人，健康有朝氣，姑娘們都很好看，說話聲音悅耳，聊的都是她從未聽過的東西。沒有人看她一眼，她說土話的時候沒有遇到好奇的目光，也沒有人嘲笑她難以掩飾的外地人的惶恐，於是她眼睛睃來睃去，大膽地觀察打量這些新鮮人類。

她注意到姑娘的粉妝，淡淡的腮紅、鮮亮的嘴唇、描畫得神采飛揚的眼線，她們時尚的衣服、露出腳踝的短襪子、彩色的指甲、各式各樣的耳環。她過去只能在電視裡看到的，如今全部都在眼前了 年輕真好 年輕又在北京這樣的大城市 好得不能再好 他們自信自在的樣子讓她第一次感到自己老了，青春白過了，想到北京之行的目的，心裡忽然羞愧起來 你會發現北京有大把比複通輸卵管更有意思的事情 她似乎隱隱明白了初玉的話，意識到正是那些有意思的事情，使眼前的面孔這麼年輕放亮，他們都在北京謀求老去。北京的老人她也見了，他們的老又和村裡人的老不一樣，他們的老裡頭沒有宿命，而是豁達坦蕩，是他們在公園相親市場為子女找對象時的理直氣壯。關鍵是他們不服老，老太太穿得桃紅柳綠，極力呈現年輕時的美貌，不讓歲月蓋住過去的光芒，老頭子穿著對襟唐裝，在公園裡唱京劇打太極遛鳥逗狗　世界是你們的　也是我們的　他們的表情說著這樣的語言。

地鐵停靠或啟動時，她總是失去重心，隨著柔軟的人牆搖擺，沒有跌倒的空間，有時候雙腳都懸空了，身體飄忽。她想到關於北京地鐵女人被擠懷孕了的段子，注意力這才集中到自己的身體。這才意識到她的胸緊貼著一個男人的肩膀，右邊臂部死黏著另一個男人的前胯，左邊是女人壓迫的屁股，後面有什麼東西頂著她，她認為是哪一個起了淫心的男人，她沒有辦法動彈，連頭也回不了。這邊姑娘淡淡的香水味在混濁的空氣裡緩解壓力，那邊一股帶著韭菜小籠包味道的呼吸噴到她的臉上，不能動彈，默默忍受裝出沒什麼的樣子，這時候便有了受刑的感覺。她看見初玉雙手抱胸，昨晚聊得太久影響了睡眠，她這會兒正站著打瞌睡補覺，淡藍色的眼影彷彿夢境，睫毛不長，但是密密地覆蓋出一條弧線，身體隨著地鐵一搖一晃。她臉上也有幾粒清淡的痦子或雀斑，使皮膚顯得更加白皙。初雲穿過間隙望向漆黑的窗戶，霓虹燈看板打破黑暗滿窗彩色的圖案，她根本看不清內容，只覺得呼吸加快，額頭冒汗，腦袋一陣暈眩。也許她做出了要嘔吐的樣子，身邊人趕緊往後擠退。

一趟地鐵讓她疲憊不堪，回到地面開始真正的暈眩，不知道東南西北。她感覺繁忙流動的馬路和擁擠反光的高樓大廈形成了巨大的漩渦將她吞沒，一種說不出的惶恐阻止她繼續前行

我們回去算噠　我真不是來耍的　天安門也不想看了　一塊空空蕩蕩的廣場沒什麼好看的　故宮那些空房子陰氣太重　長城我也不去了　不就是些爛牆破磚頭嗎　電視裡一報天氣預報就看得見

初玉沒吭聲，抬腿進了包子店。

你能忍受手術刀在你身體上劃一刀又一刀　因為你認同這些　你忍受不了城市的發達與文明　你是從心裡牴觸　你也是二十一世紀的女性了　要真是為自己活　就不能老是停留在發揮生育功能上　想一想假設複通成功　再生一個孩子　把屎把尿到孩子還沒斷奶你頭髮就白了　這是什麼活法　等初雲吃完碟子裡的鹹菜和包子，初玉又勸說起來。她知道，鄉村婦女並非智商天生低下，如果她們同樣受到高等教育，像種田一樣耕讀書本，獲取知識，她們對自我和世界的認識肯定大不相同。

有片刻她覺得洩氣，因為初雲的眼睛裡看不到受到啟發的靈光閃現，她甚至會跟初

玉主動分出級別等次來。比如你們有知識的人，你們有錢人，你們城裡人等等，初玉聽了心裡不舒服。她記得小時候初雲輔導她的功課，數學題，猜謎語，腦筋急轉彎等等，她腦子非常靈活，她還得過學校的紅花獎勵。結婚後她放棄了識字，忘記了自己是認得字的，孩子讀書以後，她連短暫的說明書都不看，兒女一度以為他們的母親是個文盲。她自我放棄那麼多年，現在要找回自己，可惜依然是一種錯誤的方式　你們這些有文化有知識的人　她被她那種口吻扎傷。

初玉這時聽出來她語氣裡的抱怨，過去她從不這樣，因為她性格隱忍。也許她感覺到妹妹尖銳的言詞，多少有些看不起她腦子裡沒貨，而她腦子裡沒貨，就是為了讓妹妹們腦子裡有貨，如今她們確實有貨了，卻開始對這沒貨的說東說西近乎指責。初玉雖沒說過　鄉里人　但她的態度裡已經表達了對鄉里人的另當別論，好像她們不曾在一口鍋裡吃飯一張床上睡覺在一個奶奶的嚴厲注視下成長，好像她們不曾被同一個父親抱過親過撒嬌耍賴被同一個母親喚過小名。初玉考上大學離家之後，一年年變化一年年疏遠，她也不像小時候去初雲家要住上幾個晚上，嚷著要吃這個吃那個，讀了書做了城裡人之後不怎麼來，來了勉強吃餐飯就走了，吃飯前還將已經洗過的碗筷洗了又洗，凳子抹了又抹，好像她過去不曾坐在這些凳子上吃飯。她還叫她怎麼穿怎麼保養怎麼吃營養怎麼樣讓皺紋晚些出來。有一回她還說她的指甲裡有黑泥為什麼不剪掉，她怎麼不想想，她要留著指甲幹活的，她又不是城裡人耍筆桿子拿手術刀的，她每天要和泥巴石頭等一切堅硬的摧毀細皮嫩肉的事物打交道。

看到初玉那麼理直氣壯地用她的文化知識對她說那麼多高深的道理，初雲心想，如果她體驗過泥巴和冷水對皮膚的破壞，懂得鄉村婦女剪掉指甲，只能用肉指尖與堅硬的事物搏鬥，她如果懂得一點生活的艱辛，就不會這麼對她說話。初雲想起這些令人不快的細節來，她想　我只是一個沒文化的窮親戚　這是事實　但出於某種對知識的敬畏，或者說久已有之的順從態度，她還是習慣性地抿抿嘴，無奈無聲地結束了一場本來值得深入討論的談話。

兩人吃完東西依舊往天安門去。

長安街兩邊高大的玉蘭樹隨街道綿延，肥碩的玉蘭花像棉花般大朵大朵，香氣撲鼻。當初雲知道這就是課本〈十里長街送總理〉的地方，頓時有熱淚盈眶，她清晰地記得學這篇課文時她哭了，她仍然能夠一字不落地背誦它

天灰濛濛的，又陰又冷。長安街兩旁的人行道上擠滿了男女老少。路那樣長，人那樣多，向東望不見頭，向西望不見尾。人們臂上都纏著黑紗，胸前都佩著白花，眼睛都望著周總理的靈車將要開來的方向。一位滿頭銀髮的老奶奶拄著拐杖，背靠著一棵洋槐樹，焦急而又耐心地等待著。一對青年夫婦，丈夫抱著小女兒，妻子領著六七歲的兒

子，他們擠下了人行道探著身子張望。一群淚痕滿面的紅領巾，相互扶著肩，踮著腳望著，望著

她朝東看一眼看不到頭，往西望一眼望不到尾，現實的街道比想像中的還要遼闊，像一條平靜的大河　我回去就要告訴他們　我到了長安街　課本裡寫過的長安街　等來到天安門紅色城樓，看見巨大的毛主席像，她的眼淚流下來　在北京　可以天天來天安門看毛主席　她喃喃自語。

據我所知　在北京生活的人　從沒想過天天來天安門看毛主席　甚至一年也難得來兩回　她跟她開了個玩笑　要是天天可以看毛主席，你還做不做複通手術

北京是你們有知識的人待的地方　我這種沒文化的　看一次毛主席也就知足了

你錯了　北京需要各種各樣的人　每個人都能在這兒創造價值　甚至奇蹟　送快遞的自學英語後來進了國際業務部　當經理　當月嫂的中年婦女拿起筆來寫自己的故事　後來成為了作家　機會像流星閃過　就看哪隻手能抓住　我們醫院一個護工　積累了足夠的經驗和資源之後　開了一間護理公司　專門為病患介紹陪護工作　兼做病號調理營養餐　越做影響越大　業務擴展到了別的醫院　這些人都只有初中學歷　但是他們並不停留在原地踏步　如果哪個女人除了兩個孩子一無所有到四十歲之後卻還想生孩子　那她連原地踏步都做不到　只有退步的可能

我現在這把年紀了 幹不了什麼事情 更創不出什麼奇蹟
我倒是認為 你複通手術成功 再生一個孩子 這就不是一般人能做的

她們的對話無論從哪裡開始，最終都會回到複通手術這件事情上來，好像複通手術是個環心，周邊的環徑都是鋪墊。初玉雖然說過並不阻止她做複通術，可是說起話來卻是不依不饒，正話反話，真真假假，諷刺奚落，各式修辭用，初雲的想法仍然和剛來的時候一樣，那股幹重活的執拗勁大約只有她自己崴了腳閃了腰的時候才會中止。

出乎意料的是初雲自己談起了那個男人。那會兒她們已經看過故宮的空房子和皇帝的大龍椅，在頤和園昆明湖裡划船。春光傾瀉，微風舔皺湖水，飛機在空中畫出一道白色弧線。初玉給初雲當解說導遊，她說頤和園是慈禧挪用軍費給自己建的超級大別墅，趕建為自己六十大壽慶生，甲午戰爭的殘酷使她的生日蛋糕都充滿血腥味

野史有說慈禧偷情懷孕的 清人筆記裡寫慈禧太后有段時間裡喜歡吃湯臥果 湯臥果可不是樹上結的果子 是一種點心菜 是北京人對水潑雞蛋的叫法 慈禧每天早晨都要差人去飯館買 飯館裡有個送貨的俊俏小夥被李蓮英相中了 經常偷帶到宮裡去玩 後被慈禧發現留在宮中專用 因此懷了光緒皇帝 說這就是慈禧非要立光緒為帝的原因 因為光緒是她的親生子

我在電視劇裡看到慈禧吃飯每次小吃都有幾十個碗 正餐都有一百只碗擺得整整齊齊吃不完的都給了宮女下人或者太監吃 世界上最好的廚子都在她宮裡了 她犯得著去外面的館子買吃的嗎 她是不是偷情懷孕生下光緒我不知道 我就是不相信她會在外面買吃的那外面廚子會做湯臥果 她這麼大權力怎麼不把廚子召進宮來 或者派人去跟廚子學做這道菜

你質疑的完全正確 人們總喜歡給大人物編故事 本身就是對她的生活好奇的緣故 村裡人不也是一樣嗎 你悄悄來北京是對的 誰知道人們會說些多麼難聽的話 雖然我對你的感情問題不做評判 但凡事還是有道德標準的 你不是自由身 要知道現在貌似思想開放 人們腦子裡根深蒂固的對女人出軌的仇恨意識離浸豬籠並沒有多遠 現在網路發達 一旦發生這樣的事情 線民們就像食人魚一樣 都要撲上去撕咬一口嘗點血腥的 要是浸豬籠的話 他們會更加瘋狂

遠處有嬉笑聲飄來。湖面有些涼意。就在這時候初雲說起了那個男人。人們可能覺得只有電影裡那種漂亮的男女才會談情說愛擁抱接吻，很難想像兩個長得醜的、又沒受過什麼教育的人也懂靈肉結合。所以當初雲說起她的愛情，初玉很難想像，兩個沒有洗乾淨的人互相啃咬對方，他們嘴裡嘗到的除了鹹味酸味荷爾蒙味，是否會有甜蜜愛情與美感。她意識到她的想法不夠公平，她從那個貧窮和骯髒的小地方來，不能對那兒報以歧視，或者不叫歧視叫偏見，但那也沒什麼區別。她內心也很好奇，一個什麼樣的男人會愛上初雲並且讓她感覺如此甘甜？不是從八卦的角度，也不是從醫學的角度，只想將這一對男女放在自己感覺的天平上，看看他們是否般配。

正午的陽光趨於熱烈，空氣裡升起一團春天的燥熱氤氳。一個對初雲體貼，與閻真清天差地別的男人隨著船身搖擺出來。她沒有描述他的長相和身高，似乎那不重要，或者說有意模糊，那個人是世界上對她最溫情的人，也就是城裡人說的那種暖男——很多沒本事的男人只能做暖男，其實就是靠討女人歡欣過日子——她缺這個，那個人正好填滿。他並沒有要求她做任何事情，複通手術是她自己想的，因為那個人年紀不老沒有孩子，如果她離婚嫁給他，她就必須具有生育能力，否則她耽誤了他。這個條件框框也是她自己定的

她簡直是把自己的子宮當作慈善機構，也高估了那個梨狀器官的作用力　初玉心想一定要打消她這種念頭　睡過的覺就讓它過去　不要附加太多東西　這個傻女人　秋天都來到她身上了　她還不知道　初玉體會不到這樁感情裡頭有多麼深刻的愛意，因為它沒有經過患難檢驗，無非是男人用溫暖贏得了女人的肉體——女人常把肉體當作感恩的禮物，所謂以身相許。初玉並沒有意識到，在她思想深處認為沒有文化的婦女內心蒼白感情匱乏，在她這位醫生看來，初雲的感情就像病人與疾病的關係，她只做病理研究，臨

床觀察，絕不會用戴白手套的手握著病人的手，擁著病人的肩說些溫情的話。

結束了兩天的北京遊覽，吃過烤鴨、鹵煮、炸醬麵、二毛火鍋，就到了嚴肅的時刻。週一早晨初雲醒得比鬧鐘早，她煮好雞蛋和粥，每週末的衛生整理由於外出耽擱顯出凌亂，她輕手輕腳拖地擦家具，髒衣物扔進洗衣機，陽臺花草澆水。初玉聽到鬧鈴起床，看見初雲像個保姆似的趴在馬桶邊洗洗刷刷，心裡產生一股莫名的內疚，她想起小時候她總是這樣幹活，過了這麼多年她還是停不下來。

我不打算去醫院了　初雲說道　我明天就回去　她完全不管初玉什麼表情，也沒看她一眼，馬桶刷得放光放亮　我好像鬼摸了腦殼　一門心思要做那件事情　昨夜睡了個好覺一下子清醒過來了　我都不曉得怎麼到了北京的　丟下屋裡一攤子事　他們一定急得要死蠢念頭一來就像吃了迷魂藥　我碰噠鬼都快四十歲了還要去和別個生仔　我還嫌我這一世不夠累嗎　閻燕閻鷹都是要抱小孩的人了　我丟他們的臉吶　我想好了　北京這種大地方我待不了　暈頭轉向　在咱們那個小城裡找份工作不難　田裡我也不管了　荒就荒吧　又不止我們一家的田地荒了　好多到深圳廣州的田裡野草都一人深呢　冇得幾個靠田吃飯的了　話說回來這一趟還是值的　不出來我就醒不了　出來一看你們都在這樣生活　真正的過自己的冇人要求你　冇人管你　也冇得眼睛天天盯著你　幾多自在

二〇〇五年，出現在初雲生活裡的這次洶湧暗潮來去無痕。

9

初雲從北京回家，好像有什麼東西注入血液，兩眼閃閃發光精神飽滿，不聲不響地終結了給那個男人生孩子的壯舉　不能從一個坑裡跳到另一個坑裡　我要從四十歲開始活我再也不要圍著泥巴轉，而泥巴裡捏不出錢來　我要自己的口袋裡什麼時候都掏得出東西，愛買什麼就買什麼，不必徵求他的同意，聽他的教訓　總得有一個人出去開始　她意識到自己人生真正的新階段就要開始了，當她若干年後回顧自己的生活，她一定會記得北京那些朝氣蓬勃的面孔，他們雖然沒有投以她傲慢與輕視的目光，他們形成的氣息籠罩，讓她感覺到渺小和羞愧。一個閱讀手機忽然面露微笑的姑娘打動了她，儘管她永遠不知道那使姑娘面露微笑的事物。北京之行啟動了她進城謀生的想法，土地上付出的回饋太少，她要換一種方式奮鬥。她不是第一個想到進城的人，她這時才留意到周圍的房子要麼大門緊閉，或者只有老人和孩子，青壯年遠的去了珠三角、長三角，近的就在鎮裡、縣城，或者長沙

那些在外面掙錢的人都掀了舊屋建洋房　守在家裡的房子越來越爛　我也要帶陽臺的

房子　粉得雪白的牆　寬大的客廳　廁所裡裝淋浴花灑熱水器　廚房裡用煤氣爐灶抽煙機

她也羨慕初玉的生活，聽音樂會、看畫展、旅行、野炊，總有這樣那樣的計畫　我已經不能再忍受村裡的生活了　我也忍受不了他　我不喜歡他拽著我下沉腐爛　幾個月後，她完成最後一次莊稼收割，穀糧進倉，裡外安排妥當，不顧閻真清反對，走上了通往縣城的大路。城裡有錢人多，他們的生活裡需要她這樣老實能幹的女人，她的樣貌人們一看就會信任。他們的信任令她震驚，屋裡錢隨便擺放，買菜做飯從來不問菜價花了多少，有的女主人還把自己櫃子裡值錢的舊衣服送給她。後來家政圈都知道一個叫雲嫂的女人。她還研究菜譜，飯菜做得越來越好，雇主為了挽留她一次次給她漲工資。起先她住在雇主家，後來搬出來，將上班和下班分開。再後來她跳了幾次槽，只做家庭廚師，不管清潔衛生花草澆水之類的雜事，她的興趣集中在烹飪上，她也是這時才發現閻鷹天生愛廚藝，原來是遺傳了她的緣故。

初次面對有錢人家的物品，怕打碎怕弄壞的膽怯，她是有的，她擔心打碎了，賠不起就只能天天給別人幹活。有一回擦拭書櫃，她打碎了一只色彩斑斕的瓷碟，她想扔了碎片，假裝什麼都不知道，但是正直的血液催促她誠實勇敢。過了忐忑不安的一個上午，等到雇主回家，她立刻如實彙報，並主動提出賠償。雇主告訴她那只是一個不值錢的旅遊紀念品，她後來才知道，那是他們花了幾千塊錢從伊朗買的。人們的寬容使她感動，於是更加誠實敬業。她從來不覺得這是伺候人的低下工作，相反地她從勞動中找到了某種尊嚴，是過去她不曾體驗過的真正的價值感。她只遇到過一個挑剔的雇主，因為他們有一個愛吃海鮮的女兒，而她沒吃過那東西，見也沒見過，看到蠕動的貝殼不知所措，根本不知道怎麼把它們做成一道菜。那個驕橫的小女孩每次因為海鮮的味道說些刺人的話，她只試了半個月就主動辭職，他們付了一個月的工資，她走時只拿了自己應得的那份。她認識了很多人，知道了不少故事，了解有錢人或糟糕或幸福的生活。可能是有的祕密痛苦沒處訴說，有的女主人會讓她停止幹活坐下來喝茶聊天，當她知道女主人的丈夫在外面和別的女人糾纏不清，多邊關係陷入淤泥難以自拔，她會對這富有的女人心生同情，也許富人流下的黃金眼淚，根本不需要她貧窮的同情心。

我真羡慕你簡簡單單　清清澈澈　富有的女人對她說出這句來，讓她頗為吃驚。因此她知道有錢人不是沒苦惱，但他們的苦惱與貧賤夫妻百事哀的哀是截然不同的。有錢人因為錢多帶來精神上的痛苦，貧苦人家更多是吃飯穿衣的日常需求得不到滿足，尤其是沒錢治病的人。

她想起村裡還有兩個躺在床上的癌患，他們一到醫院查出晚期便回來等死，忍受死前的痛苦折磨，已經全身浮腫呼吸急促，連棺材錢都沒有著落。橫豎一死，大家都能理解，花錢治病人財兩空，避免家屬身背巨債。每天都有人去看病人，出來描述他的情形，比如臉墨黑的，腮幫子都陷進去了，吃的東西全部吐了出來。第一次發工資休假，她回家給沒錢下葬的死者捐了幾百塊錢，有些人跟著她捐，也有人表示，她搶了本應該是村領導帶頭表示關懷的風頭，讓某些領導感到難堪，說她進城不知道幹什麼營生，回來就顯擺，誰知道那錢乾不乾淨。這些話傳到她的耳朵裡，她知道每一個孤身在外的女人必然會遭遇這樣的揣測，好像女人只能靠肉體色相在別處立腳。她此前也曾和喜歡揣測的人們一道質疑別的女人，因此她沒有格外在意，過不了多久，他們就會靠近你，向你打聽城裡的生財之道，有沒有可能多帶一個人走。

整個村莊好像只有閻真清不管她掙的錢乾不乾淨，或者說百分百信任她不會幹壞事，她給他錢的時候，他一個字都不問，似乎時間被折起來了，他還沉浸在此前不同意她出去的情緒裡。他後來正兒八經進城，是兩三年以後的事情。當她的工作越來越走上正軌，穿著和外貌上發生改變的時候，他想知道為什麼一個榆木腦殼也能在城裡待下來。她還給閻燕買了一臺筆記型電腦分期付款，因為女兒說宿舍裡的同學都有電腦，學習更方便。那不過是一所末流專科學校，裡面一塌糊塗，學生們花錢在那裡浪費青春，但她仍然像對待一個名牌大學生那樣對待女兒，叮囑她無論如何要拿到畢業證

我女兒在上大學 兒子已經是廚師了 和別人聊到子女時，她總是把上大學的女兒放在前面。本以為家政圈子女上大學的少，聊起來才知道別人的孩子在廣州上海上大學，

讀金融學經濟或電腦，真正金光閃閃的學歷，也比末流大學多出幾倍的費用。她不覺得被比下去了，閻燕的表現超過了她的期待，因為村子裡和閻燕同齡的姑娘，不是初中畢業出去當服務員，就是十幾歲嫁人走前輩的老路。說起閻燕的造化，人們還要談到初家祖墳的影響惠及到了閻家後代，仔細想想這也是八竿子打得著的事情，她畢竟有初家的血統嘛。

初雲在城裡租了房子，麻雀雖小五臟俱全，閻燕在週末坐兩小時火車直接去她那兒，擠在一起，也懶得回鄉下。閻鷹有自己的江湖。閻真清經常一個人守著那空瓦房，穿著鞋襪，像幹部視察般從田地這頭走到那頭，看越來越茂盛的荒草開出華而不實的野花，他除了朝這些野花吐口唾沫，毫無辦法。受他口水的滋養，它們看見他就俯拜謝恩。他把一朵朵野花想像成他的子民，欣然接受它們的臣服。

人們看到閻真清那副樣子，不免議論他可憐的背影，那根孤獨的電線杆，任何人都有資格垂憐他人的不幸，就像替哭泣的人遞上紙巾。也有說他逍遙自在閒雲野鶴的，好多人一輩子想的就是這樣，在田園詩意間蹉跎終生呢。人們能知道的就有陶淵明，據說他那篇《桃花源記》寫的就是他們的桃源縣，這裡的地況和文章裡描寫的一模一樣，桃花源面對滔滔的沅江，背倚巍巍的山峰，走過桃花源牌坊，就是桃花溪水，沿溪水前行就是一大片桃林　中無雜樹　芳草鮮美　落英繽紛　每個桃源人都背得這幾句話。文章中的桃花源恍若仙境，而現實的桃花源不過是一個窮鄉僻壤，人們紛紛外出生活，只願意死了埋在桃花山中。

他後來的想法就是踩著田埂歪歪扭扭地冒出來的。有一回他坐在母親的墳頭，在芳草淒淒中與其有過一番推心置腹的長談。他一直想給母親修墓像立碑，用石頭將墳地圍起來以免別人侵占，一年推一年，為此他頗為內疚，後悔沒將母親遺留的錢用來造墓，交給妻子打理也不至於一個鋼嘣兒不剩。不知道為什麼，他從來沒有徹底地信任過這個初家的大女兒，他時常會將他對妻子的態度歸結於戚念慈的原因，初家一碗水不端平，嚴重地損傷了他的自尊心，他不像王陽冥那樣融入初家說說笑笑，也不擅於彎下腰討人歡喜。

他在母親的墳頭一直坐到腿腳發麻，日頭偏西，這時候他們的桃花源陷入一種憂傷的光芒之中，薄薄的霧層浮在田野之上。不管他承不承認，眼前景狀的田園詩意擊中他的心靈，也或許他感受到的不是田園詩意，而是過去他不曾這麼認真地審視周圍的一切，忽然受此刻陌生華美的風景迷惑，彷彿田野不是用來勞作，而是用來奔跑跳舞的。他的心靈只震顫了一秒鐘，腦海中想起某年春天，一個人在這片田野裡被雷劈中，那具被雷電燒得焦黑的屍體破壞了眼前畫面——那是他的父親，他不是餓死的，他是在飢餓中出來找食物時被雷電擊中——因為民間認為遭雷劈的人，是不積德沒幹好事得的報應，這種死法不好聽。他對父親沒有記憶，有些畫面都是聽來的，他是這片土地上第一個不幸被雷電親吻過的人。

初雲在家只住了一個晚上。白天兩人沒說什麼話，說的也只是與土地牲畜有關。吃飯時也只聽見咀嚼、喝湯的聲音，比任何時候都要響，好像他們在靠咀嚼語言做著激烈深刻的交談。她放下碗筷後，他還在喋喋不休消滅碗裡的飯菜。她做了幾道新菜，烹調技術長進了不少，有一瞬間新的口味讓他覺得自己娶了一個新的女人，但他一抬頭那張舊面孔便粉碎了他的幻象。

他對這張臉談不上厭惡談不上喜歡，即便幾個月不見也談不上想念。那晚兩個人最終並排躺在床上，中間一道一尺來寬的楚河漢界，他沒有出動卒子，她也沒出兵，都在自己的地盤上挪動棋步，明明炮可以隔山打牛卻按住不動，車可以長驅直入偏偏停滯不前，讓蹩腳馬跳來跳去。他也許嫌她身上髒了，她也許因為覺得他嫌她身上髒了，這盤棋在黑暗中一直下到深夜，雙方均未折損一兵一將，勝負難定，直到一方發出輕微的鼾聲，另一方也做出和棋的舉動。

她偶爾想到自己那次短暫的激情，對他懷有愧疚：無論如何他蒙在鼓裡，他頭上戴了一頂有顏色的帽子渾然不覺。有幾次她想跟他坦白，但擔心坦白帶來的傷害，又或者是源於內心深處的那點自私，她不想做一個有道德瑕疵的人。這是她做過的唯一不誠實的一件事。

凌晨她摸黑起床穿衣。她走到大路上時回頭看了一眼，低矮的房子像動物一樣趴著，窗戶還是黑的，整個村莊都在睡夢中。他在黑窗後面看著她漸漸走遠，像個監視者那樣冷靜沉著。這時候她還不知道用不了多久他會出事，而她的人生計畫也會因為他的出事而改變。如果她果真像自己說的那樣為自己活，她可以不管不顧，繼續她嶄新的生活與事業。夜裡她其實沒睡，她想了很多，但什麼都沒個眉目，也沒什麼決定。她本來就不是那種有板有眼的人，生活推著她往前走。

10

每到黃昏，吳愛香像戚念慈那樣坐在太師椅上，兩手平行放椅子扶手，兩隻腳浸在腳盆裡相互搓來搓去，眼睛望著窗外，神色恬淡。春天一窗桃花，柳葉嫩綠遍山竹筍，鳥雀清脆的鳴叫聲使時空特別清晰；秋天多數時間陰雨綿綿，冬天也是雨多晴少，不時大雪紛飛，天氣陷進泥沼十天半月都不開顏 又落麻細細 村裡迴蕩著戚念慈的聲音。

吳愛香看著窗景，然而並不在乎天氣因素，甚至像個盲人對所見毫無反應。她那張臉不像六十多歲的女人。女兒們的供養和十幾年無憂無慮的日子使她增加了體重，臉上膚白多肉，越來越長得像戚念慈，尤其是坐在太師椅裡的時候。外地的女兒不斷給她寄東西回來，吃的用的穿的，她都整理收好，直到有人回來扔掉發霉的食品，衣服都是新的，她只愛穿那兩件舊側襟外衣。這時上初中的初秀胸脯剛剛鼓起，不懂生理知識，被自己身上源源不斷的血嚇得要命，躲在家裡不敢出門，直到連續曠課兩天之後，班主任老師家訪才解決了這個問題。

初秀非常欣喜地接受了這一變化，開始迫切地想要變成電視裡那樣漂亮的女人，紅嘴唇、高跟鞋、長髮飄飄、亭亭玉立。有一回翻出一雙高跟鞋穿了，用畫筆描紅嘴巴，挺起胸對著鏡子照來照去，掠起齊瀏海露出高高的額頭，變換角度打量自己的臉，眼睛盯著眼睛，噘起嘴巴親吻鏡面。鏡子是賴美麗的嫁妝，她生前經常坐在鏡前梳頭髮，死後鏡子裡沒再出現過任何女性，蒙了一層灰。初秀擦了擦鏡面，同時也擦過了鏡中人臉上的斑點，乾淨雪白的皮膚看得見青色血管。皮膚雪白是初家人的第二個特徵，即便在夏天曝曬變黑了，也會很快恢復。

她將短髮梳出中分邊分幾種不同髮型，最後還原齊瀏海，頭髮遮蓋額頭讓她感到安全，好像把自己藏起來了。她這時十二歲，身高一米五五，此後身體到處膨脹，但沒再繼續長高。十六歲時她變成一個圓潤豐腴胸脯雪白的性感少女，眼睛不大但黑亮有神，嫵媚流轉。她一進初三成績就垮下來，數理化差得像坨屎，她不以為然，懶洋洋彷彿早早懷春耗盡了她的精力。先是喜歡一個男同學，整天胡思亂想，沉溺於酸甜的初戀滋味。身邊無人管教，遠方的親戚鞭長莫及，於是她越來越像匹野母馬。有人說她十四歲便丟失童貞，也有的說十五歲，她被一個會唱能彈的做道場的年輕法師在她父母的房間裡把她變成了女人。

怪只怪那場法事做了三天，給了他們足夠的時間在人群中相互發現、傳情。人們注意到法事做到第二天晚上，道場先生又唱又跳屁股扭得歡快淫蕩，像剛上岸的魚。作為學徒的年輕男孩，這種靈活妖嬈的動作充分證明了他在這一領域的表演天賦，跟舞臺上的年輕歌星一樣魅力四射。

從來沒有一次道場會有這麼多觀眾，且多數是婦女，她們出神地觀看久久不散，多半是衝著他肉感妖媚的屁股去的，要命的是他還有青春俊美的臉與勻稱的身材。他彷彿知道自己的吸引力，舞步靈活妖嬈，透著巫氣與癲狂，且充滿勾引意味。當他每次跳轉來扭過身體，便將略含笑意的目光拋向靈堂一角，人們看見那個方向裡有初秀，毫無少女的羞澀，也不像婦女們故意隱藏內心的欲望。也許是因為忘我沉浸，她大膽地注視著舞者，眼神隨他移動，對面的燈光照著她的眼睛閃閃發亮。她步入中年的父親像一塊鐵緊盯著香燭之火，對這空氣中飛舞的情欲毫無知覺。他從四五歲開始做香燭先生，對這一行已經熟稔到與香燭之間形成默契，他能從香燭光線的強弱中判斷更換香燭的時間，他也能從一炷香散發的煙霧濃淡，知道幾分鐘後需要更換新香。此時的他已有身經百戰胸前勳章累累的將軍氣度，人群從他的視野裡淡化，他的眼前只浮現出死者和香燭，耳朵裡只聽得見喪樂和法事的演奏唱腔，不再需要司公子焦急地喊　香燭先生　香燭先生　因為他早已經搶在先前準備好了。

人們看不出這對父女有什麼相似之處，無論是長相還是身材。人們甚至設想過有什麼人替初來寶盡過丈夫的義務，這個世界總不缺乏這樣的閒人，他們在暗中窺視，一旦有機會便無所顧忌地做了。又說初來寶說不定還是童男子，他那樣子哪裡懂得該戳什麼地方。有些使壞的瞅機會掏一把他的褲襠，覺得那兒空空的沒什麼實物。人們總認為自己不帶惡意的玩笑製造一點快樂對誰都好

來寶 看好你家閨女 莫被別人騙了 有人在他耳邊說道。他耳朵扯動，眼睛盯著香燭或者香燭的上空。法事現場戲裡戲外攪成一團。孝子們在指定的環節放聲大哭，在指定的時間休息談笑。他們像道具一樣被使喚來去，半夜打著瞌睡，還要在法師設置的桌椅迷宮中被急鑼緊鼓敲得猛追狂跑，同時要迅速掏出準備好的鈔票扔進籃子裡，那是給法師們的額外獎賞。這個環節是整個法事的高潮，節奏到達頂峰，孝子們要掏空自己的口袋，好像性事中最後的釋放。即便這樣，年輕法師的目光仍然會拋向初秀那個角落，他對一切也是遊刃有餘，他的身體在那件太極圖紋的黃色道袍中顫抖衝撞，像某種被困住的動物。人們看到初秀白牙咬著下嘴唇，側臉斜乜，表情似挑逗似嗔怒似羞澀，很難準確描述。

半夜結束法事眾人散盡。一隻偷食的貓看見年輕人和初秀站在燈光陰影處說話，怪叫一聲躥上房梁俯下頭仍警覺地盯著他們。很多人聽見了貓的怪叫，只道是畜生發情。後來的半個月年輕人又來了兩次，兩個臥床等死的癌症病人相繼死了，前後相差一個星期。這時他和村裡人也熟絡了，不單叫得出死者的名字，活的也認識了不少。他話多幽

默性子隨和對誰都笑，好像他是村子裡的一員。有人要給他說媒才知道他結過婚因性格不合又離了，婦女們的膽子立刻大了起來，葷素的話無所顧忌。年輕人對付這些得心應手有分寸，表現既不下流也不古板，弄得婦女們十分愉悅。他總能輕易地看見初秀的身影，傻瓜都知道她那是故意在他的視野裡，遠遠地影響他，她天生懂得怎麼和婦女們競爭。年輕人並不是要占她便宜睡一覺放鬆放鬆，他是動了心正兒八經地想來場感情。事後他才知道初秀不想他派什麼人來做媒提親，嫁人的事情她想也沒想過，當她感覺肌膚像火，她只不過是聽從了一下身體的召喚，她總是沒來由地感到身體的虛空，好像張開了巨大的黑洞。年輕人堅持了幾個月想有所進展，初秀卻不再搭理他，好像是集中精力準備考試，考得並不理想，最後是親戚們湊夠錢送進衛校，暫時安頓她的青春。

起先她經常回家，跟奶奶說些學校的事，她奶奶盯著她染藍的頭髮，腦子裡雖是迷迷糊糊的，但仍然知道在什麼地方使用口頭禪　是嗎　那要得　初秀興致勃勃說個不停，有時展示剛剛學會的街舞，張牙舞爪手腳抽筋哐啷一個大劈叉，驚得她奶奶從太師椅上站了起來　哎呀呀　冇絆蠻狠啵　你媽到哪裡去了　也不來管一管你　初秀兩手撐地身體倒立用手走了幾步一個鷂子翻身　恩媽　我跟你說過多少遍你老也記不住　我媽死了無數百年[29]了　她用的是不標準的普通話。對她來說語言就像一個新玩具，她總是有很大的熱情玩弄它，她在那種腔調裡找到的樂趣，就像發現身體裡某個地方的新功能，她還會對村裡人說普通話，不管別人什麼表情，就像炫耀新衣服不管別人嫉不嫉妒。她的姑姑們一回到家鄉就像脫去外套一樣換下普通話，盡力保持原來的鄉村特色，深恐有什麼與周圍不太諧調。她恰恰相反，她樂意披上洋氣的外衣，讓別人看到她身上的變化，感受她身上每一個毛孔迸發的熱情活力。

第二學期開學不久，村裡人就不怎麼看見她回來。她父親也仍然像個流浪藝人四海為家。她奶奶像隻黑貓，不分晝夜在屋裡轉來轉去，人們要是隔一陣看不到她在屋門口出現，就擔心她是不是屍體都發臭了。有幾個她那一輩的老人經常打發兒媳婦給她送些吃的改善生活，臘魚臘肉罎子裡菜甜酒糯米糕。過去吳愛香清醒時做這些東西好吃有名，鄰居照她的樣子做，味道就是不如她的，所以經常過來你抓一把，她弄一碗，她憑藉這一門絕活與婦女們建立聯繫以及並不深厚的感情。初秀雖不算是吃百家飯穿百家衣長大，但鄉村鄰里都提供過很多的食物和幫助，人們不忍眼看著一個乖巧的小姑娘飢一餐飽一餐，衣服穿得上垮下耷，髒兮兮的像個收破爛的。今天這家給她洗臉，明天那家給她換衣，搔她胳肢窩弄得她咯咯直笑，每個人都喜歡逗她玩，家庭環境不但沒有使她性格自卑反而自信開朗，全是拜良善的鄉鄰所賜。

二〇一五年某個暑假的黃昏，整整一個學期沒回來的初秀再次露面。有人老遠看見長堤上一個肥矮的女人向這邊走來，身上罩著一條寬鬆的黃色連衣裙，風迎面吹得裙子裹出了肚子的形狀，裙襬在身後飄揚，火焰閃耀，像戰鬥女神。陌生人進村，但凡沒看明白這人是誰，村裡人不會輕易挪開目光，他們會一直盯著，思忖著這人是誰家親戚，是來報喜的還是報喪的——平日到村裡來的人大多只有這兩個原因。

有人說來的像初秀，但立刻被否認了　初秀還在上學　十六七歲的姑娘怎麼會這副樣子　直到來者慢慢走近面目漸漸清晰，眼尖的突然驚呼一聲　噢　初秀　真的是初秀　於是所有人啞口無言，直瞪瞪地望著她那與天真稚嫩的面部很不協調的大肚子。他們還看見她的表情，好像只是化妝成一個孕婦，那沉甸甸的玩意兒沒帶給她任何負擔，嘴裡似乎還嚼著口香糖，因為她噗的一聲，朝地上吐出了一團東西，若無其事地跟她們打招呼

張伯母　劉嬸嬸　你們在看什麼熱鬧　不會是在這兒專門迎接我的吧　她說完自己先笑

了一通

初秀啊　我們看了半天都不知道是你　好久沒回來　你這是……胖了麼

跟胖了差不多　原來的衣服都穿不下了　咯咯咯咯

你一個人回來的啊

嗯吶　我次次都是一個人回來的嘛　不需要保駕護航的

說話間初秀已走到她們中間，像一隻母雞被小雞們團團圍住，緊接著小雞們就寸步不離地跟著母雞一路回了家——小雞們有太多困惑　這是怎麼回事　什麼都沒聽說　不聲不響的就這樣了　男的是什麼人　街上的還是鄉里的　年紀大還是小　長得好不好　有沒有錢

整個事件中那麼多關鍵要素一條都沒掌握，簡直像是明明看見臉上有一個熟了的青春痘卻不去擠掉它，心裡會一直癢癢的，而且一旦告訴別人，除了描述初秀的大肚子，其他一問三不知，未免讓人笑話，弄不好還要挨一頓奚落。

沒過多久，鄉鄰聞風而動，陸續來到初家的老屋檯子上看個究竟。那天人們最擔心的是自己的記憶力出了問題，不知道是不是喝過了初秀的出嫁酒，怕染上了集體失憶的傳染病，早幾十年前總是會有關於傳染病的謠言，有記憶的人總會莫名惶恐，害怕真的發生。他們想親耳聽初秀自己說說，她是不是結了婚辦了喜酒，哪年哪月哪日過的門，那男的他們是不是見過。他們還想跟她說，倒退三十年，哪個女的要是沒結婚肚子大起

來，出嫁那天是要用布纏緊藏起來的，再往後倒幾十年會要浸豬籠。

他們很快如願以償，知道初秀沒有結婚，跟一個社會青年好過，肚子像西瓜時才知道懷了孕，而她早就離開了社會青年，連分手都談不上。她甚至不知道他的家庭住址，他當時的工作是舞美燈光師，她參加街舞比賽時認識的，也可能不是真正的燈光師，只是一個跑龍套的夥計，這一點她不在乎沒細問，所以她其實不那麼了解他。他長得像那個做法事的年輕人，這是她動心的原因，他跳舞時屁股扭圈扭得比誰都飽滿，做起那種事來也是靈活多樣——她從他那兒學到了69式，這大約是她唯一記住的事情。

聽說對方連男朋友都不是，人們腦子裡迅速誕生新的疑問 她一個人大著肚子怎麼辦

擔心吳愛香病情加重，初月夫婦已接她過去住。按道理是由姐妹各家輪班，但只有初月家有條件。王陽冥和初月並不和其他人計較，他認為每一個人都應該像獨生子女一樣將自己視為母親唯一的依靠，那些子女越多老人越沒人管的現象，就是把老人的愛切割的結果，不能因為家裡有幾兄妹，自己就只盡幾分之一責任，應該在任何時候都盡百分百的孝心，回報父母的養育之恩。他們把吳愛香安排在一樓陽光充足的房間，經常帶她去外面呼吸新鮮空氣，陪她說話，不管她聽不聽得懂。

初秀回來後才知道奶奶去了月姑家。那是十公里外的另一個村莊。他們家邊上那條寬闊的大河，船在河裡來來往往，她最愛聽船鳴響汽笛的聲音，還有它噴著白霧嘭嘭嘭嘭慢慢駛過的景象。她小時候大喊大叫對著船使勁揮手，偶爾會有船上的人揮手回應。她自己的村莊只有一條汙染了的小河，一些臭腸似的纏繞村莊的黑水溝。儘管姑姑們總說屋邊的小河過去有多麼美麗清澈，她們在那條河裡游泳洗衣挑水做飯，她卻無法退到她們的年代共同見證，因此也無法想像，於是沒有共鳴。她們描述的十里荷塘菱角鋪滿水面的景象，簡直就是貨真價實的謊言，沒有哪一處殘跡可以表明某些事物先前的確存在過。歷史被覆蓋，就像電腦被格式化一樣，再也找不出一個舊文件來。

人們說她奶奶的情況不好，老年痴呆小腦萎縮。但這些都只是閒話，像運動員進場前的熱身動作，是比賽前的潤滑劑，當氣氛比較融洽之時，他們要進一步問出一個終極問題　她打算怎麼處理肚子裡的孩子

個把小時後人們散開了，因為初秀自己也沒有主意，她是回來想辦法的。人們嚴肅地認為她只有兩條路可走　要麼生下來　要麼打掉　個別保守悲觀的人補充了兩條　要麼趕緊結婚　要麼死　人們對私生子的態度還不是那麼樂觀。但初秀明確表示，嫁人和死都不在她的考慮範圍之內，她也不想打掉，這種殘忍的事情她做不出來　總會有個妥當安排的　她笑咪咪地安慰人們，好像面臨困境的是他們，而不是她。

人們在離開的路上議論紛紛。有人認為發生這種事情，怎麼也妥當不了，打掉殘忍，把孩子生下來也是殘忍，難道要讓孩子像初秀一樣吃百家飯穿百家衣？現在比不得十幾年前，村裡無人居住的空屋已占半數，那些去了城裡工作的人，在城裡買了房，連春節都不回來過了，房屋門窗發了爛，荒草長到了階基上，哪裡還有閒人來替別人抱娃餵飯擦手洗臉？人們操碎了心，想破了腦殼，也沒有替她找到一個 妥當 的方法。

發生了這麼大的事情，初秀臉上看不到驚慌、擔憂、羞恥和恐懼，甚至懷孕也沒有改變她的膚色，看起來仍舊結實彈性，白裡透紅。人們開始覺得她的行為有別於常人，會不會從初來寶那兒繼承了什麼不好的東西，比如某根神經搭錯線短了路 傻人有傻福那只是寬慰笨蛋的話。

人們想了幾天幾夜，有個心思細密的人提到了她遠在北京上海的大齡姑姑們，感覺終於想到了 妥當 的辦法，於是眼巴巴盼著初秀的遠親歸來拍板。

11

老四初雪三十三歲發生的那件事情，幾乎沒人知道，她連寫日記都沒提起過，更沒人親耳聽她說起，除了那些醫生——她不得不面對他們告訴他們請他們幫她解決 問題 ——是的 問題 事後多年，只要一想起這個 問題 她心裡就一陣疼痛，那根刺長在心頭，當心顫抖時就頻頻深扎。那個 問題 對絕大多數人來說都不是問題，是好事，甚至是波及整個家族的大喜事。但原本是不成問題的問題，發生在不恰當的時期就成了 問題

二〇〇三年對初雪來說是個悲喜交加的年分。這一年非典傳染病結束，她也博士畢業留校任教，成為大學教師，長了多年的樹終於結了好果子——她甚至被列為勵志榜樣。這些村裡人都知道。首先是她暑假帶回來大學任教的好消息，不久人們又在電視上看到她談自己的奮鬥歷程，已經是一副學者的樣子，說的話他們也不全懂，越是不懂越覺得她厲害。

人們準備隨時表揚和鼓勵那些爬樹掏鳥窩的小丫頭，因為她將來肯定會跟初家四丫頭一樣有出息。但這時鳥類稀少，樹上已經沒有什麼巢，偶然一個築在很高的樹上，似

乎知道怎麼躲避危險的人類。鳥類也得感謝手機和電子遊戲，因為新鮮的科技產品，孩子們失去對自然和動物的興趣，人們再也沒有見過上樹的小丫頭。

初老師　能不能跟電視機前的觀眾聊一聊你的童年生活

我們那兒是湖區　夏天十里荷花九里紅　還有小河圍繞村莊　長堤護河　河裡有白帆船坡上有淺青草　可惜那時太窮　沒有相機拍下照片　那時湖裡河裡塘裡溝裡的水　都是清澈見底的　看見魚蝦游動　想吃就下水掏摸捕撈　魚肉都是清甜的　我家屋後面有一片丘陵小時候覺得那是一片很大的森林　可能是因為人小腿短的緣故　林子裡有野兔子山雞野果數不清的蘑菇　有的品種毒性很大

我聽說過你經常爬樹　是這樣嗎

是的　我爬樹掏鳥窩　但我從不毀壞鳥蛋　不傷害幼鳥　有時候抓了蟲子餵給牠們　我七八歲的時候還放過牛　騎過牛　我至今還記得牛啃吃青草的聲音　嚓　嚓　嚓　嚓　節奏穩定鼻子裡聞到的都是草香味　那時候農村還是集體經濟　因為我父親剛去世不久　我是愛放牛我們家七個小孩　我第四　大姐是家裡的頂梁柱　她幹的是男人的活　因為我們家沒有勞動力

你懷念鄉村童年嗎　很多人談到故鄉　都感傷故鄉淪陷了　回不去了　昔日詩情畫意的

鄉村消失了　商業垃圾填滿了清水溝　水泥路鋪到家門口　金錢腐蝕了純樸人心等等等等現在對故鄉是什麼感覺　是不是還能從中找到一點童年的記憶

費孝通先生七十年前提出　鄉土重建　的命題　到今天還沒有完成　你剛剛談到的這些是很多人共同的感受　暮氣沉沉的村莊　沒有娃娃的嬉笑打鬧　路上連一個人影都很難見到　很多人建了房子　人在城裡居住生活　有的人乾脆任舊屋爛塌　那些空屋爛屋掛滿蜘蛛網的窗口　在白天都黑洞洞的有點恐怖　老一輩勞動終生　逐漸歸了黃土　因為環境汙染　幾乎沒有自然死亡的　田地裡的墳墓越來越多　人們總是宗教式地寄希望於後輩　但小青年的情形並不樂觀　因為他們喪失了吃苦耐勞的品性　總想走捷徑弄到什麼東西　落葉歸根良性迴圈的鄉村　人口越來越少　但凡在城裡過得下去的　極少有人願意重回鄉村　更可惜的是　一些傳統的良風美俗也蕩然無存了　多數是為了錢的問題　離心反目　兩性關係混亂家庭的大廈開始搖晃　教育　醫療　養老的情形也亟需改觀

這些問題夠沉重的　你還有哪些親戚留在故鄉　他們自己對這種變化是什麼感覺

家裡還有我母親　她是那種洪水來了也不會拋下老屋離開的　還有一個小侄女　她還沒有能力對這個世界發表看法　有些人只是看著世界變　但自己不變或被動改變　有些人順應時勢主動接受新事物　情感模式不同　人際關係也呈現淡漠　費孝通先生說他初次出國　他的奶奶用紅紙包了一包灶上的泥土　如果水土不服或者想家　就用這土煮點湯水吃

《西遊記》裡 唐僧出發時 唐王在送別的酒杯裡放上一點土 寧愛本鄉一撚土 勿戀他國萬兩金 這種對家鄉泥土的眷戀文化 或者情懷 基本上也消失了 因為故鄉可留戀的事物都已經成了過去

以上是電視節目的部分內容，在初雪 問題 發生之後第五個年頭的一個訪談，也就是二〇〇八年北京舉辦奧運會的那年，她三十八歲。人們除了看到她頸部不能遮掩的細皺，還看到她單眼皮眼睛裡有一股擰得出水的憂鬱。人們認定她不快樂，並且不快樂是因為她這麼大了還沒有生孩子，暗自著急。

她在三十五歲上下匆匆忙忙地結過一次婚，又匆匆忙忙地離了，好像身上受了傷，隨便弄點草藥敷了，發現不起作用只好扔了。連她母親都沒見過那個女婿，她沒帶回來過。人們知道她結婚的事，也是她自己散播的，像是有意要讓村裡人知道她不是老處女了。她眼裡的那種色調也許是天生的，並不是為了什麼的緣故。有人留意過在她長成少女不再爬樹之後，她的眼睛就變得那麼幽深沉靜，她從來沒有少女的絢爛，一朵花從沒開放，一粒種子從沒發芽。

離婚也是她自己說出來的。人們知道那個人是另一所大學的教授，略大兩歲，上海人，在外人看來是極為般配的一對。老話早說了婚姻是鞋，穿在腳上漂亮的不一定舒服，新鞋子還打腳，痛起來寸步難行，人們嘲笑鮮花插在牛糞上，但牛糞卻讓鮮花越開越美。人們猜測那個上海教授有什麼毛病，比如虐待狂、抑鬱症，或者其他見不得人的怪癖，如果女方正常的話，問題肯定出在男方。但對於一樁當事人都已遺忘的婚姻，外人再繼續揣測，也是枉費心思。這段婚姻只維持了一年多，雙方和平分手，分手後仍然是朋友——這再次讓人們困惑不解，因為村裡人離婚，有的雞飛狗跳反目成仇，拉攏子女與父母一方為敵，並與那方的親戚斷絕關係。一個五十歲的男人在鎮裡打工與另一個女人好了，淨身出戶，其妻還不解恨，發動三個子女與前夫為敵，甚至前夫的母親去世，都不讓兒女們回來奔喪，簡直像血海深仇。這女人過去被丈夫揍得苦，子女長大後為她撐腰占強勢上風。據說離婚後那上海教授還是愛著初雪，好像等了她幾年，她沒有回心轉意，他再婚時她還去喝了喜酒，送了祝福。人們對初雪的這一行為更加不解

他們文化人的事情　我們真是搞不懂　去喝前夫的喜酒 想一想都挺尷尬的哩

所有事情都是初雪自己說出來的，由她那個嫁在本村的初中女同學在村裡廣泛傳播。人們對她的了解就是這些，她想讓人們知道多少就是多少，至於那個嚴重的　問題　她沒有告訴她的初中女同學，誰也不知道這回事。直到過了很多年，她在一次關於婦女主題的演講上談到女性權利時，說到了這個幾乎要了她性命的　問題　那時獨生子女時代已經結束，二胎政策早已鋪開，政府鼓勵生育，關於超生和私生的處罰懲罰減輕了許

多，但她已經錯失了機會，她援引自己的創痛經歷，說哭了很多女人。

現在正式回到 問題 上來。生活不是一加一等於二這麼清晰簡單。初雪留校執教的第三個月突然發現自己懷孕了。雖然她並沒有想過生孩子，與那個男人結婚純粹是出於彼此喜歡。最開始知道他有家室時她就沒有退卻，任感情自由發展，她從不要求對方離婚，也沒給他施加任何壓力。她品嘗到了愛情，但結的是苦果。那人姓夏，搞文化研究，出過著作，四十出頭的年紀。都在上海但並不經常見面，因為夏先生妻子忙於事業，他要接送女兒參加補習班，學鋼琴，輔導作業。也就是說他們相聚的次數不多，也沒有一起睡過一個完整的晚上。

像大多數偷情的已婚男人一樣，夏先生心裡是安了鬧鐘的，到點就響。正如大冬天瞌睡未醒，卻需要起床上班的人聽到第一次響鈴時，通常會按掉鬧鈴再睡幾分鐘，等它再響再按，如此反復幾次，最終不得不爬起來離開。這樣難捨難分一面表達出纏綿情意，一面顯示諸多的迫不得已。她理解他，她也吃驚於自己的寬容溫順，在過去談過的所謂戀愛裡，她還從沒有散發過這樣的母性光輝。

夏先生和她有幾分相像，都是單眼皮挺鼻梁戴無框眼鏡，他性情溫和看人待物都像對歷史般尊重，這緣於他自小的家庭教養，以及後來的教育背景和學術研究，這不是急性子能做的。也許是工作磨練改變了他的性情，也許他天性溫和，他總能理解別人。也就是說他從不強求別人按照他的思維方式思考，和這種人相處通常會感覺愉悅舒暢，再加上他有大量的知識儲備，能使時間變得趣味橫生。初雪和他在一起慢慢有些柔軟與嫵媚。

她是在他們持續了七個月之後懷孕的。他們見面稀少，有非典的原因。當時上海的情況並不嚴重，但也有隔離、關卡、戒嚴等措施。正是這種死神在天空窺視的緊張氣氛催使他們的感情比正常時期更激烈旺盛　如果不是考慮到孩子　我願意和你一起面對生死他這麼說過。人格外擅於煽情與自我感動，在某種想像的危機中誇大自己的愛與勇氣，聽的人更是為之顫慄。所以後來回想起來，她也說不清楚那段愛情到底真不真實，既然真實，為什麼結局那麼慘烈；要是虛幻，為什麼她要感覺到人生有了夏先生之後，才煥發出真正的青春神采，他也像被點著了一樣，只管劈劈啪啪地燃燒。

她了解了政策以及違反政策的處理辦法，過去學校曾有人違反政策開除公職。生育是以夫妻為前提，法律並不支持非婚生子，不結婚就沒有生育權利。如果失去剛剛獲得的工作，便沒有能力撫養孩子。她知道可以花錢隨便找個人登記假結婚。她不願意她和夏先生的孩子還沒出生就像個難民一樣需要避難，過早地蒙上一股淒涼。她膽子大的時候，是因為單槍匹馬無所顧忌，懷孕使她變得膽小與怯懦。

她捏著醫院B超單看了很久，想了很久，最終覺得至少應該與夏先生談一談——看在愛情的份上。

過了一週，他們在咖啡廳見了面，一個小時後他要去參加一個文化活動，他要發言。也許是因為胎兒的緣故，她忽然感覺他和她之間的關係發生了改變，以往每次見他都滿身欲望，並且必然要在一個方便的地方釋放。這一次卻十分平靜，好像老夫老妻。在他喝下第三口咖啡之後，她開始切入正題

有件事情　我不知道怎麼辦　這個事是好事　也是壞事　說簡單也簡單　說複雜也複雜

講來聽聽　他漂洋過海捉住她的手

我想自己撫養　但是我很可能因此丟掉工作　失去經濟來源　所有的努力會因這次處分化為灰燼

你說什麼　我沒聽明白

我懷孕了

不可能吧　他有點驚慌

她把檢查單給他看，指了指圖片上的小黑點。這個小黑點，就是他和她的孩子，聽起來很不現實。

我並不想打擾你　她說　我只是不知道怎麼辦　也許你有好的主意

他摘了眼鏡，再戴上。望著小黑點沉默不語。

她也沒有打破他的安靜。什麼東西在慢慢凝固。也許是空氣。因為兩人都有窒息感。

解決一個問題　就解決了所有的問題　他說。以他慣有的學者語氣，學術討論發言的腔調。

你說的我也沒聽明白　她說

做掉　他做了一個手勢　你的事業才剛剛開始

我已經三十三歲了　她說

我媽生我的時候已經四十三了　他說　你非常健康　健康女人的生育力　可以持續到五十歲左右

她沉默。眼睛盯著他的喉結。她喜歡親吻那裡。那裡也是他的敏感處。但現在那喉結成了黑點。那黑點還在跳動。

你還很年輕　事業剛剛穩定　需要掌握教學工作　接下來評職稱　長江學者　你一路披荊斬棘　不能半途而廢

她認為他說得有道理，只不過這些道理由一個錯誤的人在錯誤的時刻說出來，就不是道理，而是偽善。

我已經三十三歲了　她又說了一遍

這時他看了一下腕錶　別被這些小事情絆住　他說　我一直相信你會取得非常大的成就　不要丟了你的野心

我先去開會　他說過務必慎重考慮之後，在她額頭上親吻了一下轉身離開。

這便是她和他唯一面對面進行的一次倉促交談。他稱之為　小事情　她沒有再找他。他也沒有問起。好像那次見面，他對她的那番勸慰表示他已經盡了一個好朋友的情分。遊戲是她心甘情願參與的，他並沒有隱瞞他的真實情況，出了一個這樣的　問題　她承認是自己的責任，子宮長在她身上，而不是男人那兒，她自己應該保護好子宮的安全，沒有道理讓他來承擔子宮的責任，因為他的本意是令她快樂或彼此愉悅，錯誤在於她是子宮攜帶者，卻沒將其保管好。

她有幾天靜靜面對自己的時間。有些東西碎裂了。也有一死的念頭閃過。他們的愛情——她覺得他們是那麼的情投意合性事美滿——被一個小黑點瓦解了。同時另外有些人正在將小黑點描繪成愛情的結晶，他們為此歡欣雀躍舉家歡慶。還有些人為了這個小黑點，正在尋醫求藥，或者不惜重金租借子宮。

當然她不會死掉，死是真正的懦弱，那只是走投無路的人想用最後的一個行動喚醒別人，報復別人，懲罰別人。她既不想喚醒他，也不想報復懲罰他，她真的覺得這完完全全是自己的事，只不過她需要釐清思緒，重新審視這個小黑點以及自己的情感與生活。她想過如果能保住工作她願意留住小黑點，她對它的期待超出自己的預料，她原本以為自己對孩子沒興趣，那些隨時一褲襠屎尿的哭鬧的小東西會把人的生活搞得一團糟。他們也可能生病、早夭、受傷、跌倒，讓生活徒增痛苦的各種因素——她也願意承擔了，不覺得是問題了，她甚至盼著那個小東西到她的生活中來搗亂。

她並沒有拖延太久。新學期開始她的確有太多的工作要處理，小黑點被自動排到邊緣位置，只在一天停下手來的時候，她才猛然想起它。它在生活中占據的空間越來越小，甚至從她的心理上也一樣，一貫努力向前的那股勁頭沖淡了小黑點，她明白現在的確不是生孩子的時候。夏先生說的話沒什麼錯，但作為當事人之一，他說些別的也許更好。她並沒有怪罪他的意思。他那張嘴巴有說任何話的自由權利，即便他那麼說只是為了保護自己的家庭，保護家庭可不是什麼壞事。她始終這麼替他想，替他分辯。就這樣，有一天她趁著沒課心平氣和地去醫院解決　問題　就像得了感冒或者鼻炎。掛號時裡面的人粗聲粗氣問她掛什麼科，她忘了上次來檢查掛的什麼科，她是第一次發生這種事情，她甚至說不出那個充滿血腥味的醫學術語　墮胎

醫生說　胎兒很好　你年紀也不小了　要不要再考慮考慮

考慮清楚了　拿掉　聽到這個冰冷的聲音，她自己都吃一驚

好多人想懷都懷不上　你這懷了卻不要　醫生搖搖頭

我今天就是來解決 問題 的 她急促地打斷醫生的話，希望她不要過於好心，她已經說得讓她心裡難受起來了。

兩小時後，她帶著空空蕩蕩的身體飄出醫院大門，如釋重負，好像是悲從中來，鬆口氣卻變成嘆息。回到學校的時候，她完全平靜了，來往的年輕學生和靜美的校園像一隻溫柔的手掌貼在她冰涼的胸口 我差點毀了這些 她想。同時看到夏先生的電話，像得到了這個消息似的

你好 她說

工作怎麼樣 帶學生壓力大不大

挺好的 就是比較忙 她回答

你身體還好吧

很好

他沒有直接問及那件事。她也沒說。她感覺他在電話裡豎起耳朵，努力傾聽她這邊的一切，似乎可以找到他要的答案。彼時幾個男學生哼著歌從她身邊經過。體育場吹來比賽的哨聲。啦啦隊呼聲四起。高高的胡楊樹葉子嘩啦啦響。好幾次她以為他要問出那

句話

問題解決了嗎

別擔心 那是我的事 這便是她將會給出的答案

他們的感情關係在她告知懷孕以後戛然而止。小黑點超出了愛情戲的範圍，是多餘的，他像一個導演那樣要求她拿掉這個小角色，他忘了她是製片人，決定權在她這裡，她甚至可連導演都換掉。她沒有流露出任何關於小黑點的資訊，以及如何處置它的意向，就像他們之間不存在那回事一樣。這時候她嘗到了一點快意，像刀尖一樣冰冷，然而她真的感到愉悅。她永遠都不會告訴他這個處理結果，再過一陣她將拒接他的來電。小黑點會不會在他的頭腦裡漸漸長大，會不會長成一團黑影覆蓋他窗口的陽光，夜晚在他睡覺的時候像夢一般壓住他的胸口。她不管。那是他的事情。每個人都有自己承擔的部分，即便是虛空。

他們斷了聯繫。她實在想不出任何繼續下去的理由，也許他也一樣。無聲的小黑點是一個終止符。她偶爾會在網路上看到他的消息，訪談、照片、新著，他的生活並沒有受小黑點影響。她注意到他喜歡在訪談中說 我的妻子 有時還會放上他和妻子的合影。從前他沒這麼做過。

她過了一段非常孤獨的日子，灰暗且細雨綿綿。她的痛苦是後來慢慢呈現的，好像溺水者屍體過了幾天才浮出水面，體積膨脹了好多倍。有時候她在講課，講著講著就會難過起來。走在路上也會莫名的傷感。她忽然覺得疲憊，不像過去那樣總有不歇的鬥志，老了許多。這時候她才知道自己對他是多麼傾心，她曾經認為一生中那麼燃燒一次無怨無悔才算得上愛過活過。現在她不是後悔，只是在修正過去的觀點。如果愛和痛不能割離，她情願不愛，因為痛比愛更深刻更漫長，就像生長與發芽的關係。

她不知道什麼時候能真正結束一切。她時常想 如果政策允許 所謂問題 就不是任何問題 到後來她已經忘了夏先生的話，忘了他這個人，忘了她對他如何傾心，轉而思考關於女人的基本權利，在同樣的制度背景下，一定還有很多女人同樣做出了迫不得已的選擇，一定還有女人仇恨那個在她子宮內播下種子卻拒絕果實的男人。也就是那件事過去一年之後，她隨便嫁了一個人，沒辦酒席，沒有婚禮，甚至連婚戒都沒戴熱就摘了下來。她做了一件不少女人做過的蠢事，幻想嫁個人會改變局面，結果弄得更糟。她很快就離了。

結婚不能改變局面，但一結一離就徹底改變了生活結構與心態。她什麼也不想了，將所有的精力投入教育事業，三十八歲那年評傑出教師，和一個小兩歲的財經主筆結了婚，感情穩定。雙方身體正常，但她一直沒能懷孕。她暗自將這視為報應。財經主筆的態度是順其自然，有便有，沒有也無所謂，他和她都能把日子過好。財經主筆不是獨生子，他的哥哥已經完成了傳宗接代的任務，因此也沒有來自家族方面的壓力。這些是財經主筆親口對她說的。他也在外面稱她為 我的妻子 她曾經希望夏先生將 我的妻子 這頂花冠戴在她頭上，她的財經丈夫完整地填補了那片虛空，並且滿溢出來。她後來辭職畫畫，畫的與女性有關，身體和器官，在或灰暗或鮮紅的背景中呈獻不同的狀態。藝術界評價她為女性主義畫家，將她比作墨西哥女畫家的弗里達，因為她們的畫裡表達出某種相似的痛苦。

當她超過四十二歲仍然沒有生育時，人們開始替她著急。城裡的人推薦不孕不育名醫，村裡人推薦草藥偏方還有觀音廟。她和財經丈夫一概謝過，他們決定做丁克夫妻。於是人們便不好意思再操心了。但村裡人又有種言論，說初安運的墳址並不是真的好

瞧瞧他們家 傻的傻 死的死 該生育的沒生育 不該生育的挺著肚 該結婚的沒結婚 結了婚的鬧離婚

12

這些天人們看見初秀挺著肚子，衣服少得僅遮住了該遮的地方，搖著一把京劇臉譜紙扇直喊熱死人了，好像她是一個初來乍到的人水土不服。人們盯著她的肚子和她帶著嬰兒肥的臉，看她不以為然到處招搖，連思想最開放的那幾個人都覺得她過了頭，應當收斂一點，不過是懷上了無主的野種，沒有什麼光彩的。

她無憂無慮不當回事，嚼著口香糖，撿石兒扔向湖裡的鴨子，還弄根長竹竿套白塑膠袋，仰著腦袋尋找知了。這使人們覺得自己派不上用場，他們的同情、憐憫心、樂於助人的善意，以及溫暖的鄉鄰情感統統都憋在心裡，一絲都釋放不出來。

大家都記得，那一年村裡的李家二姑娘談戀愛出了事，忽然神智錯亂語無倫次，兩眼恐懼好像看見了鬼，見不得水和光，頭幾個小時人們將李家圍得水泄不通，獻計獻策，包括給她灌煤灌糞的偏方。半夜還有人輪班守著她，第二天來看望的人也擠滿了房間。在李家二姑娘清醒的時候，趕緊給她講人生道理，做人要看得開看長遠，還舉例佐證。這期間全村人的精力心思全撲在李家二姑娘身上，幾至茶飯不思，村人在路上見面便問二姑娘怎麼樣了，有些人不是在二姑娘身邊，便是在去看二姑娘的路上。有愛辦實事的人親自去請來了通靈的巫婆為她畫符念咒，人們認為二姑娘是個好姑娘，都等著看好姑娘的好下場而不是這種結果。半個月後，仍然有不少人吃了飯就來看二姑娘，她身邊還有六七個人在為她忙這忙那。事情由春天到了秋天，經過整個夏季，人們才接受了二姑娘的事實，因為她總說些成仙得道的胡話，攤開手臂在田野裡飛，人們便給了她一個綽號 二仙女 二仙女這樣瘋癲了兩年，有天夜裡掉進湖裡淹死了。有人說她是投湖自殺，因為她自小就會游泳。

這時提起二仙女的事情，只是為了說明人們多麼熱愛周圍的事物，他們簡直是把熱情良善當誘餌來垂釣別人的不幸，兩眼魚鉤銀光。

不光這樣，人們經常聽到初秀唱歌，戴著耳機，有時在自家地坪上，有時在孤寂遼闊荒蕪的田野裡。歌錄下來從手機裡播放，還配了音樂。人們後來才知道她用了一個網路K歌軟體。沒幾天村子裡日夜都有人唱手機卡拉OK，在入夜靜得瘆人伸手不見五指的鄉村黑夜，那些唱破了走調了的唱腔驚得籠子裡睡熟了的雞都撲打翅膀，發出陣陣騷亂，夜鳥從樹林裡飛出來，落到更安靜的地方。

人們的嗓門第一次與音樂扯上關係，打破羞澀後恨不得用唱歌替代說話。走在路上嘴巴都不閒著，唱著唱著走過了頭，唱著唱著把茄子當辣椒，唱著唱著有的女人吃醋了，因為老公和別的女人在網上合唱情歌，獻花獻吻，雖說是虛擬的情境，一輩子都見不著面，但這種事光想想就受不了。於是村裡男人的手機開始出問題，爛的爛，修的修，有的換了好幾回螢幕，不是女的摔就是男的砸，新事物惹得夫妻吵架打架，一向平靜的生活有了波動。吵得厲害的，翻出陳年舊帳鬧起離婚來。有些女人暗自責怪初秀要不是這個懷了野種的傢伙把手機卡拉ＯＫ帶進村裡 我們過得好好的 什麼事也沒有

初秀一點都不生氣。她就是什麼都不在乎，只愛自己，出點汗就洗澡，身上又白又乾淨，臉上英氣逼人。有人說她也是那種君子報仇十年不晚的人，像戚念慈那樣不動聲色。但是也有人表示，這麼說一個十六七歲的小姑娘，未免用語過重，她還是個小女孩，看眼睛就知道她心地單純，哪有那麼多成年人的心思詭計。多數人是站在初秀這邊為她說話的，即便她懷著一個沒有父親的孩子，等待她的不是家法，而是整個家族的關心與幫助，再過兩天她的親戚們按照約定的時間回來碰面，一起商榷，處理問題，他們破舊、清冷的老屋裡將再一次熱鬧起來。

盛夏酷暑，天都黑了，蟬還在一聲聲嘶鳴。初秀四仰八叉地躺在涼蓆上，像一隻怪昆蟲。從她這兒學到了手機遊戲的女人燒糊了飯菜，一個還燒穿了鍋底，正在挨男人的罵。初秀聽著從中取樂。她愛看鄉村夫妻吵架，看醉鬼耍酒瘋，看暴雨怎麼沖走來不及收起來的稻穀，無所事事地等著親戚們回來。

初雲第一個到家。她已經發福。誰都知道她與閹雞師傅兩地分居，夫妻關係已經名存實亡。她看上去自足健康，人們知道她攢了些錢，資助兒子買房，替女兒買車首付，她為自己活的概念就是自己掙錢給兒孫花——孫子已經有了，兒子正在計畫生二胎。她沒有去帶孫子，因為兒媳婦更樂意和自己的母親住在一起。閻燕嫁了人做了母親，也沒有叫她去帶孩子，她的婆婆手腳麻利包攬了一切。她婆婆是個厲害角色，起先她兒子幾次要結婚，她都擋回去了。周圍到處都是兒媳婦娶進門懷不上孩子的，她不想遇上那種煩心事，姑娘的肚子一天不鼓起來，她就一天也別想嫁過來。所有的婆婆們好像開了會一樣，姑娘肚子不懷上就不收進門，很快形成了風氣，所以到處都是買一送一的大肚子新娘，偶有癟著肚子過門的新娘反倒奇怪，惹人指指點點，姑娘自己和娘家人都有點抬不起頭來。閻燕從學校裡學了幾句啞巴英語，到大地方不夠用，回到小地方沒有用，還不如參加一個短期培訓出來當禮儀小姐的。她自己也沒什麼想法，在村裡待了一陣，和父親處不來，他酗酒後鞭打牲口，打得牢裡的豬嗷嗷叫，大聲罵 看我怎麼騸了你 說完真的轉身去拿他的那套明晃晃的器具，找半天想起早就賣給收廢品的了。

閻燕去城裡找工作，跟她母親擠在一起。家政圈的女人們看閻燕是個好姑娘沒什麼毛病，便給她介紹對象，最後她相中一個在城裡做快餐生意的鄉下小伙。小伙起早貪黑忙得腳打後腦勺，也急著要信得過的人手幫忙，雖說不必懂英語，至少得有點文化，帳目清楚，懂點管理。兩人對上眼後就按風俗先訂了婚，閻燕就留在店裡收帳，有時也幫忙打盒飯，小店打了潤滑油似的這才運轉順利起來。閻燕像她母親一樣老實，帳目一清二楚，一分不貪，兩個人同吃同宿感情不錯，過了半年快餐小伙子打算結婚。快餐老娘問閻燕，做那事兒的時候有沒有採取什麼預防措施。長輩跟晚輩這麼直白地聊性生活也是罕見。閻燕搖搖頭有點不好意思，因為此前她沒談過戀愛，她全部的兩性經驗都是快餐小伙給的。她和快餐小伙一心撲在生意上，既沒想過生孩子，也沒顧得上採取什麼措施。年輕人哪有那麼多周密計畫，無非是兵來將擋水來土掩。可是一起睡了半年，兵也沒到水也沒來，閻燕的身體沒有任何變化。又過三個月還是沒有動靜。於是快餐老娘將婚事一擋再擋，最後放出敞亮話

什麼時候懷上　什麼時候結婚

閻燕的母親著急了，去和快餐老娘論理，說自己的閨女健健康康沒有任何毛病，月事正常，連痛經都沒有過。

她以前懷過孕嗎　快餐老娘問

這叫什麼什麼話　我家閻燕清清白白　戀愛都沒談過　閻燕母親回答

那是兩回事　有的是沒談過戀愛懷了孕的

我閨女乾乾淨淨　沒談過戀愛也沒懷過孕

怕就怕乾乾淨淨　這可不是什麼好兆頭
是兩個人的事　原因也不一定出在女方
問題一定就在女方　快餐老娘也急了　我兒子什麼毛病也沒　去年還讓一個姑娘懷了孕但兩人感情不好最終分了手　這是活生生的證據

閻燕母親聽到這個便低了頭。翌日帶閻燕去醫院，全面孕檢一切正常，把結果呈給了快餐老娘。後者仍然堅持原意。又過了八個月，閻燕有了動靜，懷孕五六個月的時候才辦了喜酒。子宮在婚嫁中的重要性似乎比從前更明顯了。有些婆婆原本一直反對兒子喜歡的姑娘，一聽說姑娘懷了孕，態度立刻轉變，馬上辦酒結婚　我的孫子我當然要

不用看顧小孩，初雲輕鬆了，但也孤單。她是頂願意去搭把手的。年紀大了不被兒孫需要的時候可能有點老朽無用的悲觀，要不是家政圈有些聊得來的婦女有空一起跳跳廣場舞，她都不知道怎麼打發工作以外的時間。做飯越熟悉，需要準備的時間越少越不費神。她把孫子抱出來沒多久便被召回去，兒媳婦怕她把小孩帶壞了，兩歲就要背唐詩，寫寫畫畫，這樣的學前教育鄉下奶奶無法勝任。所以她去看孫子就像探監一樣，把吃的玩的留下來，說不了幾句就走了。

初雲帶了些菜來，放下東西就開始做飯。屋子裡久不住人，有股寂寞的塵土味。她什麼也沒問，首先給初秀做了一鍋滋補雞湯，香氣飄了一屋，好像她肯定這胎兒必定是要留下來的，到時候她就是名副其實的姑奶奶。

王陽冥第二個來到，他和初月平時是秤不離砣，但初月要留在家裡照顧母親，他只能單獨前來。他也什麼都沒問，只是找些年輕人的話題，和初秀聊東聊西。

外面蟬聲叫得急躁尖銳。蟬音剛落半，初冰就到了，就像是這蟬聲催生出來的。她連夜從廣州趕回來。這些年她的事情多得可以寫一本書。她還是嬌小，眉眼妖媚，嘴唇塗成玫紅色，一邊說高鐵上的盒飯又貴又難吃，一邊將袋子裡的龍眼荔枝拿出來擺在桌上。

初秀手指靈活地剝荔枝。

這時，鄉鄰煞有介事地在門口來來回回，有的去園裡摘菜，有的去小賣部打醬油，從初家門口經過時，放慢腳步耳朵張開，假裝無意地往屋裡瞟看幾眼，被喊住請進來吃荔枝時，便有點臉紅心慌。

晚飯時分，能來的人都到齊了，初雪和財經主筆兩個人穿著藍色休閒情侶裝，因為沒有生育的緣故，兩人都像二十多歲的年輕人，走路輕盈有彈性，他們一出現，連暮氣沉沉的村莊都有了生氣。

初玉不答應回來，她的態度是堅決拿掉，她以一個醫生的冷靜表示，這種事情沒有什麼商量的餘地，她既沒有時間回來，也不想因為這種　愚蠢的事情　瞎折騰。她一聽到生育就產生厭惡

她自己才多大　十六歲就生孩子　這是舊社會　像條野母狗一樣懷孕生子　哪裡有做母親的尊嚴　她自己什麼也不懂　她不懂生命　不懂生活　她根本沒想過這些　這種事根本用不著考慮　沒有什麼選擇　我建議趕緊去醫院　早一天做掉就少一分累　這個時候誰幫她就是害她　她當時就是這麼說了一長串，她盡力克制自己不發火，可誰都聞得到那股燒焦的氣味　你們回去一趟也好　趁機好好教育教育她

初雲感覺初玉對生育的討厭，比她去北京找她的時候更加厲害，她的話語裡沒有一點對胎兒的溫情與憐憫，甚至也沒有對十六歲侄女的親情與擔憂。她和她那些冰冷的手術刀越來越相似，她的言語她的表情她的態度，都像她的手術工具一樣凜凜發光。人們認為一個沒結婚沒孩子的單身女人年紀越大性格越古怪，這一點在初玉身上得到了充分體現。她早就態度明確，自己不會生育，她沒任何生理問題，就是不想把時間浪費在保姆似的瑣碎事情上面。她第一次戀愛，因為男方要生孩子失敗告終，後來把不要孩子的話擺在前頭，有的人最初同意，談著談著就變了卦，要麼是家族的壓力，要麼是自己變了。她知道絕大部分的男人還是把生育擺在第一位，傳宗接代的傳統思想根深蒂固。人

們隱約聽說她最近又在戀愛，對方是一個愛跑步健身受西方文化影響的海歸醫生，研究阿爾茨海默病的專家。他到醫院上班第一天，他們在院門口碰到，幾乎是一見鍾情。她有幾次為母親的痴呆病症請教他，也正是在她轉告了海歸醫生的建議之後，初月他們一家將母親接去同住，在他們的照顧下她有一段好轉與平靜的生活。他們第三次約會時，她才知道海歸醫生的父母早年死於一場意外。

那時我在市裡讀住學　接到消息時　英語老師正帶我們閱讀海明威的英文原著《老人與海》　他讓我用英語解釋　每樣東西都會殺死別的東西　只不過方式不同罷了　這句話是什麼意思　我腦子裡剛剛聯想到魯迅關於人吃人的觀點　校長推開門把我叫了出去　朱皓同學　他說　有一個很不幸的消息　你得有點心理準備　像個男子漢一樣堅持住　校長臉色嚴肅　我以為是全國生物學競賽墊了底　不但丟了學校的臉　將來保送大學沒有希望　對不起校長　我說　校長眼神比臉色更嚴峻　你爸媽出事了　你馬上趕回去　我在路上狂跑　坐了一小時大巴到鎮裡　再從鎮裡轉小巴到農場　遠遠地看見農場裡人來人往　我們家門口人多得擠不進去　我聽見裡面傳出悲傷的哭聲　我站在地坪上　腦子裡嗡嗡地響　這時有人喊　朱場長的兒子回來了　人們很快讓出一條路來　不知是誰拽著我的胳膊　將我拖了進去　你很難想像那個情景　我爸我媽並排筆直地躺在地上　腿朝大門　這一次他們沒有叫我的小名

擁抱我　他們冷冷地躺著　像睡著了一樣　我們家的親戚一看到我　哭得更加傷心　好像我爸媽不理他們　只有我才能將他們喊起來　於是將希望寄託在我身上　一個個抱著我哀哭我真的像個男子樣一樣挺住了　我等她們緩過氣　等她們告訴我是誰殺害了我的父親母親我可能看多了偵探小說　本能地想到只有謀殺才會是這樣的結果　我要像個男子漢一樣去復仇　哪怕是需要三十年　一輩子　但是他們告訴我　我的父母死於蘑菇中毒　救護車還沒開到醫院就不行了　我不能去找蘑菇復仇　誰能除盡天下的蘑菇呢　我過了好久才哭出來　幸好我有爺爺奶奶叔叔伯伯外公外婆舅舅姨媽很多親戚　我後來被保送大學拿了獎學金到出國讀了醫學博士再回到國內　這也是我父親母親他們一直希望的　我父親脾氣不好　但他願意為我做任何事情　如果不是為了我　他也不會想到來農場當場長　說句實話　權力和經濟收益是成正比的　他們那時候就開始為我籌備出國留學的費用　我在國內沒吃苦　在國外也沒有吃苦　沒有刷盤子洗碗搞清潔　所以我全部的精力都在學習和研究專業

我妹妹也在美國讀書　畢業後嫁了一個白人　她不願回國　她已經不習慣國內的生活每年清明節　我們會約好一起回去給父母掃墓　我真希望他們看到我們現在的生活　帶他們去看外面的世界　吃世界各地的美食　要是他們願意住在北京　他們就可以經常去看京戲　我母親以前唱過樣板戲　演過白毛女　嗓子能唱　她應該是屬於舞臺的

那天的夕陽血紅。朱皓說家史時的臉也成了橘紅色。他是那種大智若愚的面相，鼻子大，嘴唇厚，皮膚不白不黑，眼神冷寧沉靜。他沒有描述失去父母之後的痛苦，但初玉感同身受。她記得父親去世以後，就她每天哭鬧著要見父親，常常弄得大人也眼淚汪汪。她也說出了自己的家世，他們的父親原來在同一個農場，她的父親比他的父親早五年去世。

如果在一本小說中安排這樣的巧合　讀者可能會覺得不可信　但是現實就是這麼巧　難道我們不應該相信眼前的真實

你好像很愛讀小說

是的　我喜歡讀愛倫．坡的驚悚小說　柯南．道爾的福爾摩斯探案　希區柯克的懸念故事　這些年我一直假設父母是被謀殺的　我沒有理由推翻這個假設　我不相信他們不認識毒蘑菇　哪種吃得哪種吃不得　如果他們確實死於蘑菇　那只有一種可能　有人將毒蘑菇素注入到好蘑菇裡面　但是我沒找到謀殺動機　家裡錢財金銀首飾什麼的都沒動　也沒有和別人結下冤仇　我始終假設父母是被謀殺的　從前忙於學習沒有時間　我打算專程回去農場找人聊天　我想聽他們說說我父親接觸和認識的人　這些人平時都幹些什麼　有什麼特徵愛好　他們在我父母死亡前後有什麼不同尋常的舉動　我也會親自去找這些人

這麼多年了　你一直想著尋找線索破案嗎　不可能有謀殺者　你只是無法接受這種事實

事實不一定是真相　最後入殮的時候我看著他們　我覺得他們有話要告訴我　總有一天我會獲得靈感的

也許你看小說走火入魔了　你賦予那件事太多的個人想像　她習慣性地用手摸了摸胸前的玉環

很好看的古玉　他注意到了

原來是我的小腳奶奶戴的　有人說是漢玉　對我來說它只是奶奶的信物　無價之寶

你奶奶對你偏心

可能因為我長得最像我父親　也許是因為我書念得好　不知道　有些愛是說不清楚的

愛和恨其實是同一種東西

她幾年前去世了　活了一百多歲

一個舊式女人　撐起那麼大一個家　真不簡單

是的　我奶奶是有點傳奇　家裡人都怕她　小時候經常拎著籃子跟她去後山採蘑菇吃她養過蘑菇　養過兔子　兔子吃草　也吃蘑菇　後來兔子全死了　奶奶很傷心　後來我們家再也沒有養過小動物

第一次聽說兔子吃蘑菇

你沒讀過小兔子採蘑菇的故事嗎　從前森林裡住著兩隻小兔子　一隻小白兔和一隻小

灰兔　在一個豔陽高照的早晨　小白兔和小灰兔商量著去森林裡採蘑菇　中午請小夥伴們來吃　兔子如果不吃蘑菇　牠幹麼要採蘑菇呢

你問倒我了　他摸著鼻子想了想　有了　比如苦楝樹上結滿了苦棗　小孩子喜歡把它們摘下來　苦棗是不能吃的　他們幹麼要摘呢　好多童話故事也不講科學邏輯的

你想說兔子是一群搞破壞的壞孩子嗎　我親眼見過兔子吃蘑菇呢　我小時候爬樹摘過苦棗也咬過　又苦又澀　我奶奶說以前鬧饑荒的時候　別說苦棗了　樹皮樹根野草鳥屎泥巴什麼都吃　現在知道你個人經驗的局限了吧　幸虧我有個小腳奶奶

兔子急了會咬人　兔子餓了吃蘑菇　好吧　現在我相信兔子吃蘑菇了　真想去你家後山轉轉　要是你的清朝小腳奶奶還活著就更好了　我最喜歡聽老人講過去　我曾祖父給我講他年輕時夜裡打魚有一次撈起一具女屍　身上綁著石塊　這個突然失蹤的女人重新出現沒多久一樁沉寂三年的謀殺案便水落石出　員警通過綁石塊的繩子為線索找到了凶手　說起來我對偵探案件的興趣還是從我曾祖父引發的　他自己一生平平淡淡　滿腦子外面的離奇故事　真正要行凶的人　並不會弄成　一件事先張揚的凶殺案　這是瑪爾克斯的一部小說名字　我父親也從那些故事中學到很多東西　比如邏輯縝密做事有條理　凡事列出幾個方案　從最好的那個方案開始做起　他追我母親的時候　從A方案到D方案　一步一步牢牢地套住了他要的女人　顯然他也給了她幸福

你現在執行的是第幾方案　她也開了個玩笑
那要看你是不是答應帶我去你家後山轉
那裡挺荒的了
要是我們去了　再荒的地方　都會開花的
我奶奶　我父親　我弟妹都埋在那裡
那我更要去看看
我母親連我都不認得
沒關係　我們認得她就行了
我弟弟可能會往你的口袋裡裝蚯蚓
隨便他怎麼搗亂
我侄女說不定會要跟你睡覺
她多大
十六
要是兩三歲的話可以考慮
她喜歡跟她喜歡的男的睡覺　她肯定會喜歡你
如果我是她姑父　她也敢嗎

她野慣了 野得把自尊都丟了 這並不是她一個人的責任
她差不多是成年人了 成年人會對自己的人生負責的

北方的夏夜，日頭落下去就涼爽起來。風輕輕吹拂。月亮貼上了夜幕。一個美好的談情說愛的夜晚悄悄來臨。周圍的一切都是為他們準備的。

初玉拒絕回去處理初秀的事情，在電話裡說了一通刺耳的話，經過與朱皓那個濃情深意的夜晚，她這心思有點鬆動。她和他有點非你莫屬的感覺。此時的愛情不像年輕的戀愛那樣任性，有一種穩穩地走上獨木橋的細心與從容。她想起大學畢業第二年和一個金融師那短暫的三個月，有點像急行軍，夜路水路山路沼澤雨天晴天霧天電閃雷鳴大雪紛飛馬不停蹄往前趕。金融師滿肚子父愛憧憬未來，有一回在他們事後甜蜜的小憩中說，將來要和她生一支足球隊。她是個體育盲，當她知道一支足球隊是十一個人之後，她彷彿看見自己滿身乳房躺在地上，一群小孩子在身邊爬來爬去。她在農場的豬圈裡看到過這樣的景象。她也想起初雲手術後躺在床上，腋下的小動物還在吮吸她的乳房。

金融師對孩子的嚮往，使她看見甜蜜裡沾著一隻死蒼蠅，她的心情被這些東西破壞了

你知道這世界上的事情我最討厭什麼嗎

不知道

我討厭生育

話音剛落地，她就感覺他的皮膚涼了下去。他再次問她時，她也是這麼回答。

她至今記得他的表情，彷彿她頭上長了角。他身上越來越涼，以致他不得不穿起了衣服。他的衣服始終也是涼的，好像他是一個已經沒有體溫了的人。她沒有去抱緊捂熱他，如果他被他內心的失望凍死，也跟她沒有關係。不知道佛洛伊德是否說過，男人熱愛生產的女人，是對子宮的迷戀，崇拜子宮，類似於小女孩的陽具嫉妒。男人們一邊要女人生孩子，一邊骨子裡嫌棄生過孩子的女人，一旦她們這兒鬆了那兒垮了，他們便掉頭轉向到處緊致不曾生育甚至不曾被人動過的年輕女孩。人們罵女人母豬、母狗，因為生育使這些雌性動物奶子拖地又髒又醜，沒有人對它們的貢獻表示一點尊重，它們也沒有得到應有的待遇，到頭來還說它們的肉不好吃，太硬嚼不動。很多人找對象將生過孩子的女人擺在殘疾人級別，生育過在婚戀中簡直是一種原罪，甚至未婚姑娘做過人工流產，也將成為致命的汙點。一切道德的、生育的、痛苦的責任由誰來承擔，完全取決於誰是子宮攜帶者。男人和女人同時在獲取感官享樂，然而僅僅因為子宮的緣故，男人逍遙法外，女人困在網中。更別說女人懷孕期間，男人在外面靈肉兩舒；女人因生產痛得大喊大叫，男人在外面酒杯一滿再滿，在別人的床上跟別人一起喊叫呻吟——她知道這些，因為碰巧有那樣的男人在她的床上，也有那樣的男人跟她喝得醉眼迷離。其中有一個妻子已經懷孕七個月，卻說她給了他 從未有過的感覺 女人聽了這種話，會認為這是非常愛戀的表白 從未有過的感覺 其實是一種模稜兩可的曖昧表達，它什麼也代表不了，正好填充愛情中的虛偽部分——當他要睡一個女人的時候，如果沒有某種煽情的東西，感情乾巴巴的也不符合他內心的期望，他不得不表現出相遇太晚，但謝天謝地，你總算出現在我的生命中，滿是驚喜和隱隱的無奈。也許僅僅是為了自己獲得的快感來得銷魂，他需要些語言的推波助瀾，至於家中懷孕的女人，他會暗示他們其實沒什麼激情，有多久沒睡一起了，彷彿他因此便是清潔的，理應獲得額外再愛一次的門票，說不定還暗地裡看作對自己的犒勞。

她還遇到一個總是講述婚姻不幸的男人。他說他們在分居中，談到了離婚，但忽然妻子又懷孕了，而且不是隔壁老王的責任，分居的一次偶然刺激帶來了新的果實，他們又重新住到一起。他仍然說不幸福，喋喋不休像一隻嗷嗷待哺的幼鳥餓起來叫個不停，讓人真假莫辨。她抱著可有可無的心態與若即若離的關係取其肉體所用，如果不太講究忽略生理特徵，不把做愛當作愛，關了燈男人都是一個樣。他們都從A片中學到不少東西，在不少於五個人身上有過實踐，都自以為這樣那樣可以展現雄姿一定會使對方陶醉，事實上有的人連私處結構都沒弄清楚，女性軍火庫裡的裝備都沒有掌握就敢於交火，對那個複雜的地形一無所知。

通過一條濕潤的通道向裡，再向上，經過宮頸、子宮、輸卵管和卵巢，還有那些每個月調皮一次招惹麻煩的卵子，繞過一個U形彎，向後向下繞出來，到會陰和肛門，這些部位由大量的骨盆肌肉和無數傳達信號的神經通道控制，跟這套系統比起來，現代化國際大都市的高速公路，簡直是供人休閒漫步的走道。男人並不想了解這些，他們只要快感，要生育，自鳴得意的公雞報曉，要耀武揚威的孔雀開屏。當然，她也知道女人對男人那兒知道得也不多，只知道它能屈能伸忽軟忽硬，從口感和色香味方面來講，跟真愛一樣不易相遇。

也許是過往的情感經驗對她產生了負面的影響，男人的行為使她童年時期對生育的恐懼發展成了厭惡；也許她真的就像金融師說的那樣，沒有女人味，缺乏母性，人格不完整，但她完全懂得作為一個人去愛另一個人，除了以生孩子的方式。她沒有這個意願，她就是不願像別的女人那樣，從月經停止確診懷孕開始，定期去醫院脫下褲子讓別人圍觀，輪流用指頭或儀器伸進器官裡攪來攪去，嘴裡以咳金唾玉的矜持吐出冷冷的醫學術語，這次讓你喝水憋尿憋得尿脬快要炸掉，下次要你擠乾裡面的最後一滴水。這讓她想起小時候看閹雞。婦女們擁擠在過道裡，像雞群在籠子裡伸著腦袋，看電子螢幕排序或聽廣播喊號，閻真清伸手往裡隨便逮住一隻雞，三兩下處置乾淨，眼睛盯住閹割的部位，不管雞長什麼模樣。他當然不會看著雞的眼睛對牠說別緊張很快就好，當他把那兩粒東西挑出來之後，將雞隨地一拋，伸手去抓另一隻。

醫院最忙的是婦產科，門口常年被那些等著做流產的育齡女性充塞——她同樣反感育齡女性這個稱呼，感覺好像在描述一群通過遴選等待配種的牲口——她們和籠子裡的雞是一回事，只不過雞是公雞，人是雌人。好像是因為廣告上鼓吹流產術時間短無痛無傷，顯示技術先進之後，人們都要來驗一驗這廣告的真假，試一試先進的人流術——懷個孕流個產跟吐口痰一樣簡單。想一想女人們光著屁股叉開雙腿將陰道打開交出子宮的樣子，肯定有什麼東西聽見了它們朝向天空的無聲吶喊，不是金屬器械的碰擊聲錘打撕扯能掩蓋的。

金融師還說她討厭生育歸根結底是因為她討厭男人，沒有哪個女人不想跟所愛的人生孩子。他願意在她身上花點時間幫助她推翻自己的觀點，冒險做出生育的實踐，彷彿哄騙小孩子吃藥，先告訴他那是甜的。她是那種人，要吃不怕苦，不吃連甜的也不會去嘗。她不會拿子宮來做實驗，如果肉體能解決精神問題，那麼精神同樣能解決肉體問題。她也覺得他大錯特錯。她愛男人，從來沒有討厭這一性別，而且從不隱瞞對男人這一雄性動物的欣賞與迷戀。她就是不喜歡生育。過去她無數次看到了母親的孤獨，生養那麼多孩子，在她最需要他們的時候，一個都不在身邊，人們說老年痴呆是孤獨造成的，孤獨是子女造成的，所以子女也造成了母親的病。每個孩子有自己的家庭之後，母親就變成了一個遠親，甚至負擔，說起話來很難想像他們曾經在母親的懷裡度過了那麼多的日日夜夜。

她從小聽村裡人聊天，東家還有三堂老福[30]擔子很重啊，西家走了一堂老福又減輕了一點負擔啊，找對象的一聽說對方家裡還有幾堂老福嚇得趕緊掉頭。家裡沒有老福的優先考慮，總之大家很羨慕誰家裡的老人死光了，誰家又走了一個，也有私底下盼著老人走掉的，不忌諱在某個場合說出來，村裡人沒有什麼轉彎抹角的表達。鄉村的孩子像牲口，城裡的孩子就是寵物，一家幾口人圍著轉，但最終結果都一樣，幸運的牲口或寵物有人照顧生老病死，不幸的是老無所依。她有時候胡思亂想，試圖說服自己，每次都以失敗告終，甚至比之前更堅決；她梳理自己討厭生育的原因，如果別人生育的理由是天性、養老、隨大流、繁衍人類，那她都不具備這些因素。

她和金融師起先還能講觀點談感受，兩人越說越遠，越說越離題，彼此發現好像兩個人本來就討厭對方，此前是什麼鬼迷了心竅，誤作了愛情，怎麼和這樣一個人廝磨發熱，一切都雲裡霧裡，最後兩人運用圖書館的知識展開了一場尖銳刻薄的唇槍舌戰分道揚鑣，再也沒有聯繫，像兩滴水消失在水中。

金融師勾出了她很多思想深處的想法，她是一個善於冷靜分析自我的人，時刻要搞清楚自己在什麼時間軸上。她現在遇到了一個真正懂得她的男人。他尊重她不要孩子的意願，他們有非常相近的觀點，他也不喜歡給女性戴上 育齡女性 的帽子，他喜歡精神上的胯骨寬大臀部圓滿，他認為她就是這樣的。另一個重要的事實是，不僅僅是因為他是醫生，懂得女性體內複雜的高速公路，他還知道怎樣讓這條高速公路通往腦部神經活躍盆腔肌肉。

她感到心裡頭有東西像冰塊在太陽下漸漸融化 旅行增進了解 也許正是帶朱晧回家看看的時候 她想 我還從沒幹過帶一個男人回鄉下這樣的事情 我想這麼做 她還想到後山有幾處野合的好地方，茂密的蘆葦比人高常被壓倒一片，青草像地毯也有遭蹂躪的痕跡，她和他也可以在那上面做點什麼，惹得空中飛鳥尖聲怪叫。也許再去農場看看。父親死後她一直沒去過那裡，家裡連提都不許提起。她記得那裡大片的荷花、桃樹、蘆葦、湖泊裡停著捕魚的小舟，白鳥落在船篷上。她還記得有棵巨大的柚子樹，柚子大得像南瓜。所有的人都喜歡逗她玩耍，不僅僅因為她是場長的滿女[31]，而是她對誰都笑誰都可以抱。

晚飯後，初秀穿著吊裙趿著人字拖鞋手裡拿著紙扇給這個搧搧那個搧搧。這時候她比較安靜，有點晚輩的樣子，誰說話她就睜著眼睛看誰，沒人問話她絕不張嘴，說得不對她也不插話解釋或反駁，像一個聽話的三歲好孩子。仔細看她的眼神，就知道她是個局外人沉浸在自己的事情裡，或者什麼都沒想只等這些婆婆媽媽的討論趕緊結束完事，結果怎麼樣她並不在意。

家庭會議由王陽冥主持，他穿著對襟唐裝，脖子和手腕上戴著紫檀木珠，說話時摘下手上的串珠，用拇指一顆顆撥動像在念經，檀木珠子啪啪直響

來賓缺席　我們現在不曉得他在什麼地方　也不曉得他什麼時候回來　當然他在不在都一樣　娘現在連人都不認得了　初秀現在這種情況是等不了的　等不了來賓回來　等不了娘清醒　我們今天聚在一起　就是來商量看　怎麼妥善地解決問題　恩媽死之前交代過　一家人經過很多艱苦　更要互愛互助　她囑咐我家裡有什麼事情召集大家一起商量　我相信我們商量的結果會讓她老人家滿意　我雖然不姓初　一個女婿半個兒　我也是從沒把自己當外人的　初月在家裡陪娘來不了　我同時也代表我的小家庭首先表態　人到了我這個年紀　上有

老下有小　很多事情力不從心　但無論是什麼結果　我們在經濟上和情感上都全力支持　初玉的態度是拿掉　但不管拿不拿掉　大家一起來討論看看　比較一下　哪一種辦法最為妥當

落地風扇的葉片忽然刮出一陣響聲，接著被什麼東西卡住了不再轉動，熱空氣湧了過來。

風扇是幾年前王陽冥送的，葉片上一層黑灰，看得出來一直沒有清潔過。他使勁拍了它幾巴掌，風扇又轉了起來。這是暗示事情不會往好的方向去。他懂得許多事物間的神祕關聯。他擰緊眉頭盯著風扇，好像在較什麼勁。

我先說點想法吧　初雲說道　我只曉得那是一條命　他現在正張著耳朵聽我們談論他這個月分的胎兒聰明得很　已經是一個完完整整的人了　我們只是隔著肚皮看不見他　我不太贊成那麼做　我不太贊成把一個將來活蹦亂跳喊我姑奶奶的小傢伙弄死的　但初秀自己還是個不懂事的娃娃　我也不曉得孩子生下來怎麼辦

大姐雖沒有說出解決方案　但也並不等於一通廢話　至少把我們心裡的矛盾都說出來

了 王陽冥說道 的確就是這麼回事 左右為難

照我說呢 初冰用戚念慈的口頭禪接過話來 主張生的 說出個理由和辦法來 主張拿掉的 也要有說服力

我們忘了一件事 是不是首先應該問問當事人自己的想法 她畢竟也有十六歲了 初雪的手一直放在財經主筆手中，她抽出來兩隻手放一起搓了搓，財經主筆也做著同樣的動作，像是過於緊張導致手心出汗。

初雪提醒的有道理 溝通是最重要的環節 至少尊重孩子自己的表達 財經主筆與妻子緊緊站在同一戰線上

王陽冥停止撥動珠子，將它重新套進手腕時，手鍊忽然斷了線，珠子掉到地上四下滾開

又來一個不好的兆頭 這一次他說了出來，神情極為嚴肅，其他人都聽見了，眼看著珠子滾進黑暗，都有些惶惑。

討論會中場的休息。王陽冥撅起屁股到處找珠子。大家都知道，手珠是王陽冥的寶貝，在寺廟裡開過光的，於是彎下腰到桌椅角落分頭尋找，熱得滿頭大汗。找來找去還差一顆，最後落在王陽冥自己的口袋裡。

後來，他們比過去更相信王陽冥的確具有某種巫性，即便是不相信怪力亂神的初雪

夫婦，也不得不承認他有點神祕功能，他那些不好的預感非常準確，只不過他沒想到凶兆與自己有關，後面會有那麼嚴重的事情落在自己身上。

初玉進門時，正好看見王陽冥跪在地上，屁股朝天下巴貼地，其他人也彎著腰在屋裡走來走去，好像被施法術著了什麼魔道。第一次帶朱皓回家就見到這樣的景象，這使她感到難堪。屋裡人見到初玉，本來驚訝，看到她背後那個武高武大的男人，驚訝瞬間百倍膨脹，所有人都像演員似的，立刻換上得體的表情進入角色。

初秀朝初玉撲過來完全忘了自己的肚子，像一隻不知道羽毛打濕了的小鳥要飛起來，那樣子看起來滑稽也讓人心酸。

這是我的小姑父嗎　初秀盯著朱皓看了又看　我的第五個姑父原來是這樣的　我們都以為小姑要找個外星人呢

說不定我真的是個外星人　朱皓說道　我來遲了　向你們道歉

誰也沒明白，他這句來遲了，是指在初玉生活中出現遲了，還是這趟回來遲了。

不遲不遲　正是時候　王陽冥打了一個哈哈，氣氛熱鬧達到一個小高潮。

外面有人路過，只聽得屋裡嗡嗡的人聲笑語，想進來又不敢進來。以前老人還在的時候，他們是挺隨意進出的，現在不好打擾年輕一輩的世界。可屋裡稱得上人聲鼎沸，益陽土話平常講話音調都高得像生氣，硬著嗓子甕聲甕氣，人一多像一群湖鴨子上岸，只聽得一片混亂的嘎嘎叫聲。這熱鬧聲撓得人心癢癢，外面的人終於忍不住進了屋。

作為初家的老鄰居，羅大嬸看著孩子們長大，不管她們出去多少年，她一眼就能認得出來這並不奇怪，但她也認得朱皓，這令人驚訝。原來羅大嬸早些年在農場養殖珍珠時和朱皓一家相熟 那時季我就曉得你這個細伢子有出息 你爹娘為了你們兩兄妹真是捨得做 可惜他們都不在了 享不到仔女的福 羅大嬸一開口就提傷心事，好像不提上一輩她就不夠資格在這裡插嘴發言。她叭啦叭啦說了一通，忽然意識到朱皓出現在這個屋子裡不是一件尋常事，初家人和朱家人在一起有講有笑，她要是說出去都沒人相信，躺在墳墓裡的那幾個人知道了，也會氣得掀開棺材跳出來。當她憑敏感的人生經驗發現原因出在朱皓和初玉身上，登時眼直嘴開，像是中了風。她生怕自己說漏嘴破壞眼前景象，保持中風的樣子揮了揮右手什麼也沒講就離開了他們。屋裡人誰也不知道羅大嬸走後不久村子裡便開始生長傳言，說的是一對仇家人結成親家了 我親眼看見朱家兒子和初家女兒在一起 倒是郎才女貌 想必他們都還蒙在鼓裡

家庭會議持續到晚上九點鐘還沒有結果。開水燒了一壺又一壺。地上瓜子積了一層瓜子殼。初秀完全聽從討論結果，要生就生，要拿掉就拿掉，她是所有人當中最沒心理負擔的。初雲仍在矛盾中；初冰還是不出主意，提了一堆生的問題和拿掉的問題；初玉

堅持最初的想法；初雪和財經主筆在戚念慈的屋裡聊了很久，像一對要分手的戀人在談判。王陽冥臉上呈現疲憊，手珠斷了給了他答案，他知道這胎兒必定留不住，留住了也是不吉祥。

入夜悶熱氣溫跟白天差不多。大家昏頭昏腦，好像因為汗蒙住了智商和情商，有點昏頭昏腦。

窗外傳來青蛙的聒噪聲，聽起來既熱鬧又安寧。

我們願意領養這個孩子　初雪過來說道，聲調平板清晰。財經主筆在後面跟著點了點頭，並附上露出犬齒的微笑　該罰的社會撫養費我們來繳　不需要你們任何人的經濟支持

屋裡鴉雀無聲。蛙鳴爭相叫好。

四姑　那我的孩子以後要喊我做姐姐了嘛　初秀用尖刀劃開沉默　要麼就變成我喊你姐姐　有點複雜

又是一片安靜。

這不是問題　去醫院做過孕檢嗎　一切都正常麼　初雪說道

不知道　沒去過

這樣吧　明天先做完檢查再說

不行　初玉反對　這樣有欠考慮　這不是幫忙　這是添亂　生活都會因此一團混亂

事情這麼處理　跟你關係不大

我本來是姑奶奶　結果變成了小姨　給我降了一輩　怎麼會沒關係呢　別把善心用錯了地方　說得不好聽　這種善心是自私的　不負責任的　她只能把孩子拿掉　重新做人

你要是老是一副受過高等教育的優越姿態　就沒有辦法和這些事情發生血肉情感　在這個家裡　你就只是一個冷漠的醫生　而不是親人　初雪說道　到底誰自私　誰不負責任像你說的簡單粗暴地拿掉孩子　大家都會鬆口氣是不是　然後像什麼也沒發生一樣　像從來沒有一個七個月大的骨肉胎兒來到我們之間　是不是　會做噩夢的

你想要孩子　早該趁年輕自己生　現在的年齡只有百分之五的受孕機率了　但還有希望初玉說道　這是冷漠醫生給你的建議良方

初雪一怔，忽然雙手蒙臉，走到屋外的黑暗中。

問題從胎兒迅速轉移到了姐妹之間的齟齬。

大家公認初玉是初家唯一沒受過委屈，學業工作一帆風順的人，她對於人間疾苦人生坎坷了解不多，因而對生命相對冷漠，初雪全靠自己打拚錯過了最佳生育機會，現在仍在努力嘗試，初玉要是知道她付出了多少青春努力，就不會這麼尖酸刻薄傷和睦。

初玉　你讀的書多　就聽我這讀書少的多嘴說一句　初冰最會打圓場　照我說呢　生孩

子是女人的天性 你堅持不生 我們也理解你 但你也得反過來理解想生的人 是不是 咱們五姐妹 只有你不想生孩子 曉得你討厭生育 可我覺得人一生就這麼回事 生娃養娃 娃們帶來好多快樂呢 初雲說道

王陽冥看樣子已經放棄討論，專等最後的結果，在椅子上不時瞇著眼睛小憩，有一瞬間鼻子裡傳出鼾聲，但登時驚醒。

作為一個外人 你們的家事 本來沒資格說話 但是我想還是提供一點參考吧 可能初玉的說話方式不夠委婉 但她的出發點是沒有任何問題的 一直旁觀這件事的朱皓說道 在美國的話 這個事情的決定權在初秀 如果她決定生下來 那麼意味著她愛這個孩子 打算靠自己的雙手養活孩子 如果她拿掉 證明她意識到她過去犯下了一個不恰當的錯誤 改正錯誤 重新安排人生 拿掉胎兒並不意味著漠視生命 也是一種對他人生負責的態度 世界上有許多不得不為之的遺憾 這同樣是善 另外 我想說的是 初玉不想生孩子 還有一個潛在的原因是出於愛 她怕給不到孩子最好的 怕孩子生病早夭 怕失去孩子 她的愛心 是被她假裝的冷漠包裹的

大家沒吭聲，注視著這個武高武大卻文質彬彬的外人說話的樣子，細細品味海歸醫生這一長串話語表達的意思，那眼神分明在讚賞 到底是留過洋的 說起話來有理有節 於是大家好像一下子被他的話說通了，先前漫長的討論都抵不過他的這番言論，他要是早開口的話，結果早出來了，這會兒大家都可以洗澡上床了。

這時候，王陽冥懶懶地站起來，騰出主持的椅子，讓初秀坐上去，暴露在非常顯眼的位置，這樣她就不能再躲在後面一副事不關己的神態。當所有目光集中掃落在她的身上，她眼裡閃過一絲不易察覺的惶恐。可以這麼說，她那無所畏懼的態度陣線，最終由這一絲惶恐開始節節敗退。她是學校劇團的演員，誰都沒有發現她擅於表演這一天賦，她的演技已經到達爐火純青的高度。眼看家裡人為她鬧成這樣，她不打算演下去了，在這個蛙聲聒噪的下半夜，她勇敢地撕下了自己的面具，露出了真實的自己。她哭得很輕。表現她的脆弱、虛榮、野心勃勃，像所有十六歲的小姑娘一樣，充滿並不自知的無知與不切實際的夢想，卻又自以為成熟，自以為對周圍世界足夠了解。

女人們上前圍住她撫摸她，安慰的話像一番自我療傷的喃喃自語。她們也是這時候才意識到，其實最痛苦的人是初秀，無論是哪一種選擇，都將由她去經歷與承受，她們只是在這兒磨磨嘴皮，就覺得自己多麼了不起。在此之前，她們一直把她當作布娃娃，完全排開了她的感受，家族討論像商務會議，還引爆姐妹之間的矛盾，激發了一些內心深處的成見，甚至對初玉的嫉妒，還有家人沒對姐妹們一碗水端平的埋怨。

初秀說她從來沒想過養孩子，現在也不想養孩子　我要當歌星　當演員　到世界各地去旅行　可是我現在真的不知道怎麼辦　她這麼說的時候女人們眼眶都紅了，這是對她真正充滿母性的憐愛與醒悟　我們家初秀　她的的確確只是個小孩子啊　不管她的夢想有多麼不切實際　等她長大後自然會明白的　人不都是這麼過來的嗎

已經平靜的初雪從黑暗中出現在燈光下　秀秀　明天去醫院做一個全面檢查　就這麼辦　一定要一個孩子去生下另一個孩子　你們要是達成一致　我也不反對了　但這麼做真的很不人道　初玉妥協

扼殺七個月大的生命存活的權利　難道是人道的嗎　他是一個完完整整的嬰兒　他聽得見我們的爭論　為什麼不給他一個活著的機會　初雪的眼睛又紅了，停頓半晌接著說道　好吧　我們先不說什麼人道　什麼不人道了　我把我的親身經歷告訴你們　我就是因為墮過一次胎　就被剝奪了做母親的資格　再也懷不上孩子了

聽了這話，一屋人如遭電擊，連蛙聲也停止了。

燈泡吱吱地閃了幾下穩住了光亮，鄉下一到夏天就供電不足電壓過低。

你們誰能理解想要孩子卻不能要的痛苦　誰又能保證秀秀引產會遇到什麼狀況　如果秀秀出了什麼問題，那種遺憾怎麼也無法彌補

青蛙這時又呱呱鳴叫起來，彷彿為初雪的話喝采叫好。

其他人猶疑的立場一下子傾向初雪，都認為無論如何先去做個檢查，確保一切正常。

真對不起　我之前態度過於偏激　初玉向初雪道歉。

漫長的談話終於告一段落。

農場完全不是他和她記憶中的樣子。大路小徑全鋪上了水泥，散發冰硬的商業氣息。從前塘溝邊，野路上滿是黃色雛菊、滿天星、蒲公英，水草茂密，高高的蘆葦隨風搖擺。從前果林一片一片，現在都砍光了上面蓋著鴨棚雞舍。

他在這裡度過童年，對農場比她更了解，更有感情。他至少有二十年沒回過農場了。夕陽落在湖水裡，像燒紅了一樣。他們手牽手沉浸在共同的記憶中，假裝路邊野花爛漫，假裝風吹動果樹林發出沙沙的聲響，假裝空氣裡花香陣陣，假裝湖面上靜靜地泊著漁船，假裝炊煙正在緩緩升起。她想起了父親，他想起了父母。他攥緊了她的手。

四下裡看不到人。集體經濟時代，總有一群人在這裡勞動唱歌談天說地，夜裡也有萬家燈火。

拉飼料手的扶拖拉機經過，停在前面。戴草帽的司機朝他們走過來，黑裡透紅的臉上泛著油光

是朱公子啵　好多年冇看見你了　司機說著摸出一盒芙蓉王手指敲了敲盒底，一根菸

從盒子裡長出來　來一根嘛

朱皓擺擺手　謝謝　我不會抽菸

司機便將菸插進他自已笑開的嘴裡，點上火　我最早是飼養員　你爹上任後提拔我當了養豬場主管　我一直記得這件事　可惜

朱皓知道他可惜什麼，這些年他已經聽膩了這個詞，因此笑笑打斷了他　看您拖了一車飼料　您是承包了養豬場吧

司機點頭時鼻孔裡呼呼直冒煙　一輩子跟豬打交道　人都豬一樣了　我還是記得你爹媽當年的事　我一直覺得有點蹊蹺

什麼蹊蹺　朱皓鬆開了初玉的手，後者走到一邊去看天望雲。

過了這麼多年了　不曉得現在還應不應該拿出來講　講了又有什麼用

你只管講　有沒有用　我心裡有數

初玉一直走到聽不清他們說話的地方才停下來，意外發現腳邊一簇地丁草小花開得正豔，這花草是父親教她認識的。她想起了父親，卻不記得他的樣子。農場裡野花野草名目太多，因為特別喜歡地丁草的紫色小花所以一直沒有忘記了。她蹲下身慢悠悠採了一把。有點無所事事的惆悵。回頭看見他們還站在那兒說話，煙霧在他們頭頂上方飄浮。

司機上車將拖拉機開走時，朱晧還站在原處一動不動，像一棵樹那樣低頭沉思。她看到他摘下眼鏡用衣邊擦了擦重新戴上，仰天長吁了一口氣，轉身朝她的方向走來。

鏽紅的夕陽在他背後馬上就要沉下去了，他的影子比他早幾丈遠到達她的身邊，他的頭影印在她的胸膛時他還在幾米外緩慢地挪動，像一個吃了敗仗沮喪疲憊的士兵不敢面對前方。他慢慢走近來，什麼也沒說伸出手臂抱住她，像一個洪水中求生的人抱緊一棵樹。

這時天色一閃就垮了下來，一切跌進夜籠，四周的景物朦朧起來，一個沒有螢火蟲的夏夜來到他們中間，帶著不算濃郁的飼料和牲口糞便的味道。他們沒有按照荷爾蒙催生的計畫去滾倒蘆葦和草叢，甚至都沒去那片記憶中的伊甸園看看，一切都在遇到那個戴草帽的司機之後戛然而止。

她不知道發生了什麼事情，從他的情緒表現來看一定相當嚴峻。她理解他這時需要安靜與思考，想清楚之後如果要做出什麼重大決策，他必然會主動徵求她的意見，因此她什麼也沒問，只是攥著他的手給予安慰。然而他連這一點也不需要了，他似乎要在一個沒有她的真空地帶來處理這件事

我要去見幾個人 私下處理一些東西 他原本是計畫帶著她做這個專案，但見過戴草帽的司機之後，他打算甩下她單幹 他們早就離開了農場 不一定能找得到 也許有的人已

經死了 他這時表現得像一個決意要調查個水落石出的偵探專注於手中的案件，或者軍事家盯著地圖謀畫戰爭策略。她什麼也沒有問也不再攥著手給予安慰，因為她覺得這時候需要安慰的是她，因為她覺得改變計畫的背後有什麼事是他不願讓她知道的，刻意隱瞞的，換言之那就是他對她不信任。不信任在兩性關係中這可是最致命的問題，對於相互了解的人來說，忽然發生一方對另一方不信任的情感，嚴重地說這是對另一方的人格侮辱，但是反過來她也理解他這種心思，畢竟他們還只是不太牢固的戀愛關係。她可以做到至少不拂袖而去。

她確實抽不出什麼溫柔來安慰他。那違背了她的內心，並且那樣做會使她顯得低聲小氣招人煩。

她也試圖猜想他要做的事情是否與自己有什麼關聯，比如她的父親是他的父親的前任，他們之間難道有什麼過節？可是她的父親死在他的父親之前，除非父親的鬼魂夜裡出來襲擊活人。他們都是醫生，都不信怪力亂神，雖然他算得上半個基督教徒，但也是從哲學的角度來看待宗教而不是迷信或盲從。她沒有像他看那麼多小說，所以對人類的故事和人性的了解不如他深，但也不排除胡思亂想浪費生命的可能——非得將多年前的一次意外死亡與謀殺掛鉤，中了小說的毒，到頭來也許是自討苦吃。

這些她都沒有說出來，她不能打消他的積極性，尤其是在他看起來掌握了什麼資訊密碼之後，他更不可以就此停住。他不是那種因一個女人的眼淚或撒嬌而改變計畫的人，他深信兩個人的感情建立在相互理解與尊重之上，而眼淚與撒嬌都是手段，是非理性的道具。這是他受西方文化的影響，也是他之所以欣賞與喜歡她的緣故，她看起來像西方女性一樣獨立堅強，她不能拋下這些優點做出一副柔弱的小鳥依人的樣子胡攪蠻纏——雖然很多人一致認為女人在男人面前就應該弱小依賴，膨脹男人的自信與男根，不少人屢試不爽——她從未想過使用這種招術。思想與精神上的平等是她不可變更的交往基礎，自我矮化與弱化無非是動物界面對危險的天然生存方式。但她是人。這麼多年她就是秉持這樣的觀點，為人處事談情說愛從不後悔。她認為需要那種女人的男人本身是虛弱的，他靠的是自身之外的東西撐起他的權威，比如社會習俗、傳統觀念、從眾導向等等虛頭巴腦的東西。

自古就有女性屈從婦德奴役獲取現實利益　現代女性的自我物化矮化弱化　與自願裹小腳是一個道理　他有自己的見解。

過去在交流中他這麼說過，他的態度有時不能滿足她在某種程度上潛存的小女人心理，也就是說他絕對不會像哄女兒一樣哄自己的女人。具體到這件事，他忽然鬆開她的手，忽然改變計畫，忽然有些冷淡，小女人會問個不停，究竟是哪裡做錯了，說錯了，是不是討厭我了，當他被問煩了，更冷淡了，小女人就會哭哭啼啼，一副受到傷害、我見猶憐的樣子。她和他之間沒有這一套模式。他知道她心裡有點不舒服。他想說時自然會說出來。

她現在有點受不了他心事沉沉而她無能為力的狀態。

需要我等你一起回北京嗎　她問道

你先走　我可能要耽誤幾天　他說

仍然沒有一隻螢火蟲在夏夜裡飛舞，白天連蜻蜓也沒有見到。她確信她和他之間遇到了問題，這道障礙越來越明顯，她並不後悔來到農場，也沒有後悔遇到戴草帽的司機，有些東西隱性存在，當它遇到別的化學作用後才會顯形。她幾乎是帶著分手的心情離開了他。他明知道突如其來的冷淡會造成什麼影響，但仍然什麼也沒說。她看得出他被痛苦纏繞而不需要她的說明，甚至她若在身邊這痛苦更厲害

總會有一個答案的　沒有答案也是一種答案　她是這麼對自己說的

緊接著又發生了另一件不愉快的事情，她得到初秀檢查胎兒有問題需要引產的消息，一面覺得事情意外得到解決，又感覺空落落的。自那晚大家統一意見同意留下孩子，她實際上已經對孩子產生了期待，而且孩子交給初雪撫養，的確也算得上兩全其美。

她去醫院探望小腹平整但乳房脹大奶水溢濕衣衫的初秀。脹奶痛得她齜牙咧嘴，她

披頭散髮衣冠不整，那副狼藉的樣子又一次引發了初玉對生育的厭惡。這裡就像戰爭的後方醫院，那些因為生育問題，人不人鬼不鬼，光著下半身，或呻吟或無精打采的雌性動物，很難將她們稱之為女人，她們之間那些有幸產下正常嬰兒的女人，會有人在她們的生命中別上一枚　母親　的動章，被盛讚　偉大　還有些會像流落到社會上的殘疾，因為懷孕、墮胎、引產等經歷被降低正常估值，但仍然在摘取動章的道路上坎坷前行。

我小姑父呢　初秀問

老老實實養你的病　初玉說道

我沒病

沒病怎麼會住院

反正我不是病人

你在裝可愛嗎　現在　你已經不是少女了　是生過孩子的人了

往後總會有人挑揀你的這次經歷　初玉說著便嚴厲起來　十六歲做引產　這樣的姑娘誰都要額外考慮掂量　把自己作踐成這樣　翹起的尾巴還不曉得收斂一點

初醫生你放心　我根本不會隱瞞什麼　膽戰心驚地等著別人對我挑肥揀瘦　十六歲談了戀愛　做了一次引產　這就是我　只要我坦然面對　自己不看輕自己　別人怎麼樣無所謂

初玉聽了這話，心頭一震，忽然意識到自己犯了一個錯誤，在初秀面前，她變成了自己常抨擊的那類人，而初秀變成了她——初秀骨子裡是她的性格。

這些話讓她放下心來，初秀那種不把自己放到被動的　女人　堆裡的意識是可喜的。

說得非常好　你也提醒了我　我踩中了一個庸俗的觀念地雷　我在對你說一種我自己都不信服的觀點　因為我以為你是那一類普遍的女人　我差點屈從了大眾的想法　是的　秀秀非常對　掙脫所謂女人的繩索　讓性別成為你的背景　而不是臉面　成為你的基石　而不是負擔

她不覺笑了起來，承認自己被打敗了。

她們擁抱了一下，好像已經開始戰勝性別。

初雲不太懂她倆談論什麼，起初幾乎是面紅耳赤，看見她們重新融洽相互擁抱，就知道沒什麼問題了。她很少看到誰能讓初玉的語氣軟下來，現在居然被十六歲的初秀征服，也不得不對初秀另眼相看。她也滿懷歡欣給初秀洗臉換衣服，梳好她散亂的頭髮，一番忙碌之後，小姑娘彷彿重生般煥發生命的光彩。

你仍然是一個少女　心地純潔的天真少女　初玉最後說道。這句話使初秀忘了身體的痛。

13

幾乎是垂死掙扎的心態，初雪決定換醫院再檢查一回。前面的醫生都說，問題可能出在她多年前的那一次流產，術後喪失生育能力 這樣的病例不算很多 但也絕不算少 他們簡直以責備的口吻，說她為什麼三十三歲高齡第一次懷孕卻不生下來，好像班主任老師批評學生粗心做錯作業答錯考題。她們批評她的輕率，與輕率相隨的就是懲罰，這種懲罰也許來得快，也許來得遲，但終究都會來的。以她現在的年紀和月經不規律的狀態，懷上孩子比十年前艱難太多。

雖然無望，初雪仍然堅持吃中藥，直到厭惡自己像個藥罐子，放棄調理順其自然。

面對醫生一句句出於好意的尖銳話語，她感到非常難受，有苦說不出。那段日子從來就沒有遠離，永遠清清楚楚地擺在眼前，她一抬頭就能看見，她當時怎麼找他，他的態度怎麼刺傷她，怎麼忍受著內心巨大的痛楚。九個月之後她想，孩子在的話這時已經出生了；五年過去後她想，如果孩子在的話他已經五歲了……她感覺那孩子在她看不見的地方成長，他的生命並沒有消失。

這種感覺並不好。有人告訴她，只有真正生一個孩子才能忘記與替代。她感激財經主筆在這件事情上的寬容與理解，在生孩子的問題上，他並不積極，是好事也是壞事，如果他積極一點，她也許會更努力去尋醫問藥，說不定有所進展。但他每天讀書寫字，偶爾看見別人家的孩子逗兩下，僅此而已。

兩個人在一起也有感覺冷清的時候，尤其是當鄰居或者花園裡有小孩子的哭鬧聲傳進耳朵，這種感覺更為強烈，就像在嚴寒的冬天，外面下著大雪，而他們守著空空的冰冷的壁爐，窮得沒有一根可燃的柴火。

兩人似乎都感覺到了，但又避免觸碰，這時財經主筆會第一個繞開這種局面，開始聊一個話題，或者建議看一場電影。這樣的情形裡幾乎每次都被他解圍。初雪後來才明白，他那麼做正是因為內心的不安與躁動，其實他心底裡是希望生活中有那麼一個小活物膝下糾纏的。對於與小孩子有關的一切事物，他比她更敏感，經過什麼兒童樂園，或者兒童服裝店，他都是疾步快走，好像那裡傳出什麼難聞的異味要趕緊避開。

這也是她決定再去醫院的原因。留著山羊鬍鬚的老中醫坐在紅木辦公桌後面，桌上放著軟布包，她伸出手臂擱在上面，山羊鬚老中醫將蜘蛛腳一樣的手指搭住她的手腕，閉上眼睛聽脈，眼皮顫動鬍鬚微抖，好像在跟神靈溝通。完了又讓她吐出舌頭，翻出眼白，總結出一堆陰虛血熱之類的結果，一邊開處方，一邊問她的職業收入，家庭狀況，說他這裡看病全是自費沒有醫保和公費醫療，聽她說是大學教授，便塗改了幾味藥，七劑藥兩千多，少則一個療程二十一劑，多則半年，看療效而定。

她接過處方單，心灰意冷地離開了中醫院，不是因為錢，而是她發現醫生說的大同小異，她對此已經徹底失望。她想她的事情已經成了疑難雜症，醫生多半也只能摸著石頭過河，說不定是死馬當成活馬醫——當年的醫生就警告過她手術的後果，她只是沒想到低概率的事情會發生在自己身上。偶爾過於痛苦之時她很後悔，她設想如果不顧一切生下來現在會是什麼景況。要知道天底下那麼多比她窮得多的女人都在生養孩子，當她被逼先擇另一條道路，也許她真的能走得很好。有什麼比從鄉村到都市，從自學到博士的歷程更艱辛——正因如此，她不想失去已經獲得的回報。

結婚之後，她暗自傾注全部的精力來解決生育問題，儘管她表現淡然，而韓主筆也十分迎合。頭幾年用真愛還能扛得住，撐得起，慢慢地兩人都有些魂不守舍的荒涼。財經主筆在外面的活動越來越頻繁，也重新出現老男人酒局，發表他妙趣橫生的言論。

老男人的酒局上總會有一兩個年輕新鮮姿色不凡的姑娘對滿腹經綸的老男人笑靨如花。等到她發現那朵被財經主筆摘下的花時已經太遲，那朵花已經變成兩朵花，一朵在肚子裡開放。他是在什麼場合遇到那朵花的。也許是某次座談活動，也許是某次酒局，這不是重點，她沒有調查整個來龍去脈的想法，一個核心的結果就是，河那邊開了兩朵花，一朵母花，一朵小花，河這邊只有一棵老楊柳，財經主筆一個人划葉小舟在河心徘徊，是去開花的河畔，還是回有老柳的碼頭。她沒有對著河心呼喚，也沒有撤走靠岸的碼頭，她是敞開的。她看到那朵母花現在置身於她原來的位置，情形一模一樣，她看那朵母花時便像看到了自己，成全那朵母花也像成全自己。

她的確無意逼迫那朵母花摘掉肚子裡的小花使母花面臨枯萎窘境。她對母花毫無成見。她想的是財經主筆的問題。她自認為他們心靈相通互相信任，他們經常促膝交談，使靈魂日益交融彼此照亮，她委實有點不能接受從前的一切像水中月，變得虛幻搖晃。她知道自己沒有權力對財經主筆提出任何要求，因為她荒蕪的子宮多年來顆粒無收。

她一直覺得欠他什麼。現在她明白了。她欠他一個好的收成。欠他穀粒滿倉。欠他一片土地應有的肥沃與繁衍。欠他一枚沉甸甸的果實。她唯一不滿的是，他不該撒謊，不該讓她蒙在鼓裡。他撒了多少次謊，才能讓一朵母花開出小花。他騙了她們多少次，才能讓小花在母花肚子開了四個月，讓每個女人深信他是自己的男人。她唯一不滿的是，他不該撒謊，不該欺騙。這是她最不能容忍的。為了這個她要跟他較較真。

他跟她攤牌的時候，像一個老學究做了一次失敗的學術考證，他為他引證的錯誤、論據的迷亂、結論的荒謬等深感愧疚，他一向在學術問題上嚴謹縝密，凡事多方面考究，以求準確，萬無一失，他將錯誤的考證歸結於一時疏忽，引證資料和觀點來源於網路並不可靠，他得到過修正的機會，以為這點差錯一般讀者看不出來，心存僥倖。但恰恰是一般讀者——一個關係並不親密的同事——告訴了她關於財經主筆的可疑行蹤，她在京郊潭拓寺的銀杏樹下看見財經主筆和那朵母花做著只有情侶才做的事情。

他們去譚拓寺幹什麼？不可能是為了她初雪早生貴子燒香拜佛，也不可能請菩薩保佑他的婚姻萬古長青。當她開誠布公地跟他談論潭拓寺的情形，他矢口否認。他認為那是無稽之談，他為什麼要跑寺廟裡談情說愛 你是相信別人 還是相信枕邊人 他一句話就把她問住了。她當然選擇相信枕邊人，因為那個並不親密的女同事一向熱衷八卦愛搞是非。但當第二次另一個人告訴她另一種情形的時候，她確信前一次也是真的。他要是沒有要她這一道，她也沒有那麼生氣，這不但侮辱了她的智商，也戲弄了她的尊嚴。她能夠理解他在風雨中搖擺過，抱著不傷害她的想法，她不明白他一個智商那麼高的知識分子，怎麼也犯這種掩耳盜鈴的錯誤，他應該知道對於她這種女人犯不著矇騙，他只需說出他的想法，她一定會由衷地祝福他，並且踢掉所有的絆腳石，為他鋪上絨地毯。在過去的交往中她都是這麼做的。前任都變成了好朋友，甚至還有人肝膽相照。

他說了自己是怎麼一步步踏進深坑難以自拔的。像大部分外遇一樣，只要經過最初的良心掙扎和幾個深夜的輾轉反側，問題後面就沒什麼問題了。起先他和那朵母花只是談得來，後來很談得來，再後來不和她談話就渾身難受，這種難受最終也不是靠談話解決，而必須用上肉體，肉體談話愉悅，肉體便有了記憶，沉湎於此失去自以為能控制的節奏。

他這麼說，是想證明他不是一個胡來的人，而是一場靈肉革命。這使她心裡不是滋味，她原是希望他們靈肉分開的，她說服自己並想好了寬容他的理由。她以為靈肉革命這種事情在她這兒發生之後，就沒有什麼槍枝彈藥再度革命了，她忘了人們說的，男人老掉牙了都會想著重新再來，沒有牙齒了，他們會用手革命，用嘴革命，用舌頭革命，用腳趾頭革命，用膝蓋骨革命。

她聽他講著講著，捕捉到他一股難以掩藏的幸福。是的，他就是用一種憂傷、低沉、帶著哀意的語調，講述他的幸福和愉悅。這也使她難以接受。她情願他直接興奮地、眉飛色舞地說出他是如何沉醉於這一樁風流韻事之中，不必裝出那副砸爛了花瓶的神態。

她後來發現她這樣也不能接受，那樣也不能接受，她其實是整個兒不能接受，這種感覺超出了她對自己的理解，她感到心裡有頭焦慮的困獸，不是撕咬便是衝撞，利爪胡亂踩踏。她捂住了胸口。她感到自己要栽倒在什麼地方，但又不想在他面前流露半點受打擊的樣子

事情已經是這樣了　按照你的想法去做吧　要我怎麼辦我都配合　她輕輕說道。

他警覺地看著她，似乎不相信這句話是她說的。顯然他沒想到會這麼輕易，就像他捏緊了拳頭，使勁全身的力氣與對方搏鬥，結果發現那只是一個輕盈的稻草人，一拳頭打過去，自己失去了重心。

沒有倒下的稻草人繼續輕輕地問他關於那朵母花的情況，要他好好珍惜她，畢竟母花懷一個已婚男人的孩子，冒了很大的風險。她處處替別人著想，好像有人替她完成了她做不到的事情，感到如釋重負。

他於是大膽地不需要請示彙報地失蹤了幾天，回來跟她談財產分割。他在路上想好了，房子賣了對分，存款一人一半，家私電器小東小西瓶瓶罐罐統統歸她，早些年他的收入比她高，她開畫展以後收入超過了他，但基本也能扯平，算是一個公平合理的財產分配，不過，她要是願意，他拿著存款搬出去倒也簡單，雖然存款略少於房值，這樣省下不少時間。他想的幾種方案他都能接受，他不能接受的方案，他當然不會提。

他委實沒有太多時間憂傷或者眷戀，一種對全新生活的喜悅充滿心胸，一路上還哼了幾句小曲。回來發現她不在家裡，她帶走了一些衣物。他在茶几上讀到了她留的紙條

我先去日本走一圈　財產的事情回來再議　一切都會好的　不必擔心

一切都會好的 是指他和母花的一切，還是他的一切，或她的一切，抑或他和她的一切？不必擔心 是不必擔心財產問題，還是不必擔心她的情緒和旅行安全？他沒看明白。他不會為一張字條這種瑣碎小事花費心思，他相信她出去轉一圈有利於事情順利解決，於是做好了等她十天半月的準備。

她其實沒走開多遠，她在酒店的窗口可以看見社區大門，他回來和離開的時間她都知道。她甚至聽到了他嘴裡哼的歡快曲調。他跨上階梯的時候，她發現他的腳步比原來有彈性，胸也挺了，還放下了過去的傲慢主動和人打招呼。他在她看不見的地方呈現另一種樣子。

她並沒有周密的計畫想幹什麼，她原來只想出來冷靜冷靜，觀察一下事態發展，某一刻她忽然想導演一場戲，開始她並不知道將怎麼編排，像很多人寫小說一樣，人物走著走著，突然就走出了作者的控制，開始自作主張，或起了殺機，或動了淫心，總之偏離了最初軌道。於是新的局面打開，靈感來了。

三天後她花錢摸清了那朵母花的底細，知道她居住和工作的地方，知道她北方人，不到三十歲，一本英文刊物的編輯，住處是租的。週末她得到了幾張照片，上面是她丈夫和母花一起散步、吃日料的風景。他散步時一隻手放在別人腰上的習慣和吃飯的姿勢都沒有變。他們的狀態裡完全看不出另外一個女人的存在。

一想到她在他們之間竟然沒有一席之地，像空氣似的，她心裡就不是滋味。他們還去看了新墨西哥州那個女畫家的專展，他還是從她這兒知道有這麼一個把花朵畫得像性器官的女畫家，他勢必把她對他說過的與畫有關的東西向母花賣弄，這也讓她心裡不是滋味。實際上打她知道這事以後，她心裡就一直不是滋味。

了解這些情況後，她真的出去旅行了，每天在微博上曬圖，旅行風景、美食、人文，加入一些快樂的表情，似乎她玩得正好。一天又一天，一城又一城。她寫一個人旅行，像吃獨食對不起老公，於是給他買了衣服、領帶、電動牙刷，她還發一些他們過去的舊照片，展示那些曾經美好的時光。誰也看不出她的生活已經破碎。

她是在到日本第十五天的時候收到他在微博裡的私信，問她什麼時候回來。他沒有提財產的事，什麼也沒提，好像丈夫對出差的妻子的一句平常詢問。她感覺到話裡頭含著期盼和心事，她知道，在大雪紛飛的冬天，一個人守在冰冷的壁爐前比兩個人更難過。他懷念兩個人的日子。他需要她了。她不覺露出詭祕的微笑。

一個星期後她回到家裡。他燒好了晚飯等她。還有紅酒。過去他們經常對飲。

哦 這是最後的晚餐嗎 她顯示走了一圈後雲散天開的清爽，有心情跟他開起了玩笑，一下子占了上風。

你怎麼理解都行 他開酒，分酒，酒落進酒杯，汩汩直響 算是為你接風洗塵吧

驚喜 還有這種待遇 她笑著說 當然禮尚往來 我也給你帶了些禮物

他們和從前一樣進入分享食物禮物的過程，彷彿那朵母花不曾出現。她談論日本之行的感想，比較兩國文化，她還提到在日本看的藝術展，浮世繪，草間彌生，她似乎徹底忘了他們的生活中遇到了什麼麻煩。她表現的還是過去那個妻子的樣子，假裝沒察覺到他的強顏歡笑，在一杯又一杯紅酒之間，幾乎沒有他插話的份。她好像要趁這次機會把未來所有的話都講完。

他感覺她的確在把這當作 最後的晚餐 他有幾次欲言又止，表現出某種謙讓或者說猶疑。他壓抑著自己，不跟她搶話。

瓶中酒眼看著漸漸乾涸，就快到瓶底朝天的時候。他做好了發言的準備。她卻一直

沒有閒著。收拾殘席，洗碗拖地，洗淨手擦乾，就到了他欣賞和試穿禮物的時間。

她給他買的衣服總是非常合身。她對尺寸、斤兩、長短等這方面有一種天賦直覺，比如買衣櫃忘了量尺寸，但她一看就知道合不合適，事實也是如此。他穿上新的灰色西裝，打上藏青底暗紅花領帶，面貌煥然一新。他有點不知道她葫蘆裡賣什麼藥，他犯了那麼大的錯誤，她卻是這麼平常與恬靜，他想也許這是女人挽留一個男人的手段。

有件事幾次說到嘴邊被擠回去之後，他索性不打算說了，如果他和她就這樣繼續下去，她也就明白他已經回到了她的身邊，一切也都平息了。他和她這次真的會白頭到老。

她回來十多天，他一直沒離開過家。他們都沒有提財產分割的事。有一回夜裡還發生了默默無語但激情澎湃的肉體關係。除了做那事兒該有的聲響和喘息，黑暗中彼此一句話也沒說。她知道他的確回心轉意了。

他不知道她知道壓在他心裡想說而未說出來的那件事情，她甚至比他更早知道，就在她去日本旅行之時，她就知道這事情要發生了，因為她是編劇，她是導演，劇情是按照她計畫的方向走的

這是一場關於子宮的戰爭　那朵小花不能開放　最終只能在母花的肚子裡枯萎凋謝

那是發生在她去日本之後第三天的事情。那天下午母花忽然小產入院。他趕到時已經只剩一朵滿臉倦容的母花。他摸著她癟下去的小腹久久無言。他甚至想不出安慰她的話。如果她是他的妻子，那可以滿懷柔情地說 沒關係 我們下次還會有寶寶的 可他沒法跟她說這樣的話，因為他現在還沒有想到下一次。妻子的面容跳到他的腦海中。隨著小花的枯萎，他和母花之間的紐帶斷裂，他感覺自己對她的情感不自覺地產生了微妙變化，他的心有一部分提前醒來回到妻子那邊，一部分還留在這邊帶著充滿人道主義的愛。母花的魅力好像隨著小花的消失也驟然減少。

他想或許是他一時被小花的出現沖昏了頭腦，讓他對與小花有關的一切都蒙上深情愛意。他真是犯了暈，想到離開那麼優秀的妻子，她能幹有才華通情達理，他們之間除了沒有孩子，並無其他情感矛盾，他甚至覺得她是這世界上最適合他的人。但不走這一遭，他並不知道他最愛的還是妻子，並不知道他真的可以完全放下關於孩子的問題，像大多數已婚男人一樣，他們對家庭和妻子的認識往往通過外遇，所謂的風風雨雨都是人造的，婚姻這條小船總會有在風雨中破碎的。

他慶幸他並沒有跟妻子進行最後的談判，感謝她出去旅行，這無意間留下的那一點寶貴餘地和空間足夠他做一次轉身。他完全不知道她到日本遊玩是故意製造不在現場的證據，她當然不在現場，她根本不用親自去做，這個世界上有的是人等著一摞鈔票砸中他。

她不是沒有過思想鬥爭。她眼前晃動那朵母花恃子自傲的神氣。她找到最終說服自己的理由　既然她可以完全無視一個妻子的存在心安理得　那麼我又何必事事憐惜於她

這只是一場子宮的戰爭

一場子宮的戰爭——她就是這麼理解剛剛結束的家庭危機的。

過了兩個月，結婚紀念日那天，他帶她到了外灘一間非常雅致的西餐廳。她猜他曾帶母花來過這裡，因為這裡瀰漫著浪漫愛情的氣息。男侍應燕尾服白襯衣黑領結彬彬有禮。有人在鋼琴伴奏。一圈溫馨的燈光射在餐桌中心。金屬刀叉鏡子般反光。顧客盡是竊竊私語的外國人。男男女女。一個耳鬢廝磨的好地方。她有點不是滋味，但最終勝利的喜悅蓋過一切。她不光贏得了子宮之戰，還奪回了所有他開闢的領地，那原本是屬於她的。她最初的本意不是挽回財經主筆，而是要報復他對她的欺騙，要毀掉那朵他為之欣喜的小花。也許是處於內心深處不願承認的嫉妒，嫉妒別人那個肥沃子宮

不　我並不是嫉妒　我只是要讓他失去點什麼　意識到自己要去那麼做時，她被自己心裡產生的那股邪惡嚇了一跳。但她說服了自己。當年她像母花這個角色的時候，她無奈墮胎敗下陣來；當她為人妻時，一朵母花給自己的家庭帶來威脅，如果她不採取措施的

話，她又將成為失敗的一方，簡直就像宿命。村裡人如果對她有所了解，他們會驚歎她不愧是感念慈的親孫女，不願聽從命運擺布。

財經主筆將這些看作她對他深深的愛意與挽留，雖然是一個美麗的錯誤，她並不阻止錯誤所誕生的結果。她不會懲罰他珍貴的回頭，理由簡單——她的確愛他。她知道寬容的回饋。關鍵時候如果沒有計謀，沒有狠招，所謂的寬容便無用武之地，畢竟都是塵世凡人。

那件事情你處理好了嗎　等他點完吃的喝的，她輕輕問道。她認真考慮過，如果她完全不問及他那朵小花的情況也不正常，現在正是時候　她想一個人生下孩子自己帶麼　她的話都是經過拿捏的，把他們婚姻的完整繼續擺在前頭，再來談論那朵小花的問題　現在的未婚媽媽比前些年普遍多了　人們的觀念變得真快啊

雪兒　那件事早就完結了　我早該跟你說的　又覺得你應該知道　我並不想離開你　他對著酒杯低語，眼睛落在杯中　在你去日本期間　我說服她把孩子做掉了　他勇敢地抬起頭來，看著她的眼睛。

她表情誇張。在他看來她是驚訝於這個結果，實際上她是對他說出這句話感到震驚。她以為風波過去了，他們的婚姻將在顛簸過後穩穩地駛向未來，但現在她感覺海浪重新搖晃，令她暈眩。

我看了你的紙條以後　一直在想這個問題　我已經犯了錯誤　難道我要讓這錯誤永遠無法更改嗎　難道我真的要撕裂我們這麼美好的婚姻嗎　我幾夜沒睡　非常愧疚　我去找她談我說我沒有資格要這個孩子　我給不了他任何東西　我不能離開我的妻子　他說得深沉有板有眼，她才發現他驚人的表演天賦，於是像評委一樣仔細地觀察聆聽　她說那怎麼辦　我說這件事情都有責任　我肯定不會甩手不管　幸好錢能解決問題　就這樣　我提出給她補償五萬　她要十萬　最後給了她八萬　你聽到了　是不是像一樁生意　他鼻孔裡噴出一口氣，輕蔑地搖了搖頭，完了又鄭重地看著她　你不知道　有你在身邊我感覺有多麼好　雪兒　我們是經得住風霜的　我會更珍惜我們的感情

他編得越來越真，也越來越離譜。她感覺他的身體越來越小，一直小到像動物一樣趴在地上。

差點犯下更大的錯誤　全都是我的責任　他態度誠懇　我以後看到別的女人就躲遠點都是些被金錢腐蝕的動物

誰讓這世界上那麼多人喜歡餵給這些動物金錢呢　她還是笑著　富有富餵　窮有窮餵話又說回來　不餵人金錢餵什麼呢　看來只有婚姻關係裡才是免費的

燕尾服又端上來一道濃湯，一隻手托盤，一隻手背在後面，另來一雙白手套將湯擺上桌。

她這時已經有了眼淚，一種遠甚於知道母花存在更無望的悲傷使她渾身冰涼。從認識他到今天，她一直覺得他雖然談不上多麼高尚，但絕不是這樣卑劣，他在母花事情上的這番謊言編造，與對母花的詆毀已將他自己推入卑鄙的深淵。她並不想把這個看作一個丈夫善意的謊言，她不想像別的女人那樣想問題 甭管他對別的女人多渣 他對我（妻子）好就行了 她完全不能接受這樣的觀點，這就像當別人在啪啪摑自己丈夫耳光，自己明知道他是一隻老鼠，卻還要把他當作潔白的兔子，只因為這隻老鼠從不在自己的窩裡拉屎。那是愚蠢狹隘的想法。丈夫不是一枚硬幣，妻子怎麼能只管他朝向自己的一面而不管背面的泥汙。如果他失去了她的欣賞——她不可能欣賞一隻老鼠——她便不可能繼續愛他，更別說跟他同床共枕。

她這時想的是，這些年他到底向她撒了多少謊。他的謊言毫無破綻，倘若不是她事先就知道母花的事情，必然就相信了他的這番言詞。他說得那麼情深意切，聲音那麼溫婉，與周圍浪漫的環境十分契合。他要不是常常出入這種地方，怎麼能和周圍這麼天衣無縫。

她是真正第一次來這種地方。過去單身的時候，她常去的是咖啡館和圖書館，一直在努力學習，她也沒有碰到過一個想到帶她來這種地方的人。很有情調但總有點不自在，有的菜沒見過，甚至都不知道怎麼個吃法。盛放在紅酒杯裡的鵝肝，她以為是用來泡酒喝的。周圍都是優雅的外國人，讓她覺得自己剛從村裡出來，整頓飯吃完她都沒有完全放開。不過還得感謝他的表演分散了她的注意力，還有後面的悲傷，這些都讓她不時忘了自己現實的處境。

嘗一嘗這個海鮮湯 他說。

她想他一定也給母花點過這道菜 嘗一嘗這個海鮮湯 他也一定這樣對母花說過。她感到此時此刻只不過是一場複製，也許他的腦海裡還閃現母花的面孔。她越來越不自在了，這不自在不是環境引起的，而是她感覺她的自尊心在一次又一次面臨挑釁。她已經想到了晚上，當他們上床睡覺，他還會複製他與母花在夜裡所做的事情，即便今天不是紀念日，緊隨浪漫晚餐之後必然發生這樣的程序。她此時便心生反感，彷彿他已經向她提出了要求。

你真不該帶我來這個地方 她說 這種適合說花言巧語的環境

他感到莫名其妙 我精心挑選的 你說過你喜歡西餐

我沒說過那樣的話 他竟然混淆了她和母花，到底還是神魂顛倒

你怎麼了 如果你不想破壞今天的氣氛 為什麼不說出來呢 他說道 從你進門坐下來之後 你就有點要惹事的樣子 我們到今天還能這樣坐在一起過結婚紀念日 真的很不容易你也看到了我的態度 我在努力全身心地彌補這個家

破壞氣氛　惹事　不容易　啊　你倒是一找到自己的位置　就指責起人來了　你們都那樣子了　我破壞過你們的氣氛嗎　我是不是頂配合你的　咱們誰在惹事呢　誰在製造困難呢　你當真以為我不吵不鬧就是那麼軟的柿子隨你怎麼捏　你當真以為我生不出孩子　就應該永遠向你抱愧　低三下四　你當真以為我是因為這樣　才寬容你在外面的所作所為　你對女人的理解為什麼這麼狹隘

好了　有話咱們回去再說　先把這頓飯吃完吧　他息事寧人

她將杯子裡的紅酒一飲而盡，又喝了半杯水，靜靜地坐著表示已經吃飽。前面那番話不是她生氣的內容，她真正生氣的還是子宮問題，是那次不幸的流產。她不知道為什麼一下子就將那種氣憤轉移到母花的事情上來了，好像要是她能生育，他就不會把母花的肚子弄起來。這裡頭確實不存在因果關係。

她生氣那次遭遇。不是恨那個男人。她也講不出究竟應該怪罪於什麼。如果要怪自己，那簡直太過殘忍。總之，那件可悲的事情永遠在她的生活裡搗亂，像一個索債的死鬼陰魂不散，還引誘她去摧毀一朵小花，幹下一件沒有底線的邪惡罪行。他到死也不會知道她有過那麼邪惡的念想，她自己卻並不能輕易心安。

她能想像母花失去小花的悲痛，尤其在她已經準備為人妻母的時候，最後男人也離開了她。她當然不相信他給過母花八萬塊錢的胡謅，她從照片中看得出來，那並不是一朵貪財的浮花，是正經陽光下開放的本分花朵，受過良好的教育，只不過易受老男人知識和風趣的蠱惑。她更加相信大部分姑娘都要經歷與已婚男人的蹉跎歲月，或長或短，或上位或出局，有多少這樣的姑娘在醫院等待流產時，忍受著難言的痛楚。

她當時在日本的酒店，在漸漸逼近的時間點緊張焦慮，腦海裡不斷浮現母花的影子。她的心腸忽軟忽硬，有幾回決定放棄計畫，但一想到財經主筆和母花在一起的樣子，一想到她在她們之間沒有一席之地，連塊絆腳石都算不上的時候，她的心又硬了起來。她忽而是自己，忽然是那朵母花，忽然自己和母花合成一個人。當她想聯繫那個不知名的執行者時，她的手機掉進馬桶。她沒有意識到她的手在顫抖，渾身發軟。

當她收到母花在醫院的消息，腦子嗡地一聲炸響的。

人們通常會痛苦地在深夜裡輾轉反側進行設計某種報復，但一到白天就否定了夜晚的胡思亂想，可是她似乎總在黑夜裡，白天就不曾光顧，直到一切辦妥後，白天才來到她的世界。她不敢相信自己真的這麼做了。有一瞬間，她完全變成那朵失去孩子的母花，變成多年前的自己，忍不住失聲痛哭。

她不能想像自己的手上沾著一朵花的鮮血。無論如何，她已經成為一個有汙點的人——「汙點」這個詞還過於輕淡，她是一個罪人，一個殺手，一個瘋子。

正當她站在審判席上接受自己的審判，靈魂開始承受煎熬時，她再次接到消息，執行者告訴她，母花在計畫實施之前率先發生意外，他看到一輛救護車載走了她，他去醫院確認母花流產。這並未讓她覺得好過一點——她覺得那至少也是她的意念殺死了小花，小花死於她的詛咒。

她沒有讓丈夫看出一點破綻，她最後的表現是他回頭的關鍵部分，她為自己掙得了滿分。她真正的目的並不是要扳回他，所以其實心裡沒有受別的因素影響。她越看清自己越感到恐怖。她照鏡子不是為了美，而是想看看自己的面目是否已經變得猙獰，她害怕哪天起來發現自己血盆大口，滿臉獸毛。現在回想起來，她其實才是真正的演員，她演得多麼生動，從日本回來吃最後的晚餐，到結婚紀念日的一幕一幕，她的演技比他不知高出多少倍。他越演越露出虛偽的馬腳，她越演越呈現血肉的真實。也許那就是她自己，她演的是自己，一個我在觀看，一個我在表演，有時兩個我一起演，有時兩個我一起觀看。

她覺得自己走進了一條幽暗的通道，那是舞臺的布景，她不知道該繼續演下去，還是回到真實中。她想像告訴他真相之後，他會有什麼反應，如果他也有一個潛在的邪惡自我爆發出來，也許是毀滅性的。因為那否定了他對她的一切認知，倘若他發現他溫婉有主見的妻子原來是蛇蠍心腸，發現她寬容大氣性情平和的妻子原來是老奸巨滑，他也許會把她從窗臺推下去，或者自己跳下去，或者推下她後自己也跟著跳下去。

用空盤端著帳單的侍者站在邊上等他刷卡簽字。他低頭寫自己的名字時，她看見鬢角的幾縷白髮，想起他們都是四十多歲的人了不覺一陣心酸。到底是什麼魔鬼在驅使他和她犯下這樣那樣的錯，放著好好的日子不過，憑空生出這些事端，到底又是什麼神祕指令剝奪了一個無辜子宮的生育權利，引發那麼多後遺症沒完沒了。

14

新月影樓成半荒廢狀態時，初冰離開蘭溪鎮，在廣州老鼠街租了一爿門面賣包包和旅行箱，戴新月一個人老老實實地撐住那傾斜欲倒的生意大廈，生意無所謂有，也無所謂無，把柄落在女人手裡的男人日子不好過也得過，並且裝出知足舒心的樣子。有人說初冰在廣州早有了別人，不然為什麼老往那邊跑，最後還索性住過去了？但馬上有人指出這種說法不可靠，既然那樣她為什麼不索性離婚，幹麼還守著一個愛搞處女的瘸子？的確，並沒有什麼東西阻擋她追求新生活，人們在道義上甚至還是站在她這邊的，他們樂意看到聰明能幹討鄰舍喜歡的女人幸福美滿，也樂意看到幸福美滿的家庭分崩離析。就是這樣，生活總得不斷給他們提供新的看頭。人們對戴新月還有另外一項指責，搞處女事件導致店面被砸影響了兒子戴為的學習，高考混了兩百分之後，心安理得地成為社會青年。

也許是從小聽戴新月講部隊講戰爭故事，培養了他對武器和戰爭的愛好。他臥室裡像個兵器庫，擺著數不清的玩具槍、坦克、戰鬥機，還有子彈殼、武士刀、瑞士刀，有些是初冰從廣州帶回來的。他小時候一個人從臥室裡打打殺殺，後來衝到街上和小朋友打打殺殺，高中畢業後他就走上了真正打打殺殺的路。大家都知道他腰間祕藏著幾寸長的瑞士刀不順意就拔出來捅人，他一出場就是不要命的搞法，連傷幾人進了兩次看守所之後開始揚名。

據說當他查出砸店者之後，便帶上武士刀親自將那個人弄成重殘，通過關係使自己脫身。他的凶狠人人皆知，不久他便成了人們口中的戴爺。

他和他的兄弟們全部剃著光頭，他們滅掉了所有小打小鬧的幫派獨樹一幟，禁止任何人向街坊收取保護費，他帶著一幫兄弟出生入死，高利貸收發、替人追錢索債、調解糾紛、擺平矛盾，聽起來像是一支幹了員警的活的正義之師。二〇一一年戴新月五十大壽，一百張桌子擺滿了整個步行街，任街坊吃喝，鞭炮花炮炸了一天晚上也鬧到半夜，從此戴爺的名聲叫得更加響亮，這時他也就二十出頭。

光頭幫結婚的人都自願來新月影樓拍婚紗照，有時帶來別的顧客，半死不活的新月影樓似乎有了一點生機。戴爺給他父親一筆錢，讓他關了影樓安度晚年，或者去他媽那兒，或者離婚再找一個，他媽再嫁一個，戴爺都沒有意見，他就是覺得父母這樣不如索性離婚，他仍然是他們的兒子，照樣愛他們，並且他們離婚各自再結婚的話，他就多了一個父親一個母親，說不定還添幾個弟弟妹妹，他就喜歡人丁興旺親戚多多。都說戴爺不單在外面吃得開，沒想到處理家事也是開明達理，好多子女不同意父母離婚再婚，為此反目甚至打破腦殼的。就這事戴爺也給鎮裡樹了典範，往後有子女反對離婚的就拿戴爺說事。

這些年去廣州深圳已經沒什麼稀奇，有些在那邊工作的人自己開車往返，他們掛著粵A、粵B的車牌出現在鎮上，也新鮮過一陣。關於初冰的消息，就是這麼一趟一趟捎回來的，說的事情都比較正面，還有些毫不吝嗇的誇獎。說她到廣州不出半年就說得一口流利的廣東話，她天生是做生意的，那副笑臉那張嘴巴那雙彎彎的單眼皮眼睛總有一招能網住顧客。店裡乾乾淨淨的包包們，像士兵般按高矮順序排列一目了然，總是播著鄧麗君溫柔纏綿的歌，創造出悠閒和傷感的氣氛。顧客邊看包包邊聽音樂，多數人買了包包送人，聽了鄧麗君心中愛意徒增，多花點錢也覺得心甘情願，不知不覺就掏了腰包，歡歡喜喜。她還會酌情附帶送些小東小西糖果點心籠絡人心 下次再來哦 不管顧客買多買少空手出去她都會說上這麼一句，好像送走自己的親戚。

有人倒是見過店裡有個年輕男子在幫忙裝燈，兩個人用廣東話有說有笑。那男子約比她小四五歲，乍一看有點像戴新月的年輕版本，難以確定他們什麼關係，至少是相熟的，不排除是燈具公司包安裝的，或者只是一個普通的電工。還有一回，有個年紀比她略大四五歲，模樣相當敦實的男子，靠在收銀臺外邊跟她低聲說話，好像在討論什麼嚴肅的事情，又或者是個追求者在懇請她同意一起去吃頓好的，而她始終生意太忙走不開。人們對她在廣州店面以外的生活知道的不多，每天早出晚歸，剩下晚上黑暗中的那幾個小時她怎麼度過，一個四十歲前挺後凸分外妖嬈的蓬勃女人，不可能長期孤枕孤宿。戴新月從不過來，她也回去稀少，她要怎麼說服自己的身體安分老實甘於寂寞，這是人們好奇的。

外出的人有時候想找家鄉人，說點家鄉話，有的閒人會專程坐個巴士去她那兒閒聊。有一次人們發現她捲閘門緊閉，外面貼著一張告示

因急事外出暫休一天　明天正常營業

對於一個家在外地的女人，尤其是一個做生意的家在外地的女人，有什麼突發事件能讓她放下一天的收入暫停營業呢？這簡直像一個案件的蛛絲馬跡，讓所有感興趣的人在這一疑點上展開了推理想像。有的認為是去進貨了，但現在進貨根本不用人跑來跑去，都是網上跟廠家訂購直接發貨到家；有的人說可能去香港玩了，但要她這種雙手奮力抓錢的人放下生意關門去耍，像要老虎改吃青草一樣費力。最後有人想到一個刁鑽而隱祕的原因：取環。沒有任何人找得出理由質疑反駁，人們就這麼單方面給她蓋棺論

定，先提出論點，再進行論證。

令人驚訝的是，他們的判斷完全正確。她自己親口說出來的，她那天的確是去醫院取環了，這沒有什麼好隱瞞的。但對於為什麼要取環語焉不詳，好像說環已經到期索性取了。因為身體有些指標正常，且不是最佳取環時間，暫不能做取環手術，跟她母親一樣，節育環長進肉裡了，不過還沒有完全覆蓋。術後需要休息一週，她不想錯過接下來的黃金生意週，怕疼也是一個潛在的原因。女人一生與子宮相依為命，它是女人健康的晴雨錶，每個月在日曆上畫出幾道紅線，時時關注它的規律性，任何異常都可能是某種危險警報。也許有的人中途摘除了子宮，但絕大部分女人的子宮要經歷懷孕、生子、避孕、流產、絕經等一系列與子宮有關的經驗。

她沒撒謊，但這不是事情的全部，過了兩年人們才知道她取環的真實原因。她在那次關門之後的第三個月再次去了醫院。因為擅自取環涉及到政策法規問題，她找了一家私人小診所，環取出一半，另一半斷在裡面，大出血之後轉向大醫院。她為此付出了很大的代價，吃盡了苦頭，切掉子宮僥倖保住了命。

那段時間，一想到自己是個沒有子宮的女人，就像看到沒有家具的房間空空蕩蕩。甚至都覺得自己不是女人了，也不是男人，不是人類，而是一個怪物。她感覺自己就是一個空蕩蕩的房間，四壁蒼白，不會有哪個男人有興趣光顧一個空蕩蕩的房間。她後來告訴戴新月時，後者只是習慣性地沉默，對此沒有特別的表示。對他來說那個東西可有可無，他過著連房間都沒有的生活，又哪會在乎什麼家不家具。

後來人們鎖定那個比她小五六歲的電工或者朋友是她取環的原因。她確實動了離婚的心。她和他約定的是先懷孕再說，因為只有這樣她才有足夠的理由和動力去和丈夫離婚——她是一個重感情的人，她需要借外部力量來拋棄過去的生活，儘管他們各居一地，但他們都認可這種生活方式，平和寧靜，互不干涉。即便如此她也不算虧欠丈夫，他當年搞出來的那些事讓她丟臉，但她仍然寬容了他。人們可以說那時候她沒有離婚的實力，她還依賴於這個家庭，但也不真實，她是可以離開的，只不過或許會比現在辛苦一點，走點彎路，憑她的能幹絕不會振作不起。電工是真心實意的電工，他讀過高中學了這門技術一直與電打交道，有時跟裝修隊伍一起接攬裝修工程，他負責鋪裝電線。這是非常複雜的工程，他說他這輩子鋪過的電線可以從廣州伸到她湖南那個鎮裡再繞回來。

起先她只是為了解決身體需求，她還沒有碰過除丈夫以外的男人，電工年輕肯幹，帶給她驚心動魄的夜晚，也驚動了感情，進而談婚論嫁。

她熱愛廣州。她知道自己不可能再回到原來的小鎮生活，那種日子已經變得越來越遙遠，她必須集中精力追趕廣州的新變化。她計畫在兩年內完成房車計畫，她已經報考駕照在清早和夜裡約教練學車，店鋪照常營業。她也考慮雇一個能說會道的誠實姑娘幫忙，又終歸捨不得開出這份工資，覺得自己還能對付。老鼠街上的店鋪她也差不多認得七七八八，誰要有事臨時離開都會彼此照應。生意清淡的時節，一些女人們也湊在店門口，聊天嗑瓜子說八卦，竟然也有了小鎮那樣的氣氛。只不過這裡的女人們聊的除了老家那些事，還會有廣州的事，全國的事，甚至國際上發生了什麼空難、戰爭、明星出軌離婚生子等等，當然更多的還是把孩子和老公掛在嘴上。

大家熟了以後也會說點臥室裡的事情，描述自己買了件什麼新款的情趣內衣，怎麼驚了丈夫一驚；一個女人說她夜裡只穿了一雙長腿絲襪，專給丈夫來撕爛增加情趣，結果被丈夫小心翼翼地脫了下來。大家一起笑個不停。這些事情初冰結婚不久便從毛片裡學過用過，她才知道自己原是這麼超前，不覺心裡暗自得意，撕絲襪、穿制服、蒙眼睛、捆綁……這些花樣她也和電工一起玩得十分歡愉。

但這些在取環後都發生了改變。首先是她自己心理產生了障礙。失去子宮以後，她對世界的欲望也被切除了，天空暗了半邊。彷彿街上的人都能看見她身體裡那個空置的黑洞，那裡一無所有而且充滿陰冷，那裡像太空一切都在飄舞，沒有一粒種子能生根發芽。她感覺自己與老鼠街的女人不一樣了，她孤立自己，靜靜地待在店裡聽鄧麗君，對顧客也是有問才答不多說話。她花了很久才接受這個現實，適應那個空洞，臉色漸漸好起來。

她也發現了電工的不自在，他猶猶疑疑，好像有點害怕，勉強碰了她幾回，彼此都沒找到樂趣。她也不知道對他來說有什麼實質性的不同，也許像一個人走進空房子，產生某種孤零零的感覺。她沒有問過他。他們甚至沒有正兒八經地聊過子宮的問題，就像他們避免談及一個走失的孩子，心裡默默期待他突然回來。

有天晚上她跟他攤牌，結束他們的關係，但電工不幹。起先她以為他過於愛她難以捨棄，莫名感動之際，電工說他鄉下建房子借了別人八萬塊錢，現在被追得很緊，她也許能夠幫他一把。他們在一起不到一年的時間，過去店裡的事電工倒是幫過不少忙，但都是他自願的，她沒想到最後要付出最昂貴的工價。當然她明白電工的意思，他在這兒付出的感情與肉體應該得到回報，八萬塊就是他開出的價。

若按當時市場行情來講，不算多，她拿得出，但是她付出的感情和肉體，是不是也得有所回報呢？她就是這麼跟他說的。他說要真按市場價來講，鴨一向比雞貴，雞一晚五百，鴨一晚五千，雞是鴨的十分之一，他還立刻算出八萬塊的十分九是七萬二，拿七萬他什麼都不講了。她驚愕於這種赤裸裸的無恥勒索，毫無愧色，好像他真的是幹那一行的。她才明白他其實一早就是奔她的生意來的，像他們這種年輕力壯的人，在床上賣點力氣確實比幹什麼都容易。他應該不止一次來這一手，甚至同一時期不止和她一個。

她記起來有幾回聯繫不上他，一個單身男人關什麼機呢？他在她這兒也是關機的，他說的是有些兄弟老叫他出去喝啤酒，完全不管他是不是和自己的女人正忙些私活。她相信他，並且覺得他這樣的做法很討她歡心。她這時才明白外面到處都是陷阱，雖然自己結過婚養過孩子，但在感情遊戲上她真的不是個老手。她還從沒想過這種事情也會有騙局，而且會發生在她的身上。

她不能報警，不能求助，更不敢惹事。她也吃準了他這種人絕對也不會有什麼過激行為，因為他並不是付出了真愛，就是一個錢多錢少的問題。她此時運用了顧客買賣包包的心理，反向思維，她知道顧客開出的價位，往往是壓低了真正的心理價位的，比如當顧客願意出八百買一個包包的時候，實際上一千，一千二也是能成的，所以這時候她通常會說不行，進價都不止八百，這樣吧，今天開張生意，我不賒本，賣給你一千三，於是顧客加一百，她退一百，二進二退就到了顧客的心理價位，一千塊錢成交。

於是她對他說了一大通付不了七萬的理由：生意清淡，囤了貨，家裡裝修房子，兒子交學費等等，她只拿得出四萬。於是一進二退間五萬成交。

看著電工離開的背影，她暗自欣喜自己的談判能力，回頭想到自己損失了五萬塊錢，還發揮阿Q精神，就有點生氣，如果不給他錢，打電話報警，告他敲詐勒索，也許他就灰溜溜地走了。也有可能日後報復，她每天都會提心吊膽，不知道會發生什麼出其不意的事情。

這些只有老鼠街一個女的知道。這女的是浙江來的，愛穿虎皮豹紋，像頭野生動物。她說她也遇到過電工這樣的男人，他們專找有點錢的女人下手，有一門不怎麼精通的技術作幌子，喜歡趁虛而入。比如丈夫不在身邊的，比如失戀期間憂傷不振的，他們像及時雨一樣給予慰藉，你事後才知道以愛情的名義進行詐騙，一切都不是免費的，這筆帳根本算不清　利利索索地處理掉是對的　他們要是不得手就會像蒼蠅一樣在你周圍不斷嗡嗡地飛　如果早點聽到野生動物這番話，她也就不至於輕易上當

出來混總是要交學費的　這是印在某些服裝和茶杯上的標語。她這筆學費交的不僅僅是五萬塊錢，還有一個子宮，無價的子宮。她把他睡過的床套全部清洗，在洗衣機嗡嗡攪動的聲響中低聲哭了一場。

她忽然非常想念鎮裡的生活，她在那裡可從沒有遭過什麼罪，日子順順當當的，什麼也不缺。她思考了一下自己孤身來廣州的意義，到底是為了把生意做起來，還是為了躲避婚姻中的不愉快。她第一次反省自己離開小鎮的做法對戴新月以及家庭的傷害，既然選擇了寬容，就應該往好裡處，而不是這樣將他打入冷宮，緊接著報復性地與電工發展關係。

她想起了和丈夫恩愛的過去，他一直對她不壞，不能因為他的一次錯誤就抹掉全部

的恩情。她在廣州看到聽到好多丈夫和情人的故事，老鼠街的女人自曝家醜時，說起她怎麼和第三者鬥法，最終勝利保全家庭的經歷，將矛頭完全針對另一個女人，對丈夫沒有半點貶意。她們稱外面的女人為野狗，遇到那些跑家裡來偷食的野狗就要毫不留情地出擊，打得她下次不敢再犯。她倒沒有這樣想，她認為總有些痛苦的真情發生在這樣的關係中，二十一世紀社會開放，戀愛自由，思想現代，在兩性情愛中，除了婚姻這座大山的阻撓，還會有什麼不可逾越的障礙使相愛的兩個人無法結合呢？世界就這麼一團糟，有的人混水摸魚，有的人情不自禁，她承認她兩者都沾一點，有點暈頭轉向。

她想過回家調養身體，但把自己弄成那個樣子回去又覺得羞愧。她買了一口電燉鍋放在店裡燉滋補湯，自己照顧自己，兼顧生意。她度過了人生中最艱難的一段。這個特殊的意外事件，讓她變得既軟弱又堅強。她沒吃過什麼苦，生孩子也只是瓜熟蒂落，並不像別人描述的那樣痛得想死。如果她不來廣州，接下來的生活將會更加舒服。兒子接過擔子撐起了家，他比鎮裡的同齡人早懂事並且一下子就拚出了名堂，雖不是什麼機關幹部銀行職員等之類的正經工作，但很為戴家掙臉，鎮上人人看得起他。

想到遙遠的兒子與家，她心裡一陣溫暖，復又一陣失落。

我這是在幹什麼　自討苦吃　第二天照鏡子，發現鬢角一根白頭髮，她的心裡又涼了半截。

她還是堅持做下去，這時候已經沒有什麼明確的目標，只是機械地維持。市里陸續新開了幾條老鼠街，生意明顯清淡，客流量少了一半多，有時整個下午都沒有人進到店裡來問東問西。人們總是喜歡去新的地方，並且將老地方徹底忘掉。過了不久，整個老鼠街店鋪都接到搬遷通知，因為拆遷的緣故，限所有商戶三個月內全部清理搬走，而上一月房東還在漲租金，不是一百兩百，而是百分之二十，理由是房價漲了，租不租隨你。最後的狂歡到了，人們都知道這兒要拆遷會有清倉大拍賣，忽然間又將老鼠街狹窄的步行通道堵得水泄不通。她也掛出了二折清倉的牌子虧本出售，這個客觀事件同時給了她堂而皇之的回家理由，她再也用不著猶豫了。

她回鎮的那天同樣給街坊帶了許多小禮物，還特意留下了幾件商品送給交情較深的朋友。她故意向別人抱怨拆遷使她不得不終結生意，房東躲起來了，她多付的幾個月房租打了水漂。別人問她還去不去廣州，她回答到時候再看。有人說別去了，外面的錢不好掙，好好經營影樓，或者想一想別的小生意，總之掙的全落在袋裡，不用交房租，待在家裡踏踏實實，比漂在外面強。她說外面掙的是多一點，但也就那樣，成不了大老闆，做不成上市公司，卻真的比當大老闆辛苦，忙裡忙外，還跟人討價還價，幾年下來嘴皮都磨薄了很多。

一看自己要開始訴苦了，她趕緊警覺地打住，生怕自己一不留神就說出了不該說

的。這時候還沒有人知道她與她的子宮已經天各一方，沒有人看見她身體裡的黑暗虛空，人們想的是這下他們夫妻之間的問題過去了

這個小堂客幾[32]滿厲害　硬是讓她男人坐了幾年冷板凳　戴老闆這兩年老了不少　她自己也有白頭髮了　人真的是經不得搞哩

人們這麼感慨著先自翻過這一頁。他們又看見這個小個子女人忙裡忙外收拾店面，門口擺了兩棵發財樹，花瓶裡插上玫瑰花，重新調整了模特位置，玻璃擦了又擦，地板拖了又拖，兩眼彎彎笑了又笑。但也有人偷看到她眼睛不彎的時候，直直地盯著某個地方元神出竅，但也就那麼一小會，就像受到驚嚇做出停頓。

戴爺不住家裡，但經常回來，攬著他媽，也不叫媽，而是像街上流行的對女性的稱呼美女

美女　我們今天出去吃野腳魚怎麼樣

她和戴新月之間既沒有和好如初，也不像近兩年這樣有名無實。他們繼續過起了夫

32 小堂客幾：小婦女。

妻生活，那些沒經歷過什麼的老夫老妻也不過如此，不鹹不淡，但是知道永遠是自家人。某天夜裡她告訴他，她的子宮丟了。他也沒問怎麼丟的，只說那東西反正也用不著了，人沒丟就行。她當時沒有細說，第二個晚上，她把事先編好的那套謊言講給他聽。她說廣州醫療隊在社區做免費查環，查到她的環已經到期，且有一半已經長進肉裡，建議她立刻手術取出來。結果手術失敗，取出一半還有一半斷在裡面，取那半截時大出血，為了保命，醫生切除了子宮，她當時差點以為自己真的回不了家。所幸的是在廣州這樣的大醫院，醫療條件好，醫生技術前進，不然她這個人可就真的丟在外面了。

發生這麼緊急的事情　你應該通知家裡的　至少你該打電話給兒子　你在外面吃了不少苦頭　回家了就好　他語氣仍是平淡。

15

後來，王陽冥想請一個人幫忙照顧吳愛香。他心疼妻子在這件事情上過於勞累，他們有錢，可以雇一個二十四小時的陪護，在村裡找一個手腳麻利心地良善的婦女，每月給她兩三千塊錢，不愁她不好好幹。初月想了想還是覺得不妥，外人照顧到底沒有自家人貼心，更何況母親子女這麼多，生了病卻沒有人願意陪在身邊，情理上說不過去，他們做晚輩的都會被人恥笑。她認為做些份內的事再辛苦都是應該的，千萬不能去花錢買孝，這些事情就該子女親力親為。初月從不抱怨照顧母親的擔子落在自己一個人身上。王陽冥經常感嘆他前世修來的福分娶此賢妻，生活毫無瑕疵。這時候他們的兒女都羽翼豐滿遠離鳥巢在他們自己的高空飛翔，他的風水業務不像過去那麼頻繁，有時很久都沒有一單生意。但已經積累了足夠的財富供他們安度晚年。他年紀大了，也不喜歡往外面跑，願意守著妻子打造的花園，弄弄花草，做做美食，聽聽花鼓戲。如果附近死了人，就去喪禮上聽道場先生唱道場，在心裡評價。要是唱得好的，就喊上初月，推著吳愛香一起去聽，唱得不好的，就回來嘲笑一通。

吳愛香也愛聽花鼓戲，聽做道場，只要發出那種敲鑼打鼓的聲音她就靜止不動，眼睛呆呆地看著地面，彷彿聽得出了神，誰說話她都不搭理。不過，平時她也是這樣，總是一副沉思的表情，好像有一件非常重要的事情還沒有考慮清楚。有時候她一邊說話，一邊用手指頭在腿上寫字。有時候忽然大叫初月的名字，但當初月走到她面前時，她卻問她是誰。有時候她忘了該怎麼吞嚥，有時候吃了幾碗粥還喊餓。她吃布吃紙吃所有抓到手的東西，被奪走時就委屈地哭泣，像個三歲小女孩子聲音又尖又細。她有幾天說胡話，不吃不喝徹夜不睡，精力十分旺盛，三天就把自己弄垮了。接著又兩天不吭聲，嘴巴緊閉撬都撬不開，好像是絕食求死。靠輸蛋白營養液維持。在醫院養了一個月好轉出院，她變得安靜聽話，要她幹什麼就幹什麼。有時說幾句莫名其妙的話，都是和她的生活相關聯的，比如雜貨鋪、頭巾、農場、去蘭溪，語句顛三倒四。熟悉的人大約能拼湊出她的意思。

初月和王陽冥被吳愛香折磨得筋疲力盡。初月一個通宵下來兩隻黑眼圈，王陽冥也是熬得整張臉都是黑的。探望吳愛香的鄉鄰發現王陽冥臉黑得異常，表示願意輪班替換照顧幾個夜班。王陽冥這時也覺得自己不大舒服，好像是胸口，也像是嗓子，莫名其妙地發過一陣低燒，吃了藥劑似乎有所緩解。

吳愛香出院的第二週，王陽冥高燒入院。拿到檢查結果的初月彷彿五雷轟頂，靠在牆上半天沒動。

面對醫生她幾近窒息。醫生說這種病很容易確診，到了晚期餘下的生命不長，少則兩個月，多則一年半載，是所有癌症中死亡率最高的。

初月被抽了筋似的，只覺得渾身沒勁，馬上就要癱軟在地。她平生第一次獨自處理這麼重大的事情，而且事關生死，完全六神無主。當她想到家裡的存款，便抓到了救命稻草浮出水面，有錢，他們可以去北京最好的醫院，找最好的醫生，傾家蕩產也要治好丈夫的病。

她第一個電話是打給初玉的。初玉吃了一驚，聽她一字一句讀完檢查結果，她說的比其他醫生更為嚴峻，她講真話從不留情。她說這種病越往後發展越快，很快會封喉，滴水難進，安裝支架也許多活兩個月，但是毫無生活品質，患者會痛苦不堪飽受折磨。她認為到北京來治療，除了多花錢受罪，結果都是一樣的，前不久一個家產幾億的企業家也是同樣的病，入院三個月就死了，誰都無能為力

我們是自家人　我不建議你到北京來花冤枉錢　姐夫的病晚期症狀明顯　剩下的時間不多　盡力陪好吧

怎麼能眼睜睜地看著不救他　我們那些錢存著有什麼用

不是不救　是救不了　上帝也救不了

他自己還不知道

最好是趁早告訴他　免得留下什麼遺憾

那麼殘忍的話　我怎麼說得出口啊

他見過那麼多生生死死　不至於不堪重擊　你也需要他　你們應該一起面對

是啊　沒有他來拿主意　我真的不知道怎麼辦　這麼多年　他把什麼事情都理得順順當當的　這下碰到難題了　一難就難成這樣　誰也幫不了

振作一點　就算真到了那一步　他也算是有過得滿不錯的　你們這一家是最幸福的　沒出過什麼亂子

他要是能活到八九十　我也情願出點亂子

你說是這麼說　你會樂意他在外面把別的女人弄大肚子麼　你會樂意他甚至要跟你離婚娶別人嗎　你這種糍粑心[33]　算你運氣好　不然呢　誰不知道會受多少氣

他要是那麼壞　我現在也不至於這樣難過捨不得　他就是對人太好了　重話都沒說過一句　對兩個孩子他也是連指甲子都沒彈過他們

多少人羨慕你呢　嫁給他就養得白白胖胖的　錢都給你抓著　建了那麼好的房子　吃什麼穿什麼都隨你願　哪個女人比得上你

那又有什麼用　我情願苦一點　只要他活著　好歹再活個五六年　這五六年什麼都不管

了　我就帶他只管到全國各地耍　吃　搞旅遊

嗯　大部分人都像你這樣　平時什麼也不想　到最後才發現活得不對　幸虧世界上沒有後悔藥吃

為什麼這麼講

要有後悔藥吃　就不會有珍惜這個詞了　正因為時間一去不復返　人到世上只有一張單程票　有的東西過了就是過了

說這些又有什麼用呢

你要是自己想得清楚　穩得住　讓我放心　我就沒什麼說的　盡快接受現實　面對現實姐夫你不用瞞他　但注意你自己的情緒　不要哭哭啼啼

初月本來直是抽泣，聽了這話反倒放聲大哭，後悔自己對他不夠好，某年某月某日看中了一件衣服，太貴，沒捨得買給他穿；他愛吃紅燒肉，她卻沒學著燒一頓給他吃，也沒陪他看幾場戲

33 糍粑心：心地太善良。

他又要種田　又要看風水　手腳勤快　屋裡屋外一手揹　冇得別的愛好　去打點小牌我還念　念得他小牌也不打了　只在花園扯草摘黃葉子　看看電視聽聽新聞　有一回夜裡他呼嚕打得太響　我推了他一把　沒想到一推就推下了床　跌破了半邊臉　以後夜裡沒他打呼嚕了夜裡怎麼睡得著覺　我要是曉得他會得這種病　我要是曉得他這麼快就要走　啊　我心裡後悔得疼哪

初玉靜靜地聽著，讓她發洩。她理解初月的心情。他們夫妻兩人結婚這麼多年，從來沒分開過，所有的夜晚都是兩個人在一張床上度過，所有的日子都是兩個人親手創造，這麼多年他們的心長在一起，忽然要一分為二，必定是疼痛難忍。她早些清醒做好最糟糕的打算，真有什麼奇蹟發生，驚喜歡欣就會成倍地增長。六年前，妮子遇到一個年紀不大的淋巴癌病人，病危通知下了好多回，家屬後事都準備好了，所有親戚都趕到醫院送終，患者父母悲傷欲絕，妻子哭得死去活來，最後患者沒死，直到現在仍然活著。但王陽冥的病出現奇蹟的概率幾乎沒有，因為晚期輸送食物營養的通道會被封死，食管爛掉，二十天內癌細胞會擴散全身。

我想不通哪　他一個好人　積善積德　為什麼會得到這樣的懲罰　得個病都得的這麼難治　只要他活著　我天天推輪椅伺候他也心甘情願啊　為什麼一點希望都不給我們　初玉你想想辦法啊　要不去美國治　行不行　美國醫學發達　去美國治

初月 你稍微冷靜一下 我跟你說一說具體情況 現在國內的醫學技術不比美國差 美國人得了這個病也沒有辦法 不要迷信外國 還有啊 去美國要辦簽證 辦簽證要預約要排隊要面試 簽證順利下來要一二十天 飛機上飛十幾個小時恐怕就會把病人折騰死 除非你用專機配專用醫務人員和醫療設備 你那點存款還沒出國門就花得一乾二淨了 你不要再胡思亂想了 初月 現在放了電話 先平靜情緒 好好想想怎麼告訴姐夫病情 如果你實在覺得開不了口 由我來告訴他也可以 但我認為你告訴他是最合適的 因為這是你向他展示你的堅強 證明你不會讓他擔心 你也知道他最怕你接受不了 你的平靜情緒是另一種良藥

嗯 還是我來說吧 初月重重的嘆息一聲掛了電話，站在牆角不動，眼看著醫院來來往往的人，神情恍惚。

頭髮掉光的、坐輪椅的、躺滾輪床上的、拄拐杖的、打繃帶的、頭破血流的，熙熙攘攘，匆匆忙忙，做檢查、排隊、叫號、計費、抓藥，打針，幾個人推著急救車疾速奔往搶救室，後面跟著幾個驚恐哭泣的女人。她看著那些一晃而過的殘缺身影，悲傷的面孔，無奈的表情，她感覺自己比他們誰都不幸，因為她的丈夫無藥可救，有錢也沒用，甚至連這樣奔忙求醫抓藥的希望都沒有了。她只經歷過奶奶的死亡，奶奶的死亡是一種令人心安的死亡，安詳恬靜，大家都覺得她去了更好的地方，更好的歸宿。但現在不一樣。她覺得四周氣氛陰森，像地獄一樣陰冷。她又看了一眼檢查單，這份死亡判決書，她幾乎要掐爛這張列印著診斷結果的白紙，如果撕掉它，就撕掉了噩耗，她一定能用雙手將它碾成齏粉。

你的檢查什麼結果　一個中年女人靠過來問道　我老公肝癌晚期　我也不曉得怎麼辦治也是死　不治也是死　治了人財兩空　不治就一線希望都冇得了

一種同病相憐的感情推動兩個相互相識的患者家屬聊了起來。也許他人痛苦的參照減輕了內心的不幸，初月不覺同情起眼前的女人來，可憐她的老公才四十六歲，日子才好過一點，就查出了絕症，而王陽冥好歹比他多享受了十幾年的生活。這個患者家屬的現身說法比初玉醫生般的冷靜勸慰更有效果。眼看著中年女人沉重的背影消失在人群中，初月希望她的丈夫能活下來，至少再陪她幾年，看到他兒子結婚生子。

她擦乾眼淚，擤了一把鼻涕，將紙巾扔進垃圾桶，舒出一口長氣——她打算這就如實告訴丈夫，他剩下的日子不多了。

這時初雲打來電話問檢查結果，初月就把剛剛準備跟王陽冥說的那番話跟初雲說了，初雲聽了不相信，她說人還好好的，就說這些不吉利的話

積極治療　要有好心態　我這裡有些錢儘管拿去用　不夠了咱們再湊　要不要到北京找初玉　北京的醫院最好　好多病別的地方治不好　到北京就治好了

我問過初玉了　她說到美國去治也沒用　純粹是花冤枉錢　但我還是想去　不去就什麼

希望也沒有了

哪有不花錢救人的　誰知道是不是花的冤枉錢　萬一呢

萬一什麼

萬一真的治好了

你知道這個病是沒救的　對吧

是的　我們村有一個人就是這個病　查出來一個半月就死了　但我們不能這麼早洩氣

同樣的病　不同的人　不同的體質　結果也會不一樣的

你說的是奇蹟

就算是這樣吧　如果你想他活著　現在就得相信奇蹟

我當然想他活著　但我長這麼大從來沒見過奇蹟　奇蹟長什麼樣

初雪知道了不

暫時還沒有告訴她　誰也幫不了

我馬上通知她　咱們大家庭裡的事情　從來都是一起想辦法的　像恩媽說的　團結互愛

來看望王陽冥的人，都說些連自己都不信的積極安慰的話，小心地守著除他之外大家都知道的祕密，個個笑容滿面，好像住個院是因禍得福。初月還沒找到合適的時間說出病情，是王陽冥自己先挑明了。

檢查結果不好　不要怕我受不了　我什麼準備都有　過去到我這年紀都算高壽了　再說我這輩子沒什麼不知足的　他露出黝黑的笑容　我打呼嚕吵得你睡不好　以後你可以睡清靜覺了

一個玩笑把初月說得眼淚婆娑，轉過身抹了又抹。

先別急著告訴孩子們　搞得他們丟下工作跑回來　又幫不了什麼忙　我跟你說　初月　退一步想　我這樣還是好的哩　要是那種早上離家就回不來的　親人最後連一句話都說不上那得多遺憾啊　我們還有的是時間

初月什麼也說不出來。她不知道他以為他還有多少時間。他的病情他究竟知道多少。她沒有問。也不打算告訴他。他也沒有問他還有多少時間，也就是把每天都當最後一天過。

我有點想抽根菸　只是想　你不抽菸不知道　抽菸還是挺舒服的

等你出院後　你想抽菸　想喝酒　都隨你吧　初月說道　我給你做紅燒肉吃　我跟初雲學她對這個有研究

不曉得閻王老子同意不　我要是還有那個口福　我給菩薩磕一萬個頭　再修一座廟

你別說這種不吉利的話　現在醫學這麼發達　只要發現得早　什麼病不能治　初月忽然不打算說出他的期限，也許自己心裡又產生了希望　你記得李木匠吧　他的病當時不也是

說得嚇死人嗎　現在照樣活得好好的　你一輩子做好事　閻王老子也不會這麼沒良心

你可莫想著給閻王老子送什麼禮　你不會認為他受過李木匠的賄賂吧　王陽冥說完一陣咳嗽　那鬼東西是鐵面無私的

你越說越沒正經了　初月不知道該哭該笑　哪有你這樣拿自己的生死開玩笑的

好好好　說點正經的　醫生說我還能活多久　他問道　我看他們說的　是不是跟天氣預報一樣不可靠

初月想了想回答　醫生沒說太具體　只說不容樂觀　手術動不了　只能化療看效果　有的體質對藥物敏感　有的效果差一點

你看我會是敏感的嗎　我這輩子就沒打過針吃過藥　也就應了那句老話　沒打過針　沒吃過藥　一病就是大病啊

你肯定是對藥物敏感吸收強　而且你體質好　筋骨扎實　肯定會有好結果

藥物這東西沒你這麼感性　它們一點都不會憐憫哪一個

你盡說消極的話　開玩笑也不講個時間場合　我可笑不出來

王陽冥頭偏到另一邊，久久沒有轉過頭來看她一眼。

他入院時便隱隱覺得凶多吉少，只是沒想到問題出在食道上，死神就這麼安排，毫無商量的餘地，醫生也無力反對。一個療程的化療之後，腫瘤小了，王陽冥也垮掉了，不能承受第二次化療。癌細胞瘋狂反撲，迅速占據臟腑與骨骼，腫瘤再次膨脹，擠破支架穿透氣管，四十天後，王陽冥在他自己的床上停止了呼吸。

初月總在醫院迷路，有時因為心慌，走著走著就忘了自己去哪裡，或者到了那裡又不記得來的目的，要麼轉半天找不到醫務室。有時突然控制不住，就要扶牆揪胸暗哭一陣，盡量不在王陽冥面前傷心。那陣子醫生護士病人家屬都認識了這個鄉村婦女，為判了死刑的丈夫跑上跑下好像搶火救命。有一回堵著主治醫生，要他給她丈夫用最好的藥，做最好的治療，好像她丈夫是個大人物，在她眼裡她丈夫就是個大人物。

從王陽冥住院開始，人們看見她一路瘦下來，身材卻顯得好看了。她原本有雙長腿，這些年到處長了肉，但腿還是直的，腿直人就精神，稍微收拾一下，過去的姿色就返回幾分，快五十歲的鄉下婦女像她這麼經看的不多，像她這麼平常養得好的也少。再美的坯子都經不起鄉下生活的粗礪打磨，手要扯草要摳泥，臉要風吹日曬，屁股胯骨因生養變大，要是還有個什麼風濕，骨關節變形，手腳伸出來能嚇死人。同樣的道理，相貌平平的女人只要養得好，渾身上下也會是肉香撲鼻。沒有哪個鄉下女人像初月那樣，每天往臉上撲好幾樣東西，爽膚水精華素滋潤油眼霜，隔幾天敷一次面膜，桌上擺滿了瓶瓶罐罐的護膚品，洗髮水是香噴噴的進口貨，將她那半邊頭髮洗得烏黑順溜，沐浴液也是進口的，皮膚洗得乾乾淨淨白裡透紅。起先醫院有人以為她和王陽冥是一對父女，後來驚歎這個好看的堂客竟然是一坨老黑炭的妻子，當知道妻子頭上有缺陷戴了假髮時，心裡才噢了一聲 原來如此

人們親眼看見這對夫妻感情深厚，既相敬如賓又隨和默契，丈夫一天到晚還逗趣妻子，耍幽默嘴皮，跟護士開玩笑，給病室的人講傳奇，原本悲哀籠罩的病房裡增添了輕盈氣氛。他們也是眼見得王陽冥一天天敗下去的，不管治療多麼辛苦，只要他能繼續說出幽默的話，一切都不成問題。最後嗓子啞了發不出聲音，他臉上才有了說不出話的痛苦——他知道那一天近了。

這時候初月天天去醫務室找醫生，想辦法用最好的藥，好像醫生藏著好藥不給她用。大約是見到了這個鄉下婦女對丈夫不知疲倦的悉心照料，醫生對她格外有耐心，態度溫和親切，說她丈夫得到了最好的治療，已經延緩了幾十天的生命，現在除了退燒、輸營養液，已經沒有可用的藥物，他身體其他器官受影響，用藥只會加速死亡。

兒女們這時已經回來了，寸步不離守著王陽冥，擔心他一口氣上不來就沒了。

有人認為姓名跟命運有關，說初月名字沒取好，初月不就是代表殘缺嘛，叫初滿月可能就不會少半邊頭髮，也不至於不到五十歲便守了寡，人生殘缺得更加厲害。人們不知道王陽冥死後最初的那段日子，初月是怎麼過的，她一定有好長一段時間的輾轉難

眠，夜晚哭哭睡睡，睡睡哭哭，一看見丈夫的衣物就傷心不已。她一直在整理他的東西。人們看到她將王陽冥的衣服疊得整整齊齊的擺在櫃子裡，他的皮鞋刷得雪亮的，他的草帽抖落了灰塵還掛在牆壁上。談起王陽冥時，彷彿他還在世上，被某人請去看風水要到吃晚飯才回來。她也把院子裡他用過的農具全部清理了一遍，用他做的鋤頭薅菜溝裡的草，那裡本也沒什麼可薅的。她不時抹一抹眼睛，不一會兒手心就磨起了水泡。大兒子接她去城裡住，二兒子要帶她去雲南，她都拒絕了

我現在可不能離開家裡 我要是關了門 你爹進不來 找不到我怎麼辦

過了七七四十九天，她還是不願離開。週年忌日後她才開始四處走動。即便這時候，誰也不會想到初月還會再嫁。她已經滿五十歲，有一個孫子一個孫女，二胎政策剛放開，兩個媳婦立刻懷上了。

這是二〇一六年初。他們把喜訊告訴母親的時候，她正在收拾行李準備出去旅行，她報了一個夕陽紅旅行團去上海和江浙地區。她沒有跟初雪打電話，因為她要遵守旅行團的紀律不能擅自離隊。這個團裡的人只有她沒出過遠門，其他人全國各地都去了不少地方。

報名旅行之後，初月將所有的假髮清潔好曬在太陽底下，坐到椅子上梳理自己的半邊頭髮。人們已經對她那外星人似的腦袋習以為常，也不再覺得有多麼刺眼，甚至以為

她以後不打算戴那些玩意兒了。

人們發現他們有一連串的判斷失誤。她重新戴上假髮，準備了旅行衣鞋，告訴村裡人她要出去走走。王陽冥治病只花了一小部分積蓄，她晚年生活就算沒有兒子也能安枕無憂。王陽冥在病床上給她算過這筆帳，他讓她替他到處看看，國內看完去國外。以前他們只知道攢錢不花錢，錢不花掉就對生活沒價值。他還說過，往後遇到合適的她就找一個，不然一個人生活太孤單，他不想看到她一個人住在那麼大的房子裡，一個人打理那麼大的花園，一個人過後面幾十年的生活，過去社會對女人有種種不公平，條條框框把女人捆得死死的，那時候的女人們都很不幸

現在社會文明開放了 不像你奶奶和你母親的年代 她們都是苦過的 年紀輕輕那麼早就一個人熬 我為什麼那麼喜歡和你奶奶聊天 就是因為覺得她苦 我自己的母親也是苦比你奶奶你母親好不到哪兒去 我平時不想看你受苦 死了更不想看到你受苦 兒子們也都會理解的 他們有他們的生活 帶孫子這樣的事情 你擺一邊 先過好你自己 這樣我才放心

她聽進了他的話，到處走走看看。她恐怕是村裡第一個這麼做的，第一個捨得把攢的錢扔在路上。雞也賣了，豬也殺了，花園不管了，一把鎖落門十天半月不回來，一回來大包小包，將零食和紀念品發給村裡人。她時常和一起旅行的人通電話，稱他們是她的驢友，她和他們聊起來沒完沒了，往往在一通電話之後，就定好了春天去哪裡，冬天

又去哪裡。不旅行的時候，她也經常去鎮裡買東西，看戲逛公園。她買了一張中國地圖貼在堂屋裡，因為分不清東南西北，她在這張地圖上費了好大的力氣才找到她去過的地方，用筆把地名圈起來，就像圈了一頭野羊，往後這頭羊就是自己的了。

三年下來，地圖上滿是圈圈到處是羊，她幾乎去遍了中國南部所有的城市和著名景區。

在王陽冥的忌日給他燒得點蠟燭時，她告訴他今年去了哪些地方，明年去哪些地方，轉完南部去北方。她還想和他一起去西藏和新疆，因為去過的驢友告訴她，那裡跟別的地方有很大的不同。她看了他們拍的照片，雪山、草原、淡藍色的湖，都是她沒見過的。但她沒有告訴王陽冥她遇到了一個驢友，一個鎮政府剛剛退休的幹部，五年前妻子死於子宮癌，摘掉子宮仍然復發奪走了她的命。他勸初月不要為丈夫的死難過，他們這一帶還有更多死於癌症的年輕人，他說那個統計資料說出來很嚇人，她還是不知道為好，這是水質與土壤的雙重汙染的結果。她還沒告訴王陽冥退休幹部像他一樣是個好人，旅行中對她十分照顧，樣子跟他也有點像，個子差不多，皮膚白一點，當他們各自聊起伴侶臨死前一個月的感受，彼此感覺兩顆心碰到了一起。回來後她經常去鎮裡買東西，但不是一個人看戲逛公園，是退休幹部牽著她的手一起做的這些事。他們約好明年八月去完新疆就考慮結婚。

去新疆前，退休幹部到村裡來了，村長和書記都認得他，一時間又多了幾分融洽。她和退休幹部的關係沒有一個說閒話壞話的。只說初月名字雖然沒取好，但是命硬扛得住，一個好人走了，又來一個好人，雖然現在城鄉戶口沒有差別，但農民終究是農民，幹部終究是幹部，農民找幹部仍然算高攀。當然也是因為她長得好，心地善，人不算太老，也不是那種食古不化的榆木腦殼，如果她不出去旅行，也許只能再嫁土地了。

人們本以為初月餘下的日子會像她奶奶和母親一樣，坐在椅子裡望著遠處的田野日復一日直到死去。人們也不知道在退休幹部之前，初月與另一個驢友有過一段不長的感情，因為驢友乘坐的另一輛旅遊大巴掉進懸崖丟了命而告一段落。那是他們在四川的遭遇。她和他本應該坐在一輛車裡的，因為那輛車品質差一點，有一個老太太暈車，但沒有一個人願意跟她調換，最後是她這個驢友去了，也可以說他是替老太太死了。她緬懷過他一陣子，但兩人還沒來得及產生特別深厚的感情，因此也容易抹掉。

這之後有一段她害怕旅行，她想起王陽冥說的早上出去晚上就回不來的那種意外，不寒而慄。她並不是一個喜歡冒險的人，從十六歲嫁給王陽冥起，她的生活就風平浪靜，她這輩子只有過一次身體創傷，那就是生完兩個孩子後的結紮刀口。她也想起王陽冥用兩輪板車把她從醫院拖回來的情景。他有時反手拖車，有時把車推到前面，一路上他都在對她說話，不管她是醒著，還是睡著了。他說的是好玩的事情，要是聽到被子裡傳出她的笑聲，他就心滿意足，如果她既沒笑也沒喊痛那就是睡過去了。這時候他便嘴裡胡亂哼些曲子，合著滾輪行進節奏一顛一顛。

從醫院回來，路上得走兩個小時。王陽冥推著她的女人，還有一個剛出生不久的娃，臉上有抹不乾淨的汗水和快樂。河堤高高的，牛羊在青草坡裡吃草，河水清澈鱗紋微漾，垂柳擺過來拂過去，小鳥像一群孩子在樹枝上歡快打鬥嘰嘰喳喳。初月身上的皮膚滑溜溜的，他常常要費很大的力氣才能抱緊她，那些熱乎乎的夜晚，她在被窩裡滑來滑去，他追逐她，像水裡的兩尾小魚。一開始她不是這樣，一開始她像頭牛，四條腿死死的定著，怎麼也趕它不動，她一點也不知道她應該叉開雙腿雙手摟住他的脖子，也不知道動用屁股碾碎床單，她就那樣仰面朝天像被擊斃了一樣一動不動。她是生了第一個孩子以後才靈泛起來，靈泛得讓他招架起來吃力，比起她被擊斃的樣子他更喜歡賣點力氣。她雖然悟性不高，過了一年多才知道這是兩個人的事情，不僅僅是女人躺著滿足男人，但同樣她無師自通的天賦也有驚人之處，夜裡頭咬來咬去忽然咬住他的腰間物半天不鬆口。他像老百姓看見日本鬼子進村舉起雙手慌了神，這是客觀俯看的效果，而他感覺自己彷彿被晴天霹靂擊中魂飛魄散，變化成數不清的小精靈飛舞。此後她經常這麼幹，他巴不得她這樣幹。後來他反過來也讓她被晴天霹靂擊中。於是她很快又懷上了，按政策法規打掉了，後來又懷了，又打掉了，最後合法生下了第二個兒子。這也是他對她呵護照顧不讓她下田種地的一個因素。他對她的照顧不可謂不好，養得白白胖胖，後來這樣的生活就成了規律習慣，也就索性不讓她下田了。她想起這些眼眶都要紅一下。他把她養成了城裡女人。

他喜歡她把自己打扮得漂漂亮亮，喜歡聽別人讚美他的妻子，他一點都不擔心她被別的男人勾引走　一個女人要有多蠢　才會離開這麼愛她的男人哩　他是這麼說的。她從來沒想過離開他，對別的男人沒有任何念想，哪怕是在想像中，因為他把她的身心填得滿滿的。她又想起結紮後身體疼，餵奶都動不得，傷疤過了很久都是紅的。王陽冥不說它像條蚯蚓或者蜈蚣，他說這傷疤在她的身上　就像狗在白雪地裡尿了一道　這一道骯髒的痕跡破壞了雪地的美觀，損壞了他妻子光滑的身體。有時候夜裡摸到她的傷疤，他也會忍不住抱怨嘟囔　我們不生不就行了嗎　非要拉上一刀　但也就這樣，他從不在公開場合這麼說，也不和人聊這種問題，他像魚缸裡的金魚一樣，在小小的空間裡愉快地游出各式花樣，對河流湖泊或大海沒有非分想法。後來做那事兒減少不少麻煩時心裡稍獲慰藉　拉一刀總算還有這麼一點好處　但我還是情願你這兒是完整的

有一回到鎮裡幫人看風水，碰到街上有賣去疤痕軟膏的，說是一個月看得見效果，八個月或一年疤痕就會全部消失。他一高興買了十支，最後證明自己被那賣狗皮膏藥的騙了，罵了幾回，好像初月肚子上的疤痕是賣藥的弄的。過了些年，他在電視上看到去

疤痕廣告，使用前後對比都有真人做模特，心想這回不會假了，這要是假的那電視臺就是騙子，是詐騙團夥，於是又郵購了兩個療程的藥，比以前鎮上買的貴了很多倍　要是沒有效果哪敢賣這麼貴　他這種越貴越心安的心理最終也受到了打擊，除了塗上去皮膚有點發熱沒有產生任何變化，傷疤還是那道傷疤，雪地裡還是那條狗尿線。還有一回他專門到湘西找到傳說中的苗醫弄了些草藥粉，沖水喝沖水塗擦，喝得初月臉上長出紅顆粒大便乾結，但傷疤還是那道傷疤。

他一生都在試圖修補這個遺憾，一直沒有放棄想辦法恢復那片完整的雪地，但始終沒有找到去疤痕的良方，這個心結直到他去世也沒有解開　要是只生一個孩子就好了　這是唯一用不上的解決良方，但也就那麼一說，他也未必真的願意減少一個兒子來換取她身體的完整。

退休幹部沒見過她完美無缺的雪白皮膚，對那道傷疤倒沒什麼特別感受，那些跟他無關的歷史他不多過問，現在和未來才是需要探討的。他的雙手也不那麼熱衷於在她身上探索，好像那些山丘和平原司空見慣，裡面並不會有什麼野兔子跑出來，更不會有別的野獸。他只喜歡搗鼓她那一個地方，好像光那兒就足夠他忙活的了。她和他做那事兒算不上翻江倒海，但不時也有些電流通過，不至於電得昏厥，些許麻酥感倒也能令彼此心滿意足。退休幹部這方面比較節制，推崇養生做法，晚上就只做一次，不管她是不是還在興致中，白天正襟危坐絕不調情，私底下也不說淫話，人生洶湧澎湃到她這兒已只剩涓涓細流，他還將這涓涓細流細水長流，有時候幾乎就看不見水流的痕跡。

早先她以為男人都會像王陽冥那樣總是興致勃勃，到六十歲那東西還是經久耐用，而且也不考慮養生做法把體內那幾毫升東西當作瓊漿玉液精打細算，對於這層風景，他們總是乘興而去盡興而歸想去哪就去哪。好在她不是一個苛求的人，雖說都不如已故丈夫稱她心意，她總能使事情圓潤起來。她只是不時地，或者不合時宜地想起已故丈夫，在床上，在路上，在飯桌上，在一切人間的場所。

她也跟退休幹部說起已故丈夫的好。起先沒想到他會吃一個死人的醋，他吃醋的方式是描述他已故妻子年輕時的光芒替換她的話題，說他年輕時著迷大奶子姑娘，他已故妻子的胸又挺又圓藏都藏不住一下子就吸引了他。她父母都是機關幹部。初月覺察到退休幹部的心態之後，便不再說王陽冥，但不談已故丈夫時她和退休幹部之間的紐帶好像斷了，有什麼障礙物豎在中間。她也明白了，她和退休幹部兩人都是在美滿婚姻中另一半突然離世，所以對現任的狀態很難輕易找到幸福感，不像那些從不幸婚姻中出來的。但也整體過得去，她本來也不是什麼健談的人，見識也不廣，聽退休幹部講這個村的選舉，那個村的修路，哪個環節村幹部貪了，哪個環節包工頭偷了工，也不是毫無興趣，還有一些水利工程，溝渠從誰家屋門口過都要全村開會爭論好久的。他還說了一件詭異的事，有個婦女為了不許別人將死人埋在自己家屋門口，跳進挖好的坑裡說什麼也不起來，男人們則在坑外打架。他說那種墳眼不是隨隨便便能躺的，那婦女沾了晦氣，沒多久就病倒了，很快就死了，就埋在她爭來的那個墳眼裡。

發生在村裡的事初月愛聽，發生在鎮機關的政治鬥爭沾上些桃花色彩的，她也愛聽，哪個領導搞女人搞掉了官，哪個領導搞女人連升幾級，哪個辦公室主任把女祕書的肚子搞大了，擺平了，職位也保住了，全看他們平素裡的為人，是好是歹，有沒有冤家。她發現當女人出現在機關桃色事件中的時候，女人才是次要的，人們忘了女人，只關注那個領導的下場，村裡同樣的情況，結果不一樣，人們只會關注女人，說女人不正經，男人被推到看不見的地方。退休幹部也承認她說的有道理，其實不過是同樣的事情不同的定性。

另外她和他在吃的問題上也有點不合拍。退休幹部不吃雞不吃鴨不吃黃鱔泥鰍腳魚，尤其不能吃辣的，這一點特別不像湖南人。但他遷就她，桌上放杯開水，菜太辣先放裡面打個滾，洗得碗裡浮著紅油，看不見一點清水。關於吃的問題就這麼簡單地解決了。

事實上退休幹部年輕的時候是無辣不歡的，後來體檢身體指標有些偏差，因此戒了一些食物，包括菸酒，什麼偏差，嚴不嚴重危不危險，這些他一概沒跟初月講。等到他們談婚論嫁時，退休幹部那邊出了問題。他的子女反對他再婚娶一個沒文化的村婦。開始他搞不清他們反對他再婚，還是反對他娶一個沒有文化的村婦，最後總算弄清楚子女的意思，他們不反對他同任何女人同居，就是不同意他結婚，甚至連沒人送終，死了沒人埋這樣的威脅都說了出來。

大家猜子女們不想退休幹部結婚，因為結了婚他的房子和財產就會被別人分走，他們堂而皇之的理由是怕他上當受騙，因為用不了多久他們那處片區每個家庭就會按人頭戶口進行拆遷補償，誰能保證哪個沒做過任何貢獻的女人，是不是以婚姻的名義來騙取一大筆錢。

也許是擋不住壓力，也許是自身猶豫，退休幹部搖擺了一段，拖延了考察期，擱下了結婚的事。初月不到鎮裡去，他也不到鄉里來，一時間好像沒這回事了一樣。後來，知情人專門告訴初月，退休幹部有嚴重的心腦血管病，隨時都有可能頭一偏就死了，他的兒子不同意他們結婚，擔心她騙他們的家產。

初月聽了很吃驚。她根本不知道他有什麼家產，她覺得這是她活著受到的最大的侮辱，這侮辱甚至波及到她的已故丈夫。她的丈夫建起了這麼大的房子，家裡有花園有存款，衣食無憂，他就是讓她帶著尊嚴去找另一半，不是去乞食，更不會行騙。她想婚姻在世人眼已經成了道具，如果鎮裡越發達經濟越好，人們對婚姻越不信任，要麼是他們在結婚這件事上本身比較勢利，遇到比自己窮的怕別人騙婚騙錢，遇到比自己富的怕別人說自己騙婚騙錢，要麼是他們自己的心掉進錢眼裡了。她並沒有多生氣，只對著王陽冥的遺像說了一番心裡話，最後她說道

要找個像你這樣的人　哪怕是有七八分接近　恐怕也是不可能了　我懶得費那心思了

說完好像聽到王陽冥反對，又與他爭執了幾句

你也別逼我　我真的不想找了　本來以為是件簡單的事　沒想到比年輕時找對象複雜困難得多　我一點都不知道外面那些人心裡想什麼　為什麼要那麼想　我幹麼要花那精力去知道那些與我無關的東西

有一天上午她沒打電話直接到了鎮裡，在公園的小湖邊找到退休幹部。她知道他總在這裡釣魚，此前她覺得他釣魚時顯得很有文化，她挺喜歡他和水那麼近距離的對望的感覺，這次卻發現他的樣子越釣越透著暮氣。她想他坐在那裡已經開始腐朽了，她甚至聽到了他骨骼腐爛的聲音。她想告訴他這種感覺，想說他老得很快，又覺得沒有必要，她不是來要他年輕的，他是個有文化的退休幹部，不需要一個鄉村婦女教他怎麼過日子，他的兒女們大約也是這類想法。

她看了眼裝著清水的空魚桶，另一個小桶裡裝著蚯蚓和蛆，他就坐在誘餌和清水空桶中間和她說話。他們的眼睛都看著水中隨波紋起伏的浮標，好像它一直在行走，走了很久卻還在原地，有點像她和他的感情。她是這時才意識到的，她和他其實只停留在皮

膚上，從來沒有、永遠也不會扎入血液中

年輕時結婚要父母點頭　老了結婚又要子女允許　活著都不容易　我很慶幸我的孩子們支持我　巴不得我能找到幸福　不怕我上當受騙　一號大米養出百號人　我特別理解別人有不同的想法　我男人給我留下的錢　我這輩子怎麼都花不完　我打算捐出一些給村裡維修寺廟　保佑我們那塊世代都有好風水

她對退休幹部說了這番話，就這樣與退休幹部斷了往來。過了幾個月，她聽到消息，退休幹部在買菜的路上跌了一跤，死了，腦溢血。再往後她也沒再遇到什麼可以談婚論嫁的人，她並不遺憾。

清明節兒子們回來給父親掃墓。他們已經把墓修得漂漂亮亮，刻了墓碑雕了石獅，墳上種了開紫花的地草，到春天就像蓋了一場花毯。周邊的紅玫瑰是初月種的。一路上撒了菊花種子，年年發芽開花夾道歡迎，別的掃墓的也沾了光。她經常散步，到墓地這兒才折返回家。

她做了一桌飯，已經學會了紅燒肉，兒子們的父親沒吃到紅燒肉，父親的兒子們吃到了，做父親的肯定也會心滿意足。她也慢慢適應了飯桌上沒有丈夫的說說笑笑。她的兒子們繼承了父親的輕鬆幽默，一家人吃飯聊天笑聲不斷。他們說著社會上的事情，忽然話鋒一轉，談到母親找老伴的問題上來。

他們原本是希望母親能夠自己遇到意中人，但幾年過去了還沒有結果，他們挺著急的，他們都相中了一個和她年紀不相上下的四川男人，做人誠懇做事勤勞，在城裡有份工作——工不工作是次要的，只要他能讓母親快樂——四川男人二〇〇八年地震失去了家庭，孤身一人離開家鄉，一直在外面謀生，再也沒有回到那個悲傷之地的想法。他們認識他有兩年了，算知根知底，認為他和她母親會相處得很好。

初月想也沒想就搖了頭　你爹臨死前也是要我再找一個　怕我一個人孤單　我找了一圈誰都沒有你爹好　你們也別張羅這個了　我就一個人到處走走看看　養養花草挺好的　你們要是願意我幫你們帶娃　就放這裡給我帶　我也不去跟你們住　住久了就會有矛盾　我就待家裡　哪裡都不如家裡舒服　你們有空回來看看　記得你爹的生日忌日　我給你們做點好吃的　這樣的日子過下去我很知足　像你們說的再找個人　伴是有伴了　麻煩也增加了　不是所有的子女都像你們這樣通情達理　干涉起來比父母包辦婚姻還要厲害　老了沒有獨立能力一樣要受委屈　被子女威脅說臨死不給你送終　讓你死了沒人埋　連這種話都說得出來簡直是不知道他們自己是怎麼長大的　教育出這樣的子女也是爹媽的責任　看看你們　就知道你爹有多好了　善待別人　這是你爹說得最多的一句話　你們都在做　你們也會教你們的子女這麼做　王家一代一代都是頂呱呱的好人　不因為別人壞自己也壞　不因為別人狡猾自

己也狡猾　不因為別人掉錢眼裡自己也掉錢眼裡　這個世界不可能完全被野草覆蓋　咱們家就是要開出不一樣的花　莫丟了本分　我養花草這麼多年　我就是曉得　愛花的人比愛草的人多得多

兒子兒媳們都表示母親說得對，他們認為母親雖然只讀了初中，但比那些受過高等教育的都知情達理，城裡人鑽錢眼比鄉下人要鑽得深得多。他們絕對不會忘記父親和母親身上的美德，因為那些東西已經在血液裡遺傳下來了。他們說了些城裡的事情，那些悲劇都與金錢有關，而且可以避免。她便給他們講了退休幹部的故事，兒子們聽了一聲嘆息，希望母親無論如何還是找一個伴，不然他們在外面不放心，那個四川男人真的很好，個子也不高不矮，不胖不瘦，不抽菸，偶爾喝點小酒，他們和他很聊得來。

她是執拗不過，敷衍性地答應哪天見見，沒幾天兒子就真的開車來接她進城了。她完全沒想到那是個看起來舒舒服服的男人，像村幹部那樣有知識，穿的也是乾淨利索。

第二次見面是四川男人主動約的。他搭巴士到鎮裡，他們找個小館子吃了頓飯，然後去看了一場老生戲，一切就那麼自然而然地發生了。然後她感覺他比看起來的舒服還要舒服，某種程度上像她已故丈夫一樣，能將時間磨得粉碎，絕不會有一粒沙子摻雜其中，讓石磨嘎嘎作響。

他們關係比較親密了的時候，他談到他熱愛土地，他想創業，他說現在那麼多人都拋棄農田到城裡謀生，如果租些荒田來挖掘發展養殖，經濟前景更好。他在城裡工作這些年一直在想這個事情，他積累了銷售管道，摸清了一些門路，也自學了一些養殖技術。他願意回村裡和她一起去做這件大事，當然是一起生活。在城裡的漂泊多年，他始終沒有歸宿感，他想念泥土的氣息，他厭惡鋼筋水泥和嘈雜混亂，鄉村的秩序，夏夜的蛙鳴，野花的開放，莊稼的生長，這些都是他腦子裡日思夜想的。他的故鄉很美，但他再也不想在那兒生活。那一年地球的震動使他內心恐懼，他無法再在那兒生活。他們那兒有很多人出來了，也有很多人還留在那兒，他希望老天眷顧那些留下來的，也保佑出來謀生的。

她聽了眼淚都下來了。就算她再怎麼不關心外面的事情，那次地震她是知道的。事實上她在家裡也有震感，有些鄰居的老房子都開了裂。她通過電視了解很多悲慘的家庭，王陽冥第一次捐了兩千塊，後來又捐了三千。現在她遇到了一個倖存者，也就真正和大地震發生了關聯。她憐憫他，也是發自內心地喜歡他。她同樣喜歡他的養殖計畫，這幾乎也是王陽冥生前想過的生財之道，沒有實施，因為他已經六十歲難以勝任。

初月和四川男人註冊結婚後在村裡擺了幾桌酒。廚是四川男人辦的，他的川菜大受歡迎，初月也做了紅燒肉，好吃得他們呱呱直叫。那天村裡好多男人喝醉了，好多女人也喝醉了，好像是他們結婚似的，快樂得要命。二婚在鄉下熱鬧成這樣十分罕見，通常是悄沒聲息地領了證家裡人擺一桌吃一頓好的完事，可這兩個加起來一百歲的新婚老男女偏偏大張旗鼓，這裡頭也有初月兒子們的功勞，他們就是要這樣熱熱鬧鬧地嫁掉母親，就是要做一個樣給大家看。

孤單的老年人不是帶帶孫子生活就美好了的 他們一樣需要溫暖 需要愛情 他們一樣也需要大家的祝福

兒子發表講話時獲得了熱烈的掌聲。他還摘了一朵玫瑰讓四川男人送給他的新妻子。

酒席中掀起了一個小高潮。人們還鬧起了洞房，要他們倆當眾親了個嘴。

四川男人幸福得兩眼淚花 真的沒想到我馮明德還會有今天這樣的好日子 對我來說這是一次新的生命 我特別要感謝初月 她是世界上最好的女人 我一定會好好待她 感謝王木王土 成為你們的爹是我的福分 感謝各位親朋好友的相信與厚愛 今天還請大家多多關照

四川男人笑著抹了幾回眼睛。

有幾個女人聽哭了，笑著擦眼睛。關於退休幹部的事，嘴上刻薄的人說，幸好初月沒嫁給他，不然現在又成了寡婦，就算不成寡婦，也不知道要被他那頭的親戚怎麼作踐。初月有上天垂顧絕不會那麼倒楣。四川男人比退休幹部年輕能幹，還能發展一番事業，帶動鄉鄰共同發展，人良善純樸，腦子還好用。退休幹部就算活得長一些，整天什麼也不做，一根釣竿垂在水裡，哪個女人跟他都會悶個半死。他那種男人就該找個愛釣魚的女人，兩人都在湖邊看著浮標，像兩尊雕塑那才是真正的一對。

最後也有人想到王陽冥，一個男人完完全全地替代了他，不知道這種結局是不是他真的想看到的呢？

四川好人知道怎麼做人，酒席開始前，先去王陽冥的墓地擺了酒肉香燭，在墓前放了幾桶煙花和萬字頭鞭炮驚天動地不怕他聽不見。觀賞煙花的笑著說，王陽冥要是突然從墓地裡爬出來，兩人是會成為兄弟還是情敵，是喝著酒歡快聊天，還是掄起拳頭開戰。無論哪種情景都是大家喜聞樂見的，初月這樣的女人值得有一場這樣的打鬥，打完架不論勝負兩個戰士最終會成為兄弟，這也是人們期待的。

不久兩臺挖掘機開進了村裡。荒田變成池塘，投入王八和小龍蝦。蛙是主打養殖。田裡挖出溝壑便於灌溉，四面圍網預防逃跑和外敵侵害。那些白色的紗網，遠遠看去就像田野上瀰漫著淡淡氤氳。四川好人早在北京簋街吃過饞嘴蛙之後就有了養蛙的想法，理想與現實之間只有五年的距離，理想變成現實又用了三年。王村變成了全市著名的養殖村。人們開始講究吃蛙要吃王村的，王八要吃王村的，小龍蝦要吃王村的，不幾年便暢銷到了全國各地。因為四川好人不靠含有激素的飼料養殖催長，讓牠們按照自然規律生長，別人三個月可以長熟食用，他養的需要八個月到一年，他稱牠們不過是被圈起來的野生動物。

鄉政府一連給了王村三個榮譽：著名的王八村、著名的蛙村、著名的小龍蝦村，市政府給了鄉政府三個表揚：著名的蛙之鄉、王八之鄉、小龍蝦之鄉。雖說大家對 王八村 王八之鄉 的說法心裡有點彆扭，但面對紅豔豔的榮譽證書，還是感覺到某種貨真價實的驕傲。

四川好人另憑一套獨特的烹飪技術掌廚，夫妻倆在荷花開放的家門口搭了一片敞篷大排檔，從各自的名字中摘出一個字，合成 明月農家樂 從塘裡撈活的現宰現做，感興趣的人可以自己動手抓撈體驗生活，口味還分川味湘味粵味，來者可以隨便要求，冬天製作煙燻乾蛙、臘魚，味道又不相同。很多人慕名開車下來吃，吃完還買活的乾的回去送人，口耳相傳。食客中也有人認得風水先生王陽冥，知道這裡原來是他的地盤後，更加確信他真的會看風水，他把自己的房子建在一片好地上，自己走了還會有這樣放得心的接班人。不排除有些來沾靈氣的，邊吃著美食，邊考察建築用地的講究，暗自偷師。

四川好人的養殖和餐館生意就這樣做起來了。他們賺了錢撤了敞篷，新建了一棟兩層樓房專做餐館，裝飾一新，每張桌子上都有一個白花瓶插著紅玫瑰。餐館仍然掛牌 明

月農家樂　開張那天放了一上午的鞭炮，外面花籃擺了一長溜，鄉鄰們又大吃大喝了一頓，醉得倒在樹底下。四川男人這時已經學會了當地話，和村裡人已經相互熟稔，還會用方言裡一語雙關的諧音開帶顏色的當地玩笑。他們則學他的四川口音　啥子　錘子　郎個巴適　後來總會有幾個男的在水塘邊抽著菸同他講半生不熟的四川話，他們的聊天和起伏不斷的蛙鳴聲混雜一起，隨風飄進初月的耳朵，她從那一堆嘈雜中總能準確地找出丈夫的聲音，這時她的臉上便會浮起某種情不自禁的東西。

他們的餐館擴張後廚師和服務員都不需要外招，閻鷹當廚師兼加盟入股，初雲也過來抹桌子洗碗兼掌瓢，一家人把個大餐館玩得順溜靈活。

這是二〇一八年的事。這時候閻真清早已經廢了。

16

不管別人怎麼描述閻真清一個人在村裡的霉樣，初雲都沒有辭工回家，她認為他是個手腳健全的男人，他有能力讓自己不發霉，過去他闔雞回來將錢如數交給他母親，在那邊聊得人困馬乏時才記得回到她這邊來的那種傲慢，他倒是可以重新發揮發揮的。她人越老，過去受過的委屈也越加清晰，她性子是慢，但也不至於慢到死了以後才意識到自己是被丈夫和婆婆輕視欺壓的，不至於慢到她還要等十年二十年才能長舒這口氣。她隱忍了好多年，因為她被孩子囚禁無處可去，並沒有一條出路留給她們這些生育著的鄉村婦女。有人就是吃準了女人捨不得扔下孩子的天性，將孩子視為婚姻的人質，女人你盡可離開，但必須留下孩子。從小腳奶奶的舊社會到改革開放後的青春年代，她們仍在面對同樣的問題。

她是個慢性子是因為她只能慢，她只能忍耐並相信總有一天會獲解放，如果她急切激烈，她一定死過很多回了。她不是沒感嘆過自己生得不是時候，起碼生在初雪初玉的一九七〇年代，境況就大不相同。不是她倆腦子真的比別人聰明，不是她倆天生運氣好，而是時代給她們打開更多門窗，鋪了更多道路。她那時候離婚是社會道德不允許的，她有了肚子過門這事也沒少被人指背。那時外面的境況比村裡好不了多少，沒有工作機會，不時興進城謀生。條件好的女人守著家裡的縫紉機踩得嘩啦啦響，窮婦女每天蓬頭垢面田裡園裡灶房車軲轆轉，所有人生活在一個罩子裡，所有愉快的不愉快的一切攪拌成日出日落。

回憶過去她總有窒息感，解脫了和老去了雙重感覺偶爾讓她不知所措。如果有個什麼許願魔盒，她會希望有機會做一次活在現代的姑娘春風滿面，誰也阻擋不了她的腳步除了她自己。首先是有一間自己的房間，不和臭烘烘的妹妹們擠在一起，還有獨立的衣櫃和門窗，以便她胡思亂想時不被打擾，對著鏡子搔首弄姿時不被發現和嘲笑，不用躲到被子裡換衣服免得來寶看見大喊她那裡長了黑毛，胸罩也不會被他戴在頭上當飛行員——她要那樣一個私人空間，她甚至可以在那個房間裡約會，關起門來誰也不知道他們在幹什麼。

她想到與閻真清最早的那次見面，完全沒有一刻單獨相處的機會，要麼就是被弟弟妹妹們圍著，一旦發現只剩他倆在一起，奶奶和母親有意識的走動像巡邏似的，帶著警覺的眼神與 我知道你們想幹什麼你們休想得逞 的嚴厲。奶奶還不時清一下嗓子敲敲警鐘，只差沒像打更的人叫喊 平安無事嘍 母親神出鬼沒，一會從前窗閃過，一會兒在後門轟雞。她和閻真清都沒說幾句話，所以婚前她和他並沒有真正的機會談情說愛，要是他們有充足的時間說話了解，她一定能知道他被寵溺後的無能懶惰。

現在她也到了母親當年的年紀，可她也沒有機會和母親談心。母親痴呆一年比一年嚴重，對一切不點頭不反對。王陽冥患病時初月照顧不來兩個病人，商量一致後選擇將母親送回老屋雇人護理，誰有空就去看望和短暫陪伴。起初人們看到來得最多的是初雲，每次來都給母親抹澡梳頭洗衣服，裡裡外外收拾妥當，推著輪椅在路上散步，或者在老槐樹下乘涼。有一回她看到母親好像認出她了，她對母親說她準備離婚自己過，她的婚姻和感情早就死了，也許從來就沒活過——如果不是簡單的把兩個人睡在一起生孩子過日子看作婚姻的話。

母親碰巧點了點頭。

她又說以前有過一次離婚的想法但是並不堅決，她還去了北京想做輸卵管複通術，想跟另一個對自己好的男人結婚生子，幸好沒做這件跳出火坑又進狼窩的蠢事。這次她想離婚不為任何人就是想單過，她打算等家裡這些事情都平靜後再和閻真清談，這也不能怪王陽冥的絕症得的不是時候，她想就當是天意讓她對這一重大決策再好好考慮。

母親一直在點頭。她在獨自玩一種點頭遊戲。

王陽冥化療時閻真清去醫院看過他一次，客客氣氣沒說兩句話，差不多是將兩千塊錢塞進枕頭下就走了。他第一次在錢上面這麼大方，這筆錢與初雲無關，是他自己冒著生命危險掙的。王陽冥身體一敗，閻真清對他忽然芥蒂全消，過去無形的嫉妒和抱怨走向了截然不同的反面，病床上那個脆弱變樣的人，激起了他某種強烈的同情心與責任感，他確定是自己伸手幫這位姻親兄弟的時候了。

過去因為自卑嫉妒和其他複雜莫名的東西，他對整個初家親戚都保持若即若離的態度，他們似乎也沒把他當回事，背底裡還叫過他閹雞佬。他們不知道他除了閹雞還會一門樂器，他會拉二胡　二泉映月　空山鳥語　聽松　良宵　這些名曲他都能隨手就拉。他十根手指那麼長弄什麼什麼靈。婚後他給初雲展示過他拉二胡的本事，初雲不喜歡那種悲悲戚戚的調子哭喪似的掃興。他跟她說這些曲子的意思，教她欣賞，說它們怎麼動人。她說動不動人跟她沒有關係，她一個人要種田要栽菜沒有閒心顧不上欣賞。他就說你栽你的菜，我在旁邊拉給你聽。

他真這麼做了，從門窗裡能看見他坐在凳子上拉得搖頭擺尾。初雲在菜園裡低頭鬆土。挖著挖著節奏快了起來像是被二胡催的，緊接著只聽見哐當一聲鋤頭便飛到了窗戶邊。她就是不喜歡聽二胡，尤其是在她勞動時，聽到他拉出那悲悲戚戚的曲調就想哭。後來連他獨自拉著解悶也不行，她聽到二胡響就發瘋，不說話光拿頭往牆上磕。他不知道她為什麼這麼聽不得二胡，如果說是他拉得太好了，她被音樂擊中，那應該是一種享受，如果是享受就不該拿頭磕牆，有時還會在地上打滾，外人看不到二胡對她的作用。再後來老鼠咬斷了琴弦他再也沒去修好，因為他知道修好了那隻大老鼠還會再咬，某一天會連琴都會啃個稀巴爛。

於是他將琴身收好藏起來，沒再動它。但這樣也不行。他拉的那些旋律刻在她的腦海裡了。當她幹活看見他穿著鞋襪打把陽傘在田埂來回走動和他母親聊天，〈二泉映月〉的旋律起作用了，她彎腰插秧的身體顫抖著，一直顫抖到田盡頭都沒有直腰。當她從田裡將稻穀挑回地坪，看見他半躺在涼椅上搖著蒲扇喊她喝杯冷茶，二胡的曲調又纏住了她，她站在樹下望著遠方望了半晌才挑起空筐返回田裡。有時她也無端打兒子屁股，打完又緊緊地抱著他。二胡也深入她的夢境，黑夜裡她在他的腳那頭抽搐，有幾回他踹醒了她。除了踹幾腳，他們之間沒什麼可說的。他感覺很難從她豎起的銅壁上鑿出孔來。人們只知道她是個慢性子，沒有人見過她發脾氣。平常裡她幹這幹那為人處事人們對她印象很好，說她壯如牛馬只知道埋頭苦幹。他也沒聽出這裡面有什麼壞的意思。他只有手指尖敏感，可他不能靠手指尖去了解人心，除了夜晚在她身上並不流暢地彈幾下貌似掌握了她，但一到白天又煙消雲散。這方面他沒有從母親那裡得到任何教育。他母親去世時初雲眼圈都沒紅一下。有人說她的神情跟吳愛香當年婆婆死了一模一樣，只是吳愛香不但紅了眼圈，在入棺出殯時都哭過幾聲響的，剩下的那幾分輕鬆悠閒都是相似的。

人們普遍認為，初雲當家作主了，就會打算好好調教這個長腰子丈夫的懶惰，精神上斷奶，會先給他一點苦頭吃。人們看到初雲趕他下田，他在田裡像頭新下地的耕牛弄得一塌糊塗滿身爛泥，挑著半擔東西搖搖晃晃摔進水溝裡，拖拌穀機他這邊不得力拖得拌穀機直轉圈。他捆的草一拎就散。他最擅長坐在田埂上休息喊累，喝水憩涼，看著自己被勞作改變了顏色的手指。她自然記得當年十根手指頭的粉紅，現在已經毫無好感，這十根粉紅的手指頭沒給她的生活創造任何價值。別人看他幹活笑得要死，都叫他上田別幹了，初雲翻起工來更累。他始終一樣也沒學好，初雲便轟他上田，再也沒指望過他。閻真清也就安安心心地掠開鬍子喝稀飯，過了一陣頭髮梳得像嫖客一樣的日子。但家境一天不如一天，形象也漸漸邋遢起來，最終成為一個死無寸用的老傢伙。

前面說的這些都不是初雲真正記恨的。生完第二胎結紮時他沒有陪著去醫院。她躺在病床上喝口水都難，又不敢指使婆婆，婆婆也沒想到給她水喝，她只管盯著醫院的帳單算帳，口算心算筆算，算了一道又一道，總覺得醫院多收了幾塊錢。直到護士進來見她嘴唇乾裂，提醒家屬讓病人喝點水，她才叮叮噹噹地照辦。醫生說結紮是小手術沒什麼問題，回去休息幾天就正常了。醫生的話婆婆就聽進了這一句，回家告訴閻真清就這麼回事。過了幾天地裡有活要幹了，初雲起不來，閻真清就拿閹豬打比方，認為人就是太嬌氣，掀開蓋在她身上的床單，如果不是娃娃哭幾乎要拉她下床。他同時聞到傷口化膿的異味。初雲知道婆婆不會喜歡任何一個睡在他兒子身邊的女人，聽話的兒子想必受了她不少唆使。

看到女人肚子上那道長長的傷口，他吃了一驚，因為這超出了他的想像，不像他母親說的那麼輕巧，但也不像妻子表現的那麼嚴重

你再這麼躺下去稻穀都要在田裡發芽了　起來活動活動　傷口捂著好得慢　你娘家人也不來看你　真的是嫁出門的女潑出去水

他這麼說完第二天初玉就來了，好像隔著幾個村聽到了似的，當時初雲正敞著肚皮娃娃躺在腋下吃奶。初玉小小年紀便露出憤怒的神色。打那以後她很少去初雲家，她以為他們家就是那種傷口發膿的氣味。她向奶奶描述她所看到的，說初雲病得很厲害肚子都爛了，他們卻不送她去醫院，她會死在他們家。戚念慈安慰初玉　她生是閻家的人　死是閻家的鬼　不是誰逼她嫁過去的　他們不會讓她死的　他們還指靠她播種收穀呢　事情果然也是那樣，初雲活得好好的，一年年將地裡的穀子挑回家裡。她也很少回娘家，其實回不回去都不是那麼回事了，就像胎兒臍帶一斷再也回不去子宮。

慢吞吞走在人行道上，閻真清腦子裡想著王陽冥那副死樣，臉上的肉像是忽然間被剔掉了，顴骨眉骨突出來，像一塊布搭著桌面現出杯盞的形狀。他想他們做了這麼多年

的姻親兄弟，卻沒有好好兒喝過一頓酒，說上幾句敞亮話。他最初是看不起這個抹屍的黑臉傢伙那沒錯，黑臉傢伙也沒有多主動，他摘了鮮花後也只向戚念慈獻殷勤，三妹夫戴新月和鄉里親戚保持不鹹不淡的交往，甚至多半由初冰全權代表他都懶得露面。

閻真清想到王陽冥馬上就要死了，他灰暗的人生觀又黑了一層。

像車刮到路邊的樹枝，他的肩膀被人絆了一下又彈回去，他仍然機械地走著，腦子裡想自己的問題。他想再去哪裡弄點錢來。人們看到一個高個子鄉下老漢埋頭走在盲人道上，像個瞎子過馬路連紅綠燈也不看，像受了什麼打擊，或者餓得抬不起腳。他不覺走到了他之前活動的一帶，他在這一帶撈了幾筆錢，數目不大但足夠他花幾年的，他只遇到過一個車主下車來打了他一頓。他後來才知道人們把他這種行為稱作 碰瓷 並且有團夥專門幹這件事，三五個人一夥，一個人去碰車，其他幾個人假裝路人過來幫忙或者假裝親戚開口要價，為此還專門把小腳趾弄骨折。他也想過拿釘錘砸傷哪根骨頭好找那倒楣的車主敲一筆大的，又天生怕疼，連刺扎一下都疼得罵娘，也擔心真把自己砸癱了。

他視力也越來越差。街上所有的招牌都是一片模糊，要湊近去才能看得清楚。有一陣他什麼也沒想，腦子裡只有風呼呼地刮，塵灰和樹葉打著漩渦。他聽到兩個路人談論天氣，一個說天氣預報報導明天氣溫會下降到零下七度，先是凍雨，然後會有大雪，另一個說是的這會兒已經在變天了。

經過一根電線杆時，他突然感到一陣寒冷，他的身體捕捉到了降溫的劃痕，從頭上罩下來一直刮到腳底下。

自從改革的春風溫暖大地，大地就沒冷過，好多年都沒有零下的氣溫，那些多如春筍一年到頭冒煙的工廠把天空燒燙了，把大地燒暖了，把環境燒熱了。從蘭溪鎮往市里那條幾公里長的米廠天天在造米。那一帶的天空天天降灰雪，路面從沒乾淨過。他在想天象異常，為什麼忽然有這麼低的溫度，會有什麼大事發生。一年四季他最怕過冬。雖說家裡有了電暖器，浴室裡安裝了浴霸，但總覺得冬天那種空空蕩蕩的陰冷是沒法消除的，要是有一絲刺骨的北風從哪裡鑽進來，感覺更加淒涼。

過年那幾天家裡人都回來了，大人小孩滿滿一圓桌，吃吃喝喝，吃完了大人上牌桌，小孩玩手機打遊戲，沒一個坐下來跟他玩會說會話的。有一回剛過完年，不知怎麼開始的，初雲還合著兒女們算起他的舊帳來，他們結婚後發生的那些大小事情初雲都跟閻燕講了。有些他都不記得或者他認為不算個事，閻燕居然威脅他，如果他再不對她媽好一點，她也會對他不客氣——這哪像一個女兒該對父親說的呢。他們那一代人的生活都是那樣子過來，他不覺得他怎麼就虧待她母親了，那時候都窮都苦沒錢看病抓藥，得個病就自己熬著，她母親傷口發炎不就是在家裡用井水洗好的嘛。兒子閻鷹雖沒說閻燕

那樣的狠話，態度也是明顯偏向他母親

我媽過去勞累透支損傷筋骨　現在年紀大了這裡疼那裡瘦　她應該是我們家裡的重點保護物件　我的態度是不管我媽做什麼　我都支持

他們就這樣給他劃了一條界線，劃出了陣營，讓他一個人孤兵寡將，平時很少跟他聯繫，也不問他過得怎麼樣，有沒有錢用。他們認為在鄉下沒什麼開銷，抽菸喝酒都是慢性自殺，他們建議他都戒了，要剝奪他活著的最後一點享受。他可不會什麼都聽，頂多不指望他們菸酒孝順，這點生活能力他還是有，他只要上一趟街，碰上那麼個不好好開車的倒楣蛋，就夠他享用一陣的了。誰也不知道他在幹這種新興職業，以為他的好菸好酒都是託兒女的福。他私下認為他是這新職業的創始人。他這輩子內心的祕密很多，洩露的少，村裡人不了解他，妻子兒女也有隔閡，也許他死去的母親才是他的知己。他想念母親，在陰冷的冬天尤其想念。想起母親對他的寵愛，每天睡覺前給他烤熱潮冷的被子，他起床時給他準備烤暖了的衣服，棉鞋裡也熱乎乎的，她總是在給他烤東西，將他裹在溫暖的春天裡，他的手腳從不會像別的孩子那樣長凍瘡。他想母親要是還在，屋子裡一定熱熱和和飯菜都眉開眼笑。

他知道閻燕家離這兒不遠，他沒想過要上門，她說過的狠話還在他腦海裡迴旋。他也不想去兒子家，他知道那不是他們期待的驚喜。他倒想去看看妻子，卻又不知道她在哪裡。這樣一來他在街上行走徹底沒有目的。天氣好像又冷了點，他感覺衣服薄了一層。這時候他倒是希望躺在病床上的是自己，被所有平時見不著的人圍著，他們百依百順，俯下身問你想吃什麼，摸摸你額頭有沒有發燒，將替你掖被子，泡牛奶，像照看嬰兒般照顧著你。在醫院看到王陽冥享受這樣的待遇時，他的心又被嫉妒咬了一口，連兒媳婦都坐在一邊替他搓手活血，給他被吊針戳得發青的手背按摩消腫。初月跑上跑下進進出出，兒子坐著一邊跟他說話。他從來沒想到父子之間可以像兄弟那樣說說笑笑，用那樣的語氣和腔調。他從這兒看到了他和兒子之間的距離，而且他知道這距離已經凝固，他有生之年都不可能化開。溫馨的場景刺痛了他，這也是他匆匆塞下兩千塊錢掉頭就走的原因。

王陽冥的妻子送他出來，安慰他要他隨緣，一起過了這幾十年，兩個人離不離婚都是一樣的，也都盡到了婚姻的責任，初雲想怎麼做就隨她去，老夫老妻兒孫滿堂了也不必在乎那一張紙。他這才知道初雲打算和他離婚，初月知道了，也許還有些人知道了，他卻剛剛聽說。他沒有吃驚，或者說沒有在初月面前表露情緒　沒有什麼比生離死別更讓人傷心的了　活人的吵吵鬧鬧都不值一提

他按下這個突如其來的消息不表，想著怎麼安慰初月。他腦子裡晃過一些說詞，比如說做寡婦沒什麼大不了，你奶奶你母親不都做了幾十年寡婦嗎。這樣舉例顯然不太合

適，比如說節哀順變，可王陽冥現在還沒有死；比如說要相信現代醫學技術發達，保持樂觀心態，那也是站著說話不腰疼，這種時候誰樂觀得起來；比如說既然得了這樣的病，你自己要看開點，照顧好自己，這樣似乎也很不近人情，所以最終他什麼話也說不出來。

後來滿腦子就是初雲為什麼要和自己離婚的猜疑，還差點踩空一級樓梯滾下去　我既沒干涉她的工作　也沒找她要錢　她十天半月回一趟或一年回一趟　我都隨她的便　要不是她在外面找了小老頭　她為什麼想離婚　腦仁都想疼了，但在王陽冥得了死病這件事情上找慰藉　比起躺在床上等死　離個婚算幸運的　要是問王陽冥在離婚和得死病之間他寧願選哪個　答案是離婚錯不了　他心情稍微好了一點，胡亂走過幾條街道，冷空氣讓他感覺貼著卵蛋的底褲都冰涼的，腦子忽然清醒起來，對自己提出了反駁意見　我幹麼把這兩件壞事都攬在自己身上呢　病是王陽冥的　離婚是我的　我得集中精力好好想想這件事

冷使他無法思考，一會兒將領子豎起來，一會兒將內衣塞褲腰裡去，一會兒雙手抱緊自己像個地道的流浪漢，以一覺醒來發現社會發展成這樣的臉色看著寒風刮來刮去。一想到同樣的寒風也在他家周圍來回舔刮，鑽進那個沒有人氣，沒有女人收拾打理的清冷房間，回家的想法就被冷縮了。

他漫無目的地走著，眼睛看著腦子裡的圖景，過去幾十年的生活放電影一樣。走著

走著他就下了人行道，走著走著他就走到馬路中間，走著走著就聽到怪叫的剎車聲，人們的尖叫聲，除了天空他什麼也沒看到，直到一些面孔浮在空中。

他有一陣短暫的失憶，被刺痛扎醒時，發現自己又回到了醫院，幾小時前他幻想羨慕的那一幕變成了現實。

他躺在病床上，他的妻子和兒女們圍著他，眼睛都像哭過。他覺得渾身疼。他看到自己的一條腿被紗布裹得像一截樹樁擱在那裡。他們倒水、削水果、喊醫生。他想坐起來身體像黏在床板上，想說話嘴巴好像被封上了，整個人只有眼珠子能動。但這已經足夠他表達感情了。他先是看著初雲，她抹了抹眼淚，他沒找到她想離婚的蛛絲馬跡，但這樣一來她更有理由和一個殘廢離婚了。他在街上亂轉時設想過種種離婚的限制，比如要她補償幾十萬，比如她淨身出戶一片瓦都不能帶走，比如死了都不能埋回來占家裡的地，只能去火葬場燒了裝在盒子裡，放哪裡他不管反正他家容不下。但現在他改變了主意

我會立刻同意的　一點也不會為難她　他眼睛濕漉漉的，眼珠子轉到另一邊時眼淚滾出眼角。

閻真清沒能參加王陽冥的葬禮，後者在他入院一個月後死了，他在醫院裡手腳還不

能動。他聽說喪事辦得相當隆重，王陽冥的一些老客戶聽到消息都趕了過來。戲班子唱了幾天幾夜的戲，一次讓他聽了個飽，鄉親們也十分盡興。熱鬧幾天之後埋在他生前看好的地方，入土時初月悲傷昏厥，連假髮都掉落在地。但人們沒有覺得好笑，有人撿起來幫她重新戴上。消失了很久的初來寶也出現在葬禮上，盡香燭先生的職責。

人們看見來寶老了，才四十歲的人像個半老頭，臉上有幾道很深的積著泥塵的溝壑。沒有人知道他住在哪裡，怎麼過的。完後他也沒回家，因為他聽到別的地方又響起了銃炮聲。人一埋掉，人們才覺得王陽冥真的走了，整個村裡都冷冷清清的。抬喪的金剛師說，王陽冥病得剩下一把骨頭，恐怕只有四五十斤。

來年春天，初月花園裡的紅色馬蒂蓮開出了兩朵白花

他回來了　她對鄉鄰們說

這花開得奇怪，人們沒找到比初月更合理的解釋。

閻真清是春天出院的。可惜撞他的只是一輛桑塔納，肇事者賣了車湊了二十萬賠償。初雲不忍相逼迫，畢竟這事說起來還是閻真清的責任，車主屬於倒楣不幸。她聽到有人說她丈夫屬於故意　碰瓷　而且不是第一次這麼做。她認為那是車主想減少賠償製造的謠言。從監控視頻裡她看到丈夫並沒有避讓車輛，司機那一秒的視線正好落在旁邊姑娘的身上。她不相信　碰瓷　的說法，也沒法解釋丈夫那種不正常的表現，他像夢遊似的

彷彿什麼也看不見，什麼也聽不到，說得真實一點，就像是要尋死的人。

交警調查時問她丈夫這些天經歷了什麼事情，平時腦子好不好使，出車禍前他做了些什麼。他們的語氣表明存在疑問。他們還調出幾個案例，她的丈夫出現在幾起不太嚴重的交通事故中，車主懷疑他故意肇事，也就是後來社會上統稱的　碰瓷　她告訴他們，她丈夫沒什麼問題，一個鄉下老頭進城，車來車往難免會磕到碰到，要是在鄉下他們閉著眼睛走路都不會出事，問題在於城裡的車太多了，開車的又忙又急精力還不集中

要是那司機不和車裡的姑娘調笑，不刹野眼[34]，我男人現在也不會躺在醫院裡　是癱瘓還是半身不遂現在還搞不清　你們哪一個會拿命來碰瓷

初雲嘴上這麼對付交警，心裡卻別有琢磨，王陽冥住院他悶聲不響給了兩千，錢是哪裡來的，這些年她給他的生活費有限，不可能有什麼結餘。她也沒問過他的好菸好酒是哪裡來的。她奇怪他後來也不問她要錢，村裡總有些紅白喜事要拿錢上人情簿的，這家幾百那家幾百，一年下來要做掉好幾千，他說都是借的，後來她把錢給他讓他還債。

34 刹野眼：指注意力不集中眼睛偷看別的地方。

她私下問了一些鄉鄰，她丈夫是不是找他們借過錢，他們都說沒有。

後來碰瓷的事也傳到了村裡，人們對有些事情恍然大悟，終於搞清楚了他那些好菸好酒的來歷，原來是做了那樣的職業。也有人反駁說哪有拿命碰瓷的，那的的確確是一件交通事故。閻真清與鄰里間不太和睦，對一個不喜歡的人都會選擇性地相信他不好的一面。這事情告一段落，他再也不會給員警惹麻煩，之前管他什麼情況，都無關緊要了。

治療用完了賠償費，如果不是初家人恪守團結互愛的家法，恐怕他下半生只能癱瘓在床。住院後期他花了王陽冥不少錢，出院後他第一時間到王陽冥的墳地去看他。他的腿已經不聽使喚，整個下半身像截死樹，是坐在輪椅上由初雲推著去的。

她頭一回見他哭。他的悲傷遠遠超出了他對王陽冥的感情。或許是為自己的處境，或許是對生命某種總結性的哭。她沒有打斷他。短時間內家裡發生這麼多重大變故，她自己也覺得不勝唏噓，只是練習過多次悲傷之後，她的心磨出了繭，不再敏感易碎，不再悲形於色。

離婚協議都寫好了吧　我同意簽字　他平靜後說出這句話

這種時候不要談這些吧　她微微一愣

我可以照顧自己　他說

她沒說話，推著他離開墓地，輪椅輾過鞭炮紙屑，帶出一道印痕。

過去，無邊的田野這時候鋪滿金黃的油菜花，還有一丘丘紫色的燕子花田地，蝴蝶和蜜蜂飛舞。現在的田地像癩子頭，這裡禿一塊那裡禿一塊，要麼滿目荒草。四處見不到人影，連牲口也沒有一頭。落寞的房子趴在田野盡頭，空洞的門窗黑漆漆的，也看不見人在進出。很多人拋下田地去了城市，剩下空房子守望田野，閻村、王村，張村，李村，村村都一樣。

你出去這些年　鄉村也不是原來的鄉村了

日子總是要過下去的

很對不起你　這輩子苦你累你了　欠你太多還不清

她停下腳步聳起兩邊肩胛腦袋埋下去半天沒有抬頭。

我再也不會拖累你了　他說

什麼意思　她問

簽字離婚　這也是我現在唯一能為你做的了　他說

她又沉默了。繼續推著他前進。

要是能這樣什麼也不用想　一路推著他走下去　一輩子就到了盡頭倒好　她感到一種難言的複雜與苦澀。

田野荒蕪的風帶著清甜的氣息。村裡靜得連狗叫聲也沒有。她一點也沒有回想過去，沒有因為過去的經歷再次感到疼痛和厭倦。她想的是明天、後天，以及未知的或長或短的所有日子，怎麼把荒掉的田地利用起來

現在正是秧[35]茄子豆角辣椒絲瓜的時季　錯過了時間　夏天碗裡就冇得下飯的菜了

她用平板的聲音說道。

17

至少過了大半年，初玉才從那場無聲終結的愛情中平靜下來。她已經不再關心為什麼朱皓與戴草帽的男人聊天之後就變了樣。過去有不少白天夜晚她的心是被煎烤的，因為她深愛著他。當她發現這件事只剩下她單方面繼續，她不知道如何召回那匹奔跑的野馬，在愛他的日子裡，她將這匹野馬餵養得驃肥體壯，奮獻了自己三十多年的感情草料，一根不剩。她和他在一個醫院，她知道他辦公室，也知道他的住處，她從來不去找他，她等著有一天他告訴她發生了什麼。她知道他對她的感覺。他們的愛是同等的強烈。彼此引以為榮。這一天總會到來。只要他沒說分手，他們的關係便沒有切斷，只是在以一種特殊的方式前進。

她從院報裡看到他的消息，參加醫學會議，出國做學術討論，每次她都以為他回來就會找她，跟她談論這一次會議的收穫與發現。他更多的時間是在北京，在對面那棟醫學大樓，五分鐘的步行距離。她的科室和他的科室沒有交叉的地方，就像婦科病和腦溢血兩種不相干的病，不會在身體裡相互產生影響，如果不刻意相約偶遇的概率很低。只有一次，她從別的科室出來，正好看見他剛轉身的背影，她不確定他是否看見了她，心跳撞得她胸口疼。她也無數次翻看手機上保存的他的資訊，從第一條到最後一條，連表情包都在；翻閱他過去留下的書，看他寫在書上的筆記；撫弄他夾在書裡的鋼筆……她就靠這些乾糧度過了黑暗山洞裡的艱苦雨季。

聽到院裡表彰他，她又甜蜜又憂傷，因為他最終也沒有和她分享他的喜悅。她猜想他的慶祝方式，本能的相信不會是單獨和某個女人，在沒有親口告訴她他們完結了，他不會去做這樣的事。他或許等待藏在時間中的答案，等待紅細胞上升白細胞下降，或者相反，觀察她和他之間的病因，找到醫治的方法。無疑他會喝幾口傑克·凡尼爾，他喜歡煙燻味的。他從不過量。睡覺前刷完牙會用一下漱口水。早晨他刮鬍子時塗抹的泡沫散發水果味。他身上清清爽爽。衣櫃裡有一排襯衣和領帶，他幾秒鐘就能完成選擇搭配。有女醫生向他表白，個別女護士為他暗自瘋狂。他說他只喜歡她，只喜歡一個白皮膚的名叫初玉來自南方的單眼皮姑娘。

她記得所有的細節，一切深深地刻在腦海裡結了疤，被回憶撕出血痕。她裝作無事給病人看病，心想自己也是病人，她需要藥物治療相思，她需要一次縝密的診斷告訴恢復日期，復不復發。它像牙痛一樣折磨著她。她並不向所謂的閨密傾訴。她們會去某個路口截住他，轉告她的情況，試圖激起他的柔情憐惜，幫倒忙會嚴重破壞她的尊嚴與形象，她絕不是那種需要別人來插手解決問題的女人。

有一回半夜起來，從東直門走到天安門，踩著沉睡的街道，像踏著時間的屍體，偶爾一輛汽車呼嘯而過，像柄刀將屍體開膛破肚，腹部溢出的寂靜將被清早的車輪輾進地底。她也獨自去看歌劇，美妙的歌喉賜予她短暫的忘形。所有與他一起做過的事情都獨自重複一遍以後，她對他的想念更加強烈。

某一天洗澡時她忘記解下玉環，不慎落地碎成兩半。她奶奶說過，如果有一天玉環碎了，不要難過，因為有靈的玉替主人擋了一次災難。她後來才知道玉擋了他的災難——如果玉真有靈的話——他在高速公路上出了車禍，一車五人只有他一個人活著，輕傷。也就是車禍一週後他出現在她眼前，這時他們已經彼此沉默了一年。

她到達約定的咖啡館，這是他們第一次約會和接吻的地方。露天後院有草地和非常高大的梧桐樹。夏夜月光流瀉，月光下的事物蒙著詩意與美。一隻螢火蟲隨她舞到桌邊，落在他身上。去年夏天在農場尋找螢火蟲的一幕與此刻對接起來，他們之間似乎沒有經歷時空的隔閡，她也沒有那麼多難過的日子，彼此緊緊相擁。

滿院蟋蟀和昆蟲鼓譟。

她說起碎裂的玉環，令人驚訝的是，玉碎和車禍在不同的空間同時發生。這件事幾乎可以被傳奇化：戚念慈多年前把玉環給了初玉，就是為了保護她未來的丈夫倖免於難。而他願意再變幻一下美好結局：她奶奶在天之靈救了他的命。

當天晚上他們回了他的家。除去做愛以外他們一直說個不停，她幾乎把去年農場分別後的每一天都用語言涉及到了。他拿出一本日記告訴她過去的一年他活在日記裡，他從來沒有離開過她，他知道她也一樣。她帶回去看了整整一個星期。過去的一切都獲得了答案。他在無法抉擇的時候選擇了沉默：如果她在沉默中離開了他，他被動接受結果，解決他此生遇到的第一個難題，從一種痛苦遁入另一種痛苦。

她從日記裡看到了戴草帽的司機，他記錄了他們之間的談話，內容讓她無比震愕。司機重點說到了奶奶逼兔子吃蘑菇兔子全部死光，還說他父母出事之前，他在農場遠遠地看見過一個拄著拐杖走路緩慢的老太婆，她單槍匹馬走那麼遠到農場來一定有要事要辦。戴草帽的司機也只是做了很多推理和估計，他始終認為奶奶可疑是毒死他恩主的凶手。

朱皓走訪了不少人，聽到了種種傳言，收集了很多資訊，沒有得到確切的證據，但心裡已經偏向於司機的結論。他被前輩製造的麻煩繩索捆綁無法動彈，像一隻繭蛹，直到車禍撞破蛹殼。他認為事物內部的確有些隱祕關聯與影響。玉碎、車翻、蛹破，幾乎是在同一時間發生。束縛他的繩索自動斷開。他第一時間給初玉打電話，但手機已被軋碎。

她是無辜的　前輩的冤仇　我要用愛來化解　他在日記裡寫道，並在這行字底下加了一槓，日期是他們相見的前一天。

她讀他的日記比大學時讀瓊瑤的小說哭得更厲害，她知道他有隱情，但沒想過那種言情小說的套路居然真實地發生在他們身上。假設前輩真有冤仇，她相信是靈玉擋了災難，是奶奶救了冤家的兒子，地底下的人也已經握手言和。

一篇篇日記可以看作是寫給她的情書，相戀的證據。他們的婚訊很快在親朋好友間傳開。部分婚紗照在國外拍攝，其中一站是他的母校，尖屋頂青草坪。長長的婚紗拖曳在地，有鴿子在啄鑲在婚紗上的珍珠。

某一天，護士們看見一貫從容淡定連搶救病人也只是疾步前行的初主任，忽然在過道裡奔跑起來，好像屁股著了火，二十分鐘後又見她原路返回，腳步和表情一樣嚴肅。很快大家都知道發生了要緊的事：厭惡生育的初醫生懷孕了。她在給病人寫處方時忽然感覺到一陣強烈的飢餓，身體的異樣引起她的警覺，一看日曆發現鐘錶般準確的例假已經推遲了十天就知道出事了。看完最後一個病號她心事沉沉沒有離開辦公桌，感覺自己像隻飛蛾被蛛網黏住動不了。心懷僥倖的一夜到底釀成了意外。她腦子裡滿是育齡婦女、產婦、哺乳、坐月子，她看見正在形成自己鄙視的雌性動物。

幾個護士一起進來送恭喜，幾個醫生也相繼來說同樣的話，叫她現在開始少用電腦不要去有輻射性的科室，頭三個月很關鍵，她這種高齡孕婦要更加小心，好像她突然變成了瓷器，所有人都怕碰碎她。她敷衍完他們開車回家。車上三環便堵死了，交通電臺播報前方事故擁堵請車輛改道。但她夾在車流中進退兩難，像她現實的處境。事情不像她未婚時想的那麼簡單，在同事們的一片恭喜聲中，她不由得思考 喜從何來。她逃也似的離開了醫院，因為她發現他們的恭喜搖晃她，就像搖晃嵌在泥土裡的電線杆，周邊漸漸出現裂縫。她的觀念並不是一棵紮根大地的古樹，而是一根沒有長出根鬚的電線杆。

她想到他，這是她和他共同的孩子。過去她考慮這個問題時，並沒有涉及到具體的愛與人，愛情像墨汁慢慢洇濕宣紙，改變了紙的質地，並將白紙變成了畫，生育厭惡感在褪色，就像宣紙慢慢乾透呈現新的色澤。她此時還懵裡懵懂，談不上喜悅，說驚魂未定也不準確，總之有塊大石頭扔進了湖心，一切都在晃動。

他在機場準備起飛，晚上九點鐘才能到家。等待他的過程中，她時而惶恐時而甜蜜，她不明白為什麼這時候還會有愛的甜蜜摻和進來，不時叮啄一下她的惶惑，她過去的觀念正在被蠶食，似乎馬上就無立錐之地。

她有全盤推翻自己的危險。

她清楚地記得她說過的關於生育的尖酸刻薄的話語，現在一隻腳卻踏進了她自己嘲笑的區域。她還想起那回對初秀懷孕事件的態度，她的話像一把剪刀一樣冰冷無情，刺激了初雪。她試圖說服她們，像一頭失控的牛撞進瓷器店，弄得一片狼藉，她誇下海口，她永遠不會淪為生育的動物。

她心思雜亂，在家附近的飯館裡吃了一碗炸醬麵，回到家立刻又煮了兩個雞蛋，沖了一杯牛奶，下意識裡已經把自己當作孕婦，甚至腳步都慢了下來。

她感覺有什麼不一樣了，連夜黑下來的姿勢都發生了變化，陽臺上的花草也不是昨天的面貌。壁鐘走得躡手躡腳，彷彿怕驚擾別人。家具像困頓的巨獸靜臥。她就這樣看著她和他一起生活的空間，一直看到外面全部黑下來，室內幽暗，他掛在那裡的衣帽像個站立的黑影，於是她對著他的衣帽說起話來。她說的話軟弱無比，連自己也感到陌生，好像有人鑽到她身體裡主宰了她。她在極力擺脫這個陌生人，這個人不斷對她強調母性與生命，扼住她的咽喉讓她服從，像勸一個異教徒放棄她的宗教。

懷孕三個月時，她仍沒考慮清楚。他已經把所有權力都交到她手上，做不做母親他都尊重她的選擇。然而大部分時間她什麼也沒想，她失去思考的能力與精氣，妊娠反應控制了她，來勢凶猛的嘔吐和噁心，彷彿懲罰將她弄得披頭散髮。飢餓和噁心在胃裡打鬥。她被一道魔咒罩住像溺水的人雙手亂抓。

這事原來這麼辛苦　他這樣說過一回。

但有一天忽然風平浪息，小船停止了顛簸，插在寧靜中。她胃口大開飯量驚人，走出陰霾後臉上一片陽光。這時她已經開始把手放在小腹，臉上長肉，身上開始臃腫，與此同時，她發現過去與她爭執的那個陌生人早已消失，她成了一個安寧的孕婦，像所有懷孕的女人那樣，微撇著八字步，在陽光下看樹嗅花。

一天晚上，她靠在床頭重讀他的那本日記，比以往任何時候都感到甜蜜幸福，她想他們婚姻的郵輪正穩穩地行駛在大海上，狂風飆浪也撼不動它。這時發生了第一次胎動，她叫得聲音很大，驚喜之餘還有恐懼，但很快又獲得安然。此後每天摸著肚子自說自話，忘了她變成了自己厭煩的絮叨女人。她注意周圍的孩子，看到嬰兒她就要湊過去聽嬰兒如柳芽細嫩鵝黃的呢喃聲，她已經全身心投入做母親那回事裡。

對於這件事村裡人並不意外，他們老早就說過　沒有哪個女人躲得了這關　不然為什麼要給女人造一個子宮　而不是給男人造呢　人身上的器官個個都有自己的職責　就跟人活在世上有各種各樣的責任一樣　不盡責是不符合人性道德的　也有人善意嘲笑　她是犯了一

個錯誤　不曉得只有結婚了的人說婚姻壞　有孩子的人說生孩子受罪　不生孩子好　這樣說
話才是冇得風險的

18

事實上這個村子有一個好聽的名字：槐花堤。沿著河堤走，過了刻著村名的石碑，就正式進入槐花堤的範圍。河堤左側一排垂柳，右側一排老槐遮天蔽日，槐花開時細花柔美花香飄散，葉落時地面上便落著樹籽和鳥屎，鳥群喜歡聚在村口的老槐樹上，對進出村子的議論紛紛。牠們比誰都了解村裡的事情，沒有哪隻鳥願意跳出來說破。鳥屎落在誰的肩頭，算是通知這個人，他要倒楣了。不信這個邪的人，撿顆石子朝樹上扔，樹上會落下更多的鳥屎。

落葉、花瓣、鳥屎以及樹籽混合，鋪成鳥屎披薩。各種車輪和人畜的腳踏，又像釀做葡萄酒一樣，踩得汁液飆濺。最後曬乾了變成粉塵，被風帶到世界各地。村裡人對槐樹底下那一地的鳥屎披薩忍無可忍，終於在二〇一六年砍掉了它們，騰出來的空地很快被新墳占據，走夜路的人都怕鬼收買路錢。

以前，人們看到槐樹就知道村名的來歷，樹砍掉以後村裡就要多費一番口舌，語氣裡有對那一排古槐的懷念和讚美。村領導砍伐古樹的理由很簡單，建設全新的農村面貌。那排沒用的老樹堵在村口招鳥，鳥吃蔬菜破壞穀種，鳥屎影響美觀。同一時期也砍了很多上了年頭的老樹，並用水泥敷住樹根，禁止發出新苗。

老槐樹被砍的第一個元宵節清晨，吳愛香喉嚨裡咕嚕咕嚕響了一陣就永遠安靜了。槐花堤的春節還沒過完，縱情之後的人們還在酣睡，被訇然響起的女人的哭聲驚醒，立刻知道是初安運的妻子死了。這幾天人們頻繁地去看吳愛香，看她已有幾成死亡，以便騰出時間來幫喪。有人摸到她的腳都涼了，猜她就是這兩天的事。生活經驗總是比教科書真實　我就曉得她過不了十五　那個摸腳的人聽到哭聲，得意地說完撇下一堆家務活趕到現場。

人們聽到女人的哭聲，起先排山倒海大合唱，繼而分流各顯特色。能分辨的哭腔有民族、美聲、說唱、搖滾，還有愛爾蘭風笛似的嗚嗚咽咽混合一起，足足持續了十多分鐘。吳愛香的親人朋友塞滿一屋，看熱鬧的插不進去，只能在外面從聲音和說詞中判斷哪聲是哪個哭的，哪聲是哪個喊的。吳愛香平常並不和哪一個女兒特別親近，但哭的人情感自有深淺，這取決於個人經歷和對生離死別感觸的多寡。有的人愛哭，有的人不愛哭，所以也不是哭聲越大愛越深。

初冰天生是會哭喪的人，人們在戚念慈的葬禮上已經見識過。這次有點不同，因為在廣州那樣的大城市做過幾年，又遇到那樣一樁事，她想到了她母親體內的環，哭起來沒那麼妖嬈奔放，多了內斂和黯然的情愫。子宮沒有了，身體內好像少了一個產生共鳴的容器，聲音竟有些單薄無助。

那清脆的愛爾蘭風笛是初秀，嗚嗚咽咽的聲音是從初雪的鼻孔裡發出來的，她是個克制的人，這種哭多半是被別人的哭聲感染，不然她是連聲音都不會發出來的。人們還分辨出美聲哭法是初雲，平素聲音不大哭起來像換了一副嗓子。民族哭法是初月，屬於領哭者。其他說唱和搖滾，是吳愛香娘家的親戚，幾個健康飽滿的村婦。大家沒有捕捉到初玉的哭聲，因為她正好懷著第二胎，不宜悲慟，前不久剛剛趕上了二胎新政的列車，不怕已過四十的高危年齡，從害怕生育轉為生育勇士。人們見到了她已經上幼稚園的兒子，也聽說她在生產過程中，因為骨盆太窄差點丟了性命。

這一陣痛哭之後，好像話劇的一幕終結，大家都出去茶歇。屋裡留著人抹屍穿壽衣。

人們從屋裡溢到屋外，春天的陽光讓剛剛過去的痛哭與悲傷失真。人們交頭接耳，稱讚這適宜辦喪事的好天氣。春天的太陽也是一粒新芽，還沒經受風霜清新撲鼻。人們像狗那樣嗅著空氣，張大嘴巴呼吸，懶洋洋地加入治喪委員會，商討安排分工。督管斜挎著只有管理喪事才用的黑包，叫來了孝家的當家人，詢問喪事辦什麼等級的，也就是問他們打算最後為死人花多少錢。

初家在花錢問題上意見不統一，爭論良久。一種想法是，母親一輩子清冷，不給她一個高級的葬禮對不起她；另一種認為，無意義的鋪張浪費對生者和死者都毫無意義，做到入土為安就好。最後都同意不少於戚念慈當年的規格。督管喜孜孜地製作預算配備人馬，傳說中一呼百應說的就是喪事督管。

人們津津有味地觀察初家的女兒以及她們的家庭成員。很多人是第一次看見初月的新丈夫，一雙眼睛盯著他不放，尤其是當他和初月在一起說話的時候，他們會重點注意他的眼神裡有沒有愛意，私底下就去議論，那個四川男人對初月好得不得了，五十多歲的老夫妻像小年輕似的黏糊。初冰和戴新月沒什麼特殊，他們的光頭兒子帶著妻子和兩個兒子，面容都很孤傲。第二天從鎮裡來了很多弔唁的年輕光頭，規規矩矩，對死者十分恭敬。初雪和財經主筆兩人到底是知識分子，說話客客氣氣。吳愛香的遺像是初雪畫的，頭上裹著橘色頭巾，單眼皮眼睛淡淡地看著前方，像一幅名畫。不少原本就認識朱皓的都過去跟他招呼，自然也說起了他父母親的當年，那時候他還沒長個，有些欲言又止的意味。在輪椅裡的閻真清仍像過去一樣，對初家的事袖手旁觀，有心無力，被這個推一下，那個拉一把，最後就停在樹蔭下，喝著薑絲芝麻茶。

在人們眼裡，初雪和財經主筆是僅次於初玉夫妻的一對，他們認為沒有孩子的家庭不完整，甚至還有幾分不幸，就算有錢，能上電視，也不能填補缺少孩子的坑。事實上，他們已經離了婚，誰也不知道他們的關係產生了變化。那次歐式西餐廳並不浪漫的晚餐後回到家中，初雪向他講述了她在日本期間安排的事，承認她曾策畫過母花的流產，雖然母花率先發生意外。他從椅子上站起來走進書房，當晚在書房過夜。第二晚還抱了場被子，仍在書房睡。這樣過了一週，她向他提出分開過，他同意了。他們平靜地領到了離婚證書。誰也沒有主動從家裡搬出去，也沒有誰要求對方搬出去。他們就這樣仍然住在一起，睡在一張床上，像原來一樣生活，就像卡在了時間的齒輪裡。

初來寶是第二天回來的。吳愛香已經躺在棺材裡身上蓋錦緞，他揭她臉上覆著的紙錢看了看她，重新蓋上，提著籃子開始香燭先生的工作。先是去已經挖好的金井點上香燭，將紙錢燒在坑裡。田野裡清風一陣一陣，黑色灰燼像蝴蝶飛到天空，有幾隻蝴蝶還追著他的腳後跟跑。他耐心的做自己該做的，面對死人不悲傷，甚至對於母親也是一樣，因為他相信有他這位香燭先生的照顧，所有人都平平安安地去了該去的地方。

這一天孝子和親戚們開始披麻戴孝，對村裡人來說，就是演員穿上了演出服，一場好戲就要上演。人們在劇情平淡時回去處理一點家務小事，餵完豬食洗完衣服，趕在高潮部分開始前重新回來。孝子越多財力越足的喪禮越是好看。人們大致算了一下，披麻戴孝的超過一百人，頭上裹白布身上穿白衣的血親占了一大半。司公子喊跪一聲倒，整個地坪都跪滿了，看的人只能退到周邊，田埂上、溝渠邊都是觀眾。

戲臺已經搭好，真正的戲子已經化好了妝，鼓樂敲起來，人們感覺春節的氣氛正在延續，這生活額外的饋贈使他們合不攏嘴。

每一場鄉村葬禮的風俗流程都是一樣。孝家錢多，怎麼花得讓看客高興，也是喪事圓滿與否的標誌，因此除了唱孝歌子、做道場、搭臺唱戲等等之外，還安排了穿奶罩和丁字褲的脫衣舞節目——上了年紀的男觀眾沒想到這麼輕易地就看到年輕姑娘的細腰、肚臍和屁股蛋，姑娘們身上的肉抖得厲害，有個老頭看中風了。人們後來談論這場葬禮，除了酒席排場，自然少不得這個中風的老頭：他在一個星期後也死了。

至於游喪的壯觀，人們簡直沒有可以描述的詞彙，只有一句簡單的方言 熱鬧喪噠 這是他們表示場面到達極限的話。也有人說得比較形象，說像條白龍在長堤上遊動。白色的孝子們一路跪別死者，機械地配合喪事指揮，喊跪時跪下，喊哭時嚮哭，用白孝布擦去眼淚鼻涕。冷風搜刮起地上的紙屑。

只怕是到更年期了 初月對身邊的初雲說道 心慌心躁 出虛汗

我去年閉的經 冇麼子反應 初雲回答

眨下眼我們也是恩媽級別的人了

一世人 冇麼子搞發興[36]
都是一天一天過
初玉這胎是男是女
是個女兒
噢
到她們這一代 子宮應該不再有什麼負擔
那也講不死火[37]

二〇一八年三月十八日
寫於湖南・槐花堤村

二〇一八年五月 三藩市修訂

36 冇搞發興：沒什麼搞頭。

37 講不死火：說不準。

九　歌　文　庫　　1　3　0　8

子宮

國家圖書館出版品預行編目 (CIP) 資料

子宮／盛可以著. -- 初版. -- 臺北市：九歌, 2019.05
面；　公分. -- (九歌文庫；1308)
ISBN 978-986-450-243-1(平裝)
857.7　　108004530

作　　者——盛可以
責任編輯——張晶惠
創 辦 人——蔡文甫
發 行 人——蔡澤玉
出　　版——九歌出版社有限公司
臺北市 105 八德路 3 段 12 巷 57 弄 40 號
電話／02-25776564・傳真／02-25789205
郵政劃撥／0112295-1

九歌文學網　www.chiuko.com.tw

印　　刷——晨捷印製股份有限公司
法律顧問——龍躍天律師・蕭雄淋律師・董安丹律師
初　　版——2019 年 5 月
定　　價——360 元
書　　號——F1308
I S B N——978-986-450-243-1 （平裝）